吉本隆明
全質疑応答

YOSHIMOTO
TAKAAKI

II

1973—1979

論創社

吉本隆明　全質疑応答Ⅱ　1973〜1979　目次

吉本隆明　全質疑応答Ⅱ　1973〜1979

【東京都精神医学総合研究所主催】――1973年11月17日

文芸批評の立場からの人間理解の仕方

司会者　吉本先生、精神異常について、その他に何かありますか。

自分が若い時、切実な問題に直面しておりました。つまり、自分の内面的な観念、時間と、社会総体が動いていく時間との間にギャップがあって、精神の構えを確立したいというふうに思っていても、外からさらわれてしまうんじゃないかという感じがありました。外部の社会を遮断してしまえばいいんでしょうけど、それをしたくなければ、総体として流れていく時間と自分が構えをこしらえていく時間にはたいへんなギャップがあって、構えている間に、外部に吸いつくされてしまうというか。そういったことは非常に切実な問題としてあるように思います。

それから、いまいいましたように、一人と他の一人との世界――大きくいって「性の世界」なんですけど――それは現実的には家庭、家族、近親ということになるわけですが、そういうところで抱え込んでいる切実な問題とは何かっていいますとね、まあこの場には非常に□□な方がいるということなんですけど、男性というのは結局、社会的に責任のある立場から降りたいと思ってるんですよ。ですから「お茶を汲むぐらいで給料をもらえるなら、そのほうがいいや」と思っているわけですよ。

　ところが、女性のほうは、何とかになるまでに上がりたいと思っているわけです。これから上がりたいと思っているわけですよ。「上がるっていうのはばかばかしいぜ」と、いくらいっても聞かないわけです（会場笑）。先進的な女性は上がりたいわけです。僕もそうなんですが、男のほうはもう降りたいと思ってるんですよ。あらゆる責任はもうお断りだと。炊事・洗濯・お茶汲みで給料をもらったり、喰わしてもらえるならそうしたいと思っているわけですよ。ところが、女の人はそれがいやだっていうわけですよ。だから、もっと責任ある仕事とか、社会的に□□□そういう仕事をもちたいと思っている。そのギャップというのが、現在における家庭、家族の問題の根本的なところにあると考えています。

　通俗的にいいますと、若い人は髪を長くしているから、後ろから見るとどっちだかわからないぐらいに中性化している。男性は女性化し、女性は男性化している——通俗的にはそう見えますけれども、僕らはそう考えない。男の人が降りたいと思っている若さの象徴が一種の中性化で、女の人が上がりたいと思っていることのアレが一種の中性化として表われている。見かけ上は両方いっしょに生活しているように見えても、それはまったくそうじゃなくて、往きと還りぐらいちがう（会場笑）。ほんとうは、そこが問題なんじゃないかと思っています。僕だけでなく、家族、家庭をもつ人が大なり小なり抱えている問題の根本には、そういうことがあるように思います。

それをうんと女性のほうで徹底してくれればいいんですけど、徹底しないですからね。過渡的ですからね。女性はたいてい家族のなかで個になりたい、個の領域を拡大したいと考えている。そうすると、男性のほうはばかばかしくてしょうがないのね。そういう人のために、なにも働き蜂みたいに稼ぐことはないだろうと思うわけです。

「それだったらいっそのこと、経済生活から何から全部一人でやってくれ。もう、そうしてくれ」といいたいわけなんですが、女性というのはなかなかうまいですからね（会場笑）。家族、家庭なるものは、あるいは理解のある夫は維持しておきましてね、そうしておいて個の領域を拡大しようと思っている。それは矛盾であってね、もし個の領域を拡大したいなら、人間として拡大するべきで、理解ある男性なんていうのは問題にしないで、何から何まで一人でやったらいいだろうと思うんです。そうすれば、だれも文句をいうやつはいないわけです。しかし、現在の先進的な女性、知的な女性はそこまで行けないで、旦那をできるだけ理解のある男性に仕立てながら、個の領域を拡大したいという矛盾を強行しようとしている。

そうなってくると、男性のほうは初めから降りたいと思ってるでしょ、全部降りたいという感じでね（会場笑）。だから、立つ瀬がない。どこかに働きに行っても降りたくて、お茶汲みで給料をもらいたいと思っている。そして家に帰ったって、降りたいと思っているわけです。どうしようもないじゃないかっていうのが、現在の家族の根柢にある問題のように思われます。
それから、共同的、集団的な問題はまったく別個にある。集団が規範・規約・約束事をつくるばあい、「こうすれば真理にできるだけ近くなる」という手本が世界的な規模でなくなっている。くだらないもの、名目だけでもっていたものはみんな壊れちゃったほうがいいので、これはある意味ではいい現象です。しかしその一方で、集団・共同体を組むばあい、「こっちのほうがより真実だろう」という基準が非常に薄れてしまって、そこのところでさまざまな問題が生ずるんだろうなと思われます。
そういうことが切実に感じていることで、その切実さっていうのは僕だけじゃないらしくて、しばしば精神科のお医者さんにお願いしたほうがいいように思われる人とか、自殺する人とかが身のまわりに多いんですけど、そういうような非常にきつい状態になっている。僕らが切実に感じているのは、簡単にいってしまえば、そのようなことだと思います。

（原題：文芸批評の立場からの人間理解のしかた／都立松沢病院四階大会議室）

〔音源あり。文責・築山登美夫〕

【立命館大学日本文学研究会主催】――――――1974年11月6日

文学の現在的課題

質問 〈関係の絶対性〉の視点の契機はどこでつかまれたのでしょうか。

非常に初期に「マチウ書試論」という新約聖書について書いた文章があるのですが、その中で、ひとつはこういうことからそういう言葉を使ったと思います。それはキリスト教が最初に出てきたときには、いわばユダヤ教とローマ的な支配秩序に対する一種の反逆思想として出てきた。そういうキリスト教が歴史を経るにつれて自らが支配者のイデオロギーに変わっていく、あるいは国家のイデオロギー、宗教国家のイデオロギーとして変わっていくという、いわばそういう位置の転倒というものが歴史的な過程の中でどうして起こるのだろうか、ということがひとつ。それから非常に倫理的にいいまして、たとえば貧困に押しひしがれている人間が、いわゆる革命思想というものを受けいれない、あるいは嫌悪することができるということ、それから逆に、全く倫理的にあるいは現実的に貧困あるいは差別、そういうものに悩まされたことがない人間が、やはり倫理的に革命思想を謳歌することもできる、そういういわば現実と観念との転倒みたいなものがどうして起りうるのだろうか。そのふたつがたいへん、そのときに自分にとっては問題であったというふうに思います。それで、そういう矛盾というものを究極的に規定しているのは人間の、人間と人間との間といってもいいわけですが、そういう間にある関係の絶対性というものじゃないか、というふうにそのとき書いたように覚えています。もう十五、六年前ですからはっきりした言葉は覚えていないのですが、そういうふうに書いたように思えます。

その〈関係の絶対性〉という問題はずいぶん自分でも引っかかっていて、その〈関係の絶対性〉というものの構造といいますか、その内容はどういうようになっているのかという問題は、やはりずうっとその後から尾を引いて自分に課してきたと思います。それはいまいわれたことに即していえば、同じ革命思想、同じ反逆思想というものの内部においても、あるいは党派においても、自分たちの党派の思想こそが絶対的なものだというふうに、それぞれの党派が自分の党派の真理性というものを疑わない。疑わないから党派として存在しうるわけで、そうすると、疑わない党派が存在するとともに、支配者もまた、自分の支配している秩序こそが被支配者の最大限の利益を象徴していることをおそらく信じて疑っていないので、そういう信じて疑わない党派あるいは支配・被支配という関係というのは、現在も必然としてあり、支配と被支配とが相互にせめぎ合うと同時に、また被支配者あるいは反逆思想、あるいは革命思想自体の党派の同志がやはり真理性を疑わないというところで確執をきたす。それは、いわゆる内ゲバ問題みたいなものの中に典型的に現われてくるわけですし、あるいは党派相互の間の対立激化というようなことでも現われてくるわけです。

それからもうひとついえることは、あらゆる反逆、あるいは秩序に反抗する思想、革命思想というのは、革命思想どうしの党派的な争いというものを克服することなしには支配者との争いに到達できぬという、そういう通路というのがあるわけです。現実的にはもちろん、ある局面局面に共同戦線を張ればいいというようなこともありうるのでしょうが、思想的にいうならば、あらゆる支配に抗する反支配的な思想というのは反支配的な思想どうしの党派的止揚という道を経なければどうしても支配者に対する反支配というものは実現することができない、というような思想的通路というのが確実にあるわけです。それ以外にないといってもいいと僕には思われます。

つまり、そういう問題というのはどうして現われるのだろうかということは、その後の自分に即していえば非常に大きな問題として、それらをいわばどうやって解けばいいのかという問題が〈関係の絶対性〉という言葉――そういう言葉で表現されている〈矛盾の構造〉をはっきりさせようではないか、という言葉につながっていったということだと思います。

それで岐路の問題としていえば、こういう言葉がいいか悪いかは別として主観的な解き方と客観的な解き方――客観的な解決の仕方というような言葉は悪いのですが、そう分けてみます。そういう問題について主観的な解き方をしている解き方というのはたくさんあるわけです。たとえばキルケゴールなんて人を考えてみると全く主観的な解き方をしているわけです。つまり人間というのは、この世界に存在すること自体が非常に絶望的なのであって、絶望にはたくさんの種類がある、と。それで、それは絶望を意識していない存在であること自体が絶望であるという、そういう絶望の仕方というものがある。それから人間は絶望的にしかこの世界に存在できないという、そういう存在なんだということを非常に自覚的に捉えている、と。それで自覚的に捉えられていない絶望もどこで解きうるだろうか、救済できるだろうかというような問題がおそらくキルケゴールにおけるキリスト的な教理への入り方だというふうに思われます。

こういう解き方というのを、仮に主観的な解き方の例というふうに考えてみますと、そういう岐路に立ったときに僕らが考えていったのは、そういう言葉は妥当ではないのですが、客観的な解き方というか、解決の仕方というものがあるんじゃないか。それはどういうことかというと、それはおそらく先ほど申し上げました通り、世界というのはのっぺらぼうにつかんだらいけないのではないかということ——。つまり倫理にしろ論理にしろ自己自身にかえってくる思想というものと、それから先ほどいいましたようにいえば、自己あるいは個人とそれから他の自分以外の個人です。つまり人間と人間の間においてのみ提起されうる倫理あるいは論理というものと、それから世界の共同性の中において自己が存在するときの倫理あるいは論理というものとは、全く次元の違うものとして区別しなければならないのではないか。つまりそういう、自己自身にかえってくる倫理あるいは論理というものと、それから、自己と他の一人の自己、つまりそれは男女の問題、性の問題として現われてくる倫理と論理というものと、それから共同性として、共同性の中の個というようなものとして現われる倫理と論理というものとの三つは、いわば世界を把握する場合に結接点になるのではないか、つまり世界というのはその三つの結接点でもって、いわば次元を異にして構成されなければ、それは客観的な意味での世界把握とはいえないのではないかというふうに考えていったと思います。その把握ができること自体がいま申し上げました現実的な矛盾、つまり〈関係の絶対性〉ということへの解決自体では決してないのですが、それの解決の不可避的な前提として世界をそういう結接点で次元の異なるものであるというふうに世界を把握していく――その前提なしに把握されるどんな世界像あるいは世界思想というものもそれはダメなのではないか、というふうに考えていったと思います。

それがおそらく〈関係の絶対性〉ということの構造的な内容をなしているものなのです。それで、そういうふうに把握しきれたからといってすこしも問題が解決されるわけではないのです。しかしそういう把握なしに行われるあらゆる現実的・倫理的矛盾というものは、倫理的矛盾のようにあるいは絶対的矛盾のようにみえても、おそらくはちっとも矛盾ではないのだという部分を必ず含んでいるのです。だから、そういうふうに把握できた世界像というものを前提とするならば、われわれが当面している現実的矛盾というものは、かなりはっきりした、枝葉を切り払った幹だけの問題としてみえてくるのではないか、ということ。みえてくるということは、それ自体ちっとも解決ではありませんが、枝葉自体を称してそれを現実的・絶対的矛盾のごとく考える、そういう世界像からはすくなくとも脱出することができるのではないかというふうに考えていったと思います。それがおそらくこのとき〈関係の絶対性〉といったことの内容をなしているし、そういうふうな考え方の経路というのが、自分自身に即していえば、あったというふうに思うのです。

質問　小川国夫の不随意の〈生理〉と漱石における〈生理〉との違いは何でしょうか。また、井上ひさしの場合、罰せられたい願望を笑われたい願望に転化していってるのではないでしょうか。それと「新約聖書」の思想というのは『共同幻想論』のモチーフにつながっているところがあるのではないでしょうか。

いちばん最後の質問からいいますと、新約書の思想というのもまたひとつの党派的な思想であるんだ、ということ。党派的な思想というものに、ある意味ではすぎないんだということは、いまいわれたような、たとえばキリストが故郷へ帰ってきて説教をしたのですが、聴いている人たちが、あいつは大工の息子ではないか、いつの間にこう偉そうなふうになったんだ、ということ、それから、あいつの兄弟というのは自分たちと一緒にここにいるではないか、ということであまりうまくお説教がはいっていかなかった、そういうところにあると思います。それでキリストが、予言者というのは故郷では容れられないものなんだというふうに捨て科白をいうところがあるのですが、つまり予言者というのは故郷に容れられないのだという場合の故郷という意味合いは、あくまでも近親なるもの、つまり肉親のいるところ、あるいは非常に親《ちか》しい知りあいがいるところ、つまりそういう親しい知りあいとか近親とかが形成しているそういう世界のことで、少なくともキリスト教が理念として説こうとしている宗教、それは一種の共同の宗教理念なのですが、そういう宗教と故郷は、本当は容れられる容れられないということではなくて、いわば全く次元の違うところにあるんだということ。だからそれは矛盾をきたすということがありうる。というのは、なにかあくまでも共同の理念あるいは共同の宗教として語られる理念というものを、個々の人間のいわば性格とか倫理とか、そういう近親のつながり、血のつながり、血縁というようなところから眺めていくと、それは全く共同の宗教としての理念は成り立っていかないという、そういう矛盾というのが当然おこるわけです。

それから他の箇所では、キリストが〈我が母とは何ぞ〉とか〈我が兄弟とは何ぞ〉というように、自分はこの地上に平和を投ずるために来たのではなくて剣を投ずるために来たんだというようなことをいうところがあります。つまり、そういうようなことは先ほど申しましたように、もともと次元の異なるところに存在、位置づけられるべき思想というものが、〈次元の異なる〉という問題を抜きにしてストレートな倫理、あるいは論理として把握されてしまったときには、全然意味がつかみえないということがありうる。そのところの問題を非常に象徴的に表わしたところなので、そこはやはり新約書の中で非常におもしろい箇所であるし、同時に新約書の世界というのもまた党派の思想のひとつであるのに他ならないということがいえる箇所だというふうに思われます。

それから、質問者の人がたくさん質問されましたが、小川国夫の世界と漱石の世界とを一緒にするということは、僕にはできない。比較するということはできにくいのではないかと思われます。

小川国夫という作家の問題としているところは現在的な問題なので、つまり個としての人間存在といいましょうか、知的な存在としての自分というものがはっきりしたものとして把握できない、そういういわば焦慮といいますか、それが現在的な課題につながっていると思うのです。それで、そういう個としての自分の存在というものを、存在しているしるしというか、証しというか、そういうものをどうしても確かめたい、つかみたい。そういう焦慮とか苛立ちとか、そういうものが小川国夫の作品を生みだす場合の核になっていると思います。その核というのは結局どこまで戻っていけば確実につかみうるのかと考えた場合に、小川国夫の場合にはやはり自分の生理的な動きといいましょうか、それだけは確かなものとして自分につかみうるのではないか。そしてその生理的な動きに規定される心の動き方というのも、あるいは関係の結び方というのもわりあい確実に把握できるのではないか。そこでなら自分自身の存在というものを、そういう言葉を小川国夫自身が使っていますけれども、〈世界存在〉としてつかまえる、確かにここにいるんだというふうにつかまえ得るんじゃないかという、そういう課題が小川国夫の作品をつき動かしているというふうに思います。そういう問題だと思います。

ただ漱石の問題というのは、そういう意味では少しも生理に依存していないで、全く存在意識自体の危うさ、自分がいるということの危うさということ。自分がある風俗・風土習慣の中で確実にひとつひとつ手ごたえがあって生活している、つまり個としてもそういうように生い立ってきたという、そういう確認というのが得られないで、そこのところの不安とか焦慮というものが漱石の文学の全体を支配しているように思います。それはちょっと、小川国夫のそれとは質が違うように思うのです。漱石の課題というのは当時としても抜群に優れた問題意識だったと思います。現在もその課題は、ある意味では滅びていないと思います。まあそのことがいまも漱石がさまざまな形で問題にされたりしている理由なのだろうと思います。

それでおそらく、小川国夫の場合は何かそういう意味合いではまだ未知数であって、最初の把握からどこへいくのかということは、まだはっきり自分でも、それから評価としてもいいきれないところがあるのではないでしょうか。

井上ひさしの場合には、そういう自己処罰の願望というものと滑稽感、あるいはばかばかしさというものとのつながりというのはわりあい宗教的なというかキリスト教的なもの、カトリック的なものとして把握されているのでしょう。しかし、残念ですがそれだけ読みこむべき作品というのを井上ひさし自身がいまだに生みだしていないのではないかというふうに思われます。それはおそらく、登場する人物の類型化、様式化というのをあまり激しくやるから、極端に、そしてある意味では通俗的にやるから、おそらくそういう滑稽感あるいはばかばかしさというものと自己処罰という、そういうものとの関わりあいをはっきりモチーフとしてみせるというところまで作品自体の形成がいっていないということが、もっと前のところで横すべりしているというところにあるのではないかなと僕には考えられます。

質問　知識というのは内在的な傾向として上昇していく傾向をもち、上昇していくこと自体が知識人の課題ではなくて、上昇したところから非知的な対象例へ下降していくことだといわれたのですが、その知的な対象というものと下降の過程というのが具体的につかめないのですが。

大なり小なり存在しうる非知識的な存在というのが、結局自分の観念の把握できる範囲がやはり自分の眼のとどく身辺にしか及ばないということ、及ばないかわりに非常にまた強固でもあるということ。それで自分の生活自体の意識も遠くのほうでどんな事件が起こったかというようなこととはあまり関わらない。それで、ただ自分の生活過程の必要に応じて考えなければならない問題が出てきたら、それは考える。しかし、それ以外のことはあまり考えないというような、そういう存在を考えれば、それがいちばん非知識的存在であるといえるのではないでしょうか。そういう存在というのは、どんな知的な人間の中にも存在しているわけで、つまり内在的に内省的に存在しているわけですし、いわば大衆というふうにマスとして呼んでいる人たちを個々にとってくれば、いわば自分の生活過程における必然、あるいは必要以外のことは全く関心がない、全くそれを余計なこととして考えに入れないという、そういう存在というのを考えてみれば、それが非知識的な存在というもののひとつの原型だと考えればいいのではないでしょうか。

質問　三つの幻想の中、僕の現実的な生活の中でいちばん基本的に思えるのは、自分が自分に関わるときです。自分の意識と自分の身体しか本当のものはないのではないかと思えます。知識・宿命といったものと思想・現実といったものとは、いったいどういう関わり方をすればいいのでしょうか。

はじめに、あなたが、自分が自分に関わるところの世界というのが自分にとっては非常に真実なように思われるというふうにいわれたわけですが、僕はそういう問題はたいへん相対的なものであって、大なり小なりいちばんのウェイトを自分の観念の世界のどこに置くか、ということはそれぞれの人によって恣意的でありうると思うのです。だから、その場合にあなたが〈自己が自己に関わる〉そういう世界を非常に大きなものとみるというのはそれはそれで全く恣意的なもので、そういう意味では自由なんじゃないか。それは自己と他の一人の個人との関わる世界というものに、自分はいちばんのウェイトを置く。つまりセックスならセックスという世界にウェイトを置くというような、そういう人もまた恣意的であって、それと同じ意味合いでそこに重量を置くということはありうるのではないかと僕には思われます。

しかしながら、僕のいっていることはそういうことではなくて、一種の観念的客観性みたいなことなのです。どこに重量をおいて自分が具体的に生きていくにしろ行うにしろ、それ以外のいま申しました自己と他の一人の自己が関わる世界と、共同性のなかの自己の世界がまたありうるのだということを視野の中に、つまり世界把握の中におさめていないと、自ら抱く倫理性自体がどんな場合にもストレートにといいますか、直接的な自己倫理の恣意性にしかすぎないものを全倫理のように思いがちです。つまり〈思う〉ということは、世界をのっぺらぼうにしかつかまないということと同じなのですが、そうなりがちだということをいいたいわけで、いずれにしろどんな個人もどこかに重量を置きながらやっていることにおいては、あなたの根拠というのもまたあなたの根拠として確かなのではないかと思われます。しかしそこで、全世界をそこからの倫理または論理でストレートに把握したら、全くこの世界はのっぺらぼうに見えるということになることを僕はいっているわけです。

もうひとつあなたのいわれることは、それではその相互関係はどういうふうに存在するか、ということだと思います。どういう度合いの違いであるのか、どういうふうに次元が違うのかということだと思うのですが、それはたとえば自己が自己に関わる世界から自己が他の一人の個人と関わる世界、つまり性の世界、セックスの世界ということなのですが、その世界との関係というのはこういうことなのです。

たとえば、いま性ということを仮に相対的にといいますか、生理的な場合も観念的な性という場合も、つまりエロティシズムみたいなものも含めて性というのを考えてみますと、個というのは〈先験的〉に男または女ではありえないという考えが僕にはあるわけです。だから人間が性として出現するのは、必ず自己と他の一人の個人とが関わる世界ではじめて人間は性として、男または女としてというのが性を全体性として把握するかぎりそういうふうにしてあらわれるので、人間は男と女しかいないというようなことは嘘なのです。人間は人間としてしかいないので、あるいは個人は個人としてしかいないのであって、人間が性としてあらわれるのは他の一人の〈他者〉というものとの関係ということに自分の観念あるいは肉体でもいいわけですが、そういうものをおいたときにはじめて人間は男または女としてあらわれるというふうに僕には思われます。それがおそらく自己の自己に関わる、自己と自己が関わる世界というものと、自己と他の一人の自己というものが関わる世界というものとの次元の違いということだと思います。

それから、共同性の中に人間の〈個〉というものがはいっていく場合には、完全に人間は観念としてはいっていくのです。観念を肉体でもあるかのように、あるいは肉体を観念でもあるかのように逆倒して共同性の中で〈個〉というのは存在しうると僕は思います。つまり人間の〈個〉というものが共同性あるいは組織性の中で行為するときには肉体が動いているのですが、本当は肉体を観念とし、観念を肉体として動いているんだ、存在しているんだというふうに把握できるだろうと思われます。おそらく個というものと共同性というものとの関係の次元の違い、その関連というのは、そういうふうに把握されたらいいのではないかというふうに思われます。

質問　宿命とか資質とかいってしまえばそれまでだと思います。たとえば〈島尾敏雄の宿命、それしかいいようがない〉的に……。

わかりました。その宿命というのは宿命だといってしまえばそれまでなのですが、人間というのは自分の意志を決定してその意志決定に従って行為することができるように、一見すると思われるわけです。しかしおそらく意志決定によって自分の行為、あるいは観念の方向づけというのが決められるのは最大限いっても半分ばかりであって、あとの半分は自分の意志決定がなされるとともに、今度は世界が全部その意志決定のところで対立するというよりも対峙するものとして出現してきて、その意志決定のところに集中してくる世界全体の重みみたいなものが対峙したところの、いわば軋み合いみたいなところからしか行為の観念の方向性はつけられていかないでしょう。だから、人間は意志に従って行動するということが可能にみえても、おそらくは半分しかないでしょう。それで、その意志決定をするやいなや、意志決定が強ければ強いほど、世界というのはその意志決定の場、ちょうどその場所に対立するものとして集中してくる。そこのところではじめて行為というもの、あるいは観念の方向性、精神の方向性というものが不可避的に決められていく。そのいわば、意志決定とその残余の世界というものとの軋み合いというもの、そこからかろうじて決定されていくであろう方向性というものを、もしも〈宿命〉という言葉で呼ぶとすればそう呼べるでしょう。僕がいっている〈宿命〉という言葉に強いて説明をつければ、そういうことだと思います。

質問　高村光太郎は〈世界共通性の意識〉というものと〈孤絶性の意識〉というのとふたつもっていたということ。そこで、吉本さんが批判ないし消極的な評価をされたとき、その環境世界の設定の仕方ということを問題になさったと思うのです。そこで環境世界の設定の仕方を少し誤解してたんじゃないか、環境世界というのはいったいなにか、ということなのですが。

そこのところはわりあい単純なのではないかと思います。つまり、環境世界の問題というのはこうじゃないかと思うのです。

まず誰でも知識というのは獲得していくものだというふうに、つまり知識というものは知識がないところから意識自体がさまざまに書物の上、現実の上を行動することによって獲得されていくものなんだと。だから知識というのはだんだんと獲得していくものだと把握されているあいだは、なぜ人間は自分の環境の世界に直接関わらない問題に観念が働いていったり、あるいはそういう問題を考えていったりするのであろうかという、そういうことに対するうまいつかみ方というのはできないように思われるのです。それで、そこのところを逆に知識を獲得、知識のない状態から意識をさまざまに行動させる、書物の上、それから現実の上にさまざまに行動させることによって知識を獲得していく、そういう過程というのは人間にとって、人間存在にとってはわりあい自然過程にすぎない。つまり、放っておけばどうしても人間はそういうふうになるんだと考えていったと思います。

そこにはおそらく知識の課題というのはないんだと考えて、逆に知識の課題というのはいわば一種の環境世界という設定の仕方と世界普遍性みたいな、知識の世界共通性みたいな、そういうところまで昇りつめた、そういうところから逆に極めて意識的に非知識的な課題というのがあらためて把握される――そのときに環境世界というものの本格的な把握ができるのではないかと考えていったと思います。そうすると、環境世界というものと、そういう言葉を使えば世界共通意識の世界みたいな、そういうものとの関係というのはわりあいに緊張・対立と同時にいわば関連づけのもとで捉えられるのではないか、そういうふうに考えていったと思うのです。そういう捉え方でいいのではないかなと思うのです。

これはもっと違う課題にひっかけてもいいわけで、現在みたいにまだ依然として国家なら国家というものの枠組みが強固にあり、ある場所では種族なら種族、人種なら人種みたいなものの枠組みがその中でわりあい強固にあるみたいな、あるいは、もっと環境世界ということをいえば風俗・習慣の相違とか思考法の相違みたいなそういうものが厳然としてまだあるというのは、そういうところでもって世界意識というものと、それから種族意識でも国家意識でもいいのですけれど、あるいはナショナリズム、インターナショナリズムでもいいのですが、そういうものとの関連をどういうふうに把握するかという問いにしても、そういう緊張関係と関連とで把握した場合には、わりあい正確に把握できるんじゃないか。

そうすると、観念のコスモポリタニズムというものとインターナショナリズムというのはまるで違うんだということ。つまり、観念のコスモポリタニズムというものは先ほどの文学の問題でいえばフォニイにすぎないのですけれども、観念のインターナショナリズムというのは決してフォニイではない。なぜならば、それはナショナルなもの、あるいは種族的なもの、あるいは階級的なもの、そういうものの把握を環境的に踏まえたうえで世界共通意識みたいなのを関連づけられる意味での〈世界共通意識〉であるから、観念のインターナショナリズムというものとそれから観念のコスモポリタニズムというものとはまるで違うんだ。コスモポリタニズムの中にはフォニイの意識が含まれているということはどうしようもないことなんだ、ということがいえるのではないかと思うのですが。

質問 〈自然〉に関して、それを知的に把握していく過程というものと、また自然というのは通俗そのものにのめりこんでいく過程みたいなものと□□していく過程があるように思い、それを疑問に思うわけです。またそういうのめりこみみたいなものから知的下降しようとする自らの意志みたいなのを保持しようとするためにはどうすればいいのか。

こうではないでしょうか。処方箋なんてないよというような問題になるのでしょうが、しかし、たとえば先ほどの文学のことでいえば話体の方法で作品をつくっている野坂さんでもそうなのですが、野坂さんのつまらないというのは通俗小説も□□小説だというふうにすぐ転化しやすいという、そういうことがあるでしょう。それと、それでは話体の方法をとりながら、しかし文学の質としてある高さを保つのはどういうところでなのかという問題を文学の問題としていえば、同じような問題としていえるのではないかというふうに思うのです。それでどうしたらそれが区別できるのか、あるいは自分の中で保てるのかということはもういいかんともしようがないよ、なるようにしかならないよ、というようなことになるのかもしれないのですけれども、ただひとつ処方箋ではないが混同をただすということはできうると思うのです。

それはこういうことが混同されやすいのです。つまり、それはごく普通にいうと、よく有意義な生き方とは何かとか、意義ある生き方とは何か、というような言い方があるでしょう。それから、意味のある事柄というのは何か、こんなことをしても意味がないとか、そういう言い方があるでしょう。すると意義のある生活とか、意味ある生活とか、意味のない生活とか、意義のない生活とか生き方とかそういう言い方がえてして価値ある生活、価値のない生活ということと同じものとして捉えられているときに、そういう意識、そういう思想というものを大なり小なり倫理的なもの、つまり大なり小なり道義的なもの、もっと通俗的になってしまえば修身道徳的なもの、もっと通俗的にすれば、道徳バヾァとか道徳ジジィがいうような期待される人間像とか、何かそういうことになるでしょうし、また意義ある実践とか意味ある何かとか、そういう通俗的な考え方にもなるわけだと思うのです。

しかしながら、意義あるいは意味ある生活とか、意味ある行為とか、価値ある行動ということとは決してひとつではないということなんです。何故かということは、たとえばここにあるコップをそこに持っていきたいというような場合には、ここにあるコップを全くそこへ持っていくということがまことに意味ある行動であるわけです。だからこの場合に、ここにあるコップをそこへ持っていくという場合に、ここにあるコップをたとえばこっちへ持っていったならば、これは意味のない行動である、あるいは意義のない行動であるとか、意義に反する行動であるというふうになるわけです。

しかしながら、価値ある行動とは何かといったならば、必ずしもここにあるコップをこのままにしておくことが価値のないことかどうかということ、あるいはここにあるコップを意味ある行動としてそこへ持っていくということが価値ある行動であるかどうかということは、全く意味・無意味、あるいは意義・無意義ということでは測れないということです。つまり、価値という概念というのは決して意味があるかないかみたいな、つまり可視的な、眼にみえる判断のみによって測ることができないということなのです。

だから、たとえば一人の人間が部屋に寝ころんでゴロゴロしていた。それで野郎は、その道徳ババァにいわせれば、怠け者でしょっちゅうゴロゴロしている。しかし、そのゴロゴロしている中でその人間がどういうことを考え、何を形成しているか、どう何しているかというようなことは、すくなくとも意味があるかないかという、そういう判定からは、つまりここにあるものをこっちにやることが意味のあることだという、そういう意味論的な範囲からは全く判定することができないということ。その場合には、ただゴロゴロしているということから外観的にいって、これは怠け者ではないかというふうな、つまりあくまでも意味・無意味の判定、あるいは意義・無意義の判定からしかできないわけです。それでゴロゴロしているやつが何をしているかということは、どういう観念を形成していようと、つまり観念を形成し次にそれに則って行為することができるというのが人間の特質、または動物と区別されるところだとすれば、何を形成しつつあるかということは〈ゴロゴロしている〉という外観からは判断することができないわけです。それを意味・無意味、あるいは意義・無意義の観点からのみそれを判定しようとするとき、それをたとえば道徳ババァや道徳ジジィが何か意義ある生活、意義ある実践とかいっている、そういう考え方というのはいつでもそうなのです。しかしそんなことは分からないんですよ。コップをここからそこに持っていくことがどうして意義あるのか、意味・無意味の観点からいっても、誰も判定することはできない。

それからまた、ある意味では人間というのは短い時間をとりますとね、たいてい、ここからここにあるコップをそこへ持っていこうとするほどのことしかしていないようにみえるのです。しかしながら、本当にそれが意味・無意味という問題でなくて、価値・無価値みたいな問題というものをそこの中で同時的に把握しうる観点があるとすれば、それは眼にみえないものをあたかも眼にみえるがごとく把握できるという、そういう観点が必要なわけです。だから、そういう観点は、必ずしも意味・無意味、あるいは意義・無意義ということとは必ずしも同じではないよということをまずはっきりさせることが前提なのではないでしょうか。そのあとの処方箋なんていうのはいったってしかたがないので、そう思えるので、ご自分でつくってやられたらいいように思うのです。ただ、その前提として、どうしても意味・無意味ということと価値・無価値ということは直ちに同じじゃあないよ、ということをはっきりさせておくことが、混同させてはならぬということが必要なのではないでしょうか。

質問　たとえば政治思想なり文学思想なりの世界でのキツい情況——その〈地獄〉のような場面の中で、吉本さんが書き続けるということは、いったいどういう意味を持つのでしょうか。吉本さんの〈関係の絶対性〉の視点と思想の価値基準は大衆の原像といわれるわけですが、それから自分が乖離していく、そのような場面の中で書き続けていくという意味なのですが――。

その書き続けるということはさまざまな表現の仕方というのがあるわけで、肉体化するという表現もあるわけですし、行為における表現というのもあるわけです。人間というのは、大なり小なりそのさまざまな表現の仕方というのをしながら生き続けるわけでしょう。しかしその中で書く、書き続けるということに何か意味があるのか、あるいは問題があるのか、価値があるのかという、そういうことに対して、つまり積極的に書くということにこれこれの意味があるんだとかこれこれの価値があるんだというようなことを述べる契機というのは僕にはない。見いだすことができないように思われます。

しかし、消極的な不可避性といいましょうか、不可避にそう置かれてしまったからそうなった、そうしているんだよという消極的な意味づけ、価値づけならば、やはり不可避的にサラリーマンになってしまったんだよというのと同じようなところで根拠ならばありうるだろうなというふうに思います。しかし積極的な意味づけ、価値づけというのは特に見いだすことはできない。しかしながら、消極的なそれならば同じだろうと、他のどんなことをするのとも同じことだろうというふうに意味づけ、価値づけできるように思われます。

ただ、それではすこしも思想の問題にはならんじゃないか、おまえの知的な過程から非知的なものを把握するというのはそれだけの答えからじゃ出てこないじゃあないかということになります。しかし、自分なりの根拠といいましょうか、合理化というのはもちろん自分なりにしているわけです。つまり、書くという行為というものはどういうことかといいますと、たとえば靴屋さんが靴をつくり、魚屋さんが魚を売りということと全く同じということであり、それからそういう意味では不可避的にさせられているといいましょうか、そういうものであろうと思われます。だから、いわば書くということは、結局どういうところのどういう地獄に当面するのかというと、それは魚屋さんが魚を売るとき、靴屋さんが靴をつくるときと全く同じ問題が現れるわけで、それは書きたいときに書き、書きたいことがあるから書くという段階を遥かに通り過ぎてしまっていて、書くことなんか何にもないにもかかわらず書き、それから書く課題があるからというのではなくて、課題がなくても書きということ。ようするに、今日も生き、明日も生き、明後日も生きというようなことと同じように、否応でもどうにもかなわなくとも、今日も書き、明日も書きということ。それでも、イヤイヤでも十年もそんなことをやっていると靴屋さんだって一人前の靴作りの人になるのと同じように、どんなバカでも一人前の書く人間になるということ。そのことは、全く靴屋さんの場合でも魚屋さんが店を開く場合でも同じだということなのです。だからそんなものはべつに才能の問題でも何でもないのであって、どんなバカでもチョンでも十年そうやって、不可避的にやっていれば、必ず一人前になるんだ。それは、今日もイヤなんだけれども生き、明日も生きというのと全く変らないという、そういうものだとそれを把握するわけです。それならば靴屋さんでも名人みたいな人はいるわけです。魚屋さんだってみごとな魚屋さんというのはいるわけです。それと同じように、もしみごとな書き手というようなものの問題がありうるとすれば、それはつまり十年なら十年、一人前になった後で初めて現れるので、そこのところではおそらく器量とか資質とかいうものが若干ものをいう段階というのがありうると思います。しかし、当初からそういうものがありうるとは全く考えられないので。僕はそれを断言してもいい。文章を書いたことなどないというような、そんな人でも十年、そのかわり不可避的にやるということ、書きたいから書くのではなくて、そんなことがなくたって何だって書くっていうこと、それを十年やったならば必ず一人前の書き手になる。それは全く疑いのないことなのです。

みなさんが、書くという行為を他のさまざまな表現方法、あるいは生活方法とかいうものと特別なもののように区別して考えておられたら、それはまちがいです。僕は経験上からも断言できます。そこには一見すると創造の秘密みたいなものがあるように思うかもしれないが、そんなものは何もない。ただ文句もへちまもないので、今日も書き、明日も書きということ。今日も生きということ。もし生きるのがイヤになったらやめなければなりませんが、生きているのがイヤでもやってるかぎり生きているというのなら、否でも応でもやっていればそれは一人前になるということは百パーセント疑いがありません。それで嘘があったら僕は首をさしあげますよ。それでただ才能の問題、資質の問題というのは十年経ったら、つまり曲がりなりにも一人前の靴屋さんであろうというようなことと同じように、一人前の書き手になったとき以降に初めて現れると思います。

そしてそこからは、いわば地獄の問題も無限地獄の問題に転化してしまうということ。そのことは他のあらゆる分野、部門における問題と全く同じなんだということ。そのことは全く疑いのないことだと思います。一人前になったとき、いわば器量の問題、資質の問題が現れたときはじめて地獄も地獄の一丁目ぐらいから本当の無限地獄みたいなのに入っていく。そのときにはもう、その毒素が身体中まわっているというのと同じなのであって、もうどうすることもできないでしょう。〈死んだら終わりですよ〉――それだけの問題だと思います。

だから、そこで先ほどの問題と関連するわけですが、えてして人間というのはそういうことに、知的な過程というものに特別の意味あるいは価値を付与しやすいのですが、そのこと自体の中には価値というものはないのであって、むしろ価値の源泉をどこに置くかといったならば、まずごくあたりまえに、大多数の人がそうやっているように、今日も生き明日も生きということでしょう。そして、学校を卒業して職につき、そして今日も働き明日も働き、そして給料を貰って、そして結婚し子どもを産み、それで子どもが大きくなるうちにジジィになって、それで子どもなんかに造反されて死んじゃう。そういう生き方をできるならば、それがおそらくは価値の源泉であって、そう生きたらいいと思うのです。

ただ、みなさんはえてしてて、そんなのはもうわかっているんだ、給料を計算すると、もう一生でいくらなんてわかるじゃないか、などとよくいうのだけれども、しかしそんなのは嘘ですよ。嘘であって、いわば先ほどの流行歌の作家にしても本当の詩人というのはそうじゃないということがわかるのです。そういう一見波風立たず、結婚して子どもをボロボロ産んで、それで子どもはまた造反して、それでだんだん老いぼれて、くたばって死んじゃう。そういう、一見すると何の動きもないような無意味、そういう生き方・暮らし方の中をよくよく微細に微細にみていくと、その中に地獄があり極楽があり、山あり川あり、原爆がそこに爆発すれば原爆反対運動もあるというような感じでね。そういうことを微細にみていけばそういう波瀾万丈の生き方・生活・世界というものがその中に必ずあるわけです。それをみることができないのは通俗的な作詞家であって本当の詩人ではない、通俗的な作家であって本当の作家ではない、通俗的な政治家であって本当の政治家ではないだろうということはいえると思います。だから、そういうところに価値の源泉を置いたほうがいいのです。ただ人間は、大なり小なりそういうことから逸脱しながらしか生きられないのですが、逸脱すること自体に価値があるわけではないのです。逸脱を逸脱として、いわば自覚的に捉えられうるかどうか、あるいは不可避的に捉えられうるか、ということの中に本当に知識的な、知的な課題があるということだと僕には思われます。

（原題：日本文学の現状／立命館大学広小路学舎）

〔音源不明。文字おこしされたものを誤字などを修正して掲載。校閲・菅原〕

【山王教育研究所主催】——1975年10月11日

フロイトおよびユングの人間把握の問題点について

質問者1　私は精神分析を専門にやっているわけではなく、むしろクライアント、依頼人として患者の立場からの視点をもっています。先ほど、一人の個体ともう一人の個体との関係性についてのお話がありましたが、共同性への橋渡しとして神話の問題が考えられるかと思います。ここでは、神話を理解していく方法についてご質問したいんですけど。一方の極には、歴史の具体的な出来事との対比において神話をとりあげていく方法がある。そしてもうひとつは、一人一人の学習過程、認識のプロセスを重視して分析していく方法がある。私はよく知りませんが、前者は文化人類学や民俗学の方法になるし、後者は主に発達心理学の方法になると思うんです。吉本さんのばあいはこれらの方法の一面性を指摘されて、両方を総括する認識の総体性を手に入れるような方法を提示しておられると思うんです。

吉本さんの方法で非常に難かしくてわからないのは、時間・空間の捉え方です。これは自然の時間でもなければ、完全な内的な時間でもない。そういう吉本さん独得な時間・空間の捉え方、座標軸の考え方があると思うんです。そのへんの方法について、われわれでもわかるような言い方でお話ししていただきたい。これが第一点でございます。

第二点は、神話の内容に表われたきわめて日本的な問題と申しましょうか、先ほど宮沢賢治の問題が出てまいりましたが、西洋と比較したばあいの、日本的な神話の特殊性ということ。神話のなかに潜む自然感覚について考えますと、吉本さんがよくいわれます浄土仏教の思想、江戸時代の国学の自然思想、明治以降のいろんな自然思想などがあると思いますが、人間の観念のもっともてっぺんを自然と結びつけてしまう。自然と人間観におけるもっとも抽象度の高い部分が日本人の特殊性だといたしますと、そのような特殊性というものが具体的には見えないと申しますか、その点についてもうちょっと深くお話をうかがえればと思います。

いま二つ問題が出されたと思うんですけど。ひとつは、時間と空間の考え方についてですが、一般的にここはちょっと不明瞭なんです。大ざっぱにいってしまうと、すべての時間と空間についての考え方とは、自然の時間、自然の空間についての考え方ですね。一日は二十四時間というようにはかれる時間の考え方と、ここに何メートル四方の広場があるというようにはかれる空間の考え方がある。自然の時間、自然の空間というのがあって、それにはそれなりの尺度があるという考え方ですね。

それからもうひとつ、意識の時間という考え方がある。たとえば非常に疲れている時には、一時間という時間は非常に長く感じられる。その一方で非常になにかに熱中している、あるいは自身が好ましい状態にある時には、あっという間に過ぎてしまう。そうすると自然の時間の一時間、二時間ということとはかかわりない流れがある。それを意識の軸で流れる時間性と考えますと、どうしてもこの二つの感じ方が出てくる。

僕らは、表現的時間というのはその両方ともまったくちがう——この考え方を入れなければならないのではないかと思い、表現的時間・表現的空間という考え方をしました。表現的時間というのは対象的時間といってもよくて、それは言葉で表現しても行為で表現しても同じなんですけど、言葉および行為を流れる時間は、かならずしも自然の時間とも意識の時間とも同じではない。

これはそもそも文学から導きだされています。たとえば一冊の本になるような長篇小説があるとしましょう。そのストーリーはたった一日の出来事なんだけど、それを読んでたどっていったら無我夢中になって終りまで読んでしまった。時間体験としてたいへんな体験をしたように思うんだけど、小説としてはたった一日の出来事だった。そういうこともありますし、それとは逆に、たとえばモーパッサンの『女の一生』みたいな作品を読んでその世界に入っていきますと、一人の女性が青春期に恋愛を夢見て結婚するけれども、やがて夫や息子に裏切られ、年老いていく。一冊の本を読むと、まさに女の一生を流れる時間が体験される。文学作品では、そういう時間が非常によく体験されるわけです。

そのときに体験される時間性・空間性は、けっして意識を流れる時間や自然の時間ではない。それは独得の表現的な時間というよりしかたがないようなものであると考えられるわけです。そういった表現的時間の流れを設定しているのは、概念と言葉です。ある概念がこちら側にあって、その概念に相当する言葉の表現が向こう側にある。概念と言葉の間で考えられる空間性が、まさに表現的空間となる。意識の時間とも、自然の時間ともちがう、そういう時間を想定しなきゃいけないと考え、基軸に入れていくことだと思います。

その時間性ってことでいえば、たとえばメランコリーという状態がありますよね。メランコリーの本質っていったばあいに考えやすい考え方は、自分と表現される自分との間の異常、あるいは表現的時間および空間の異常と考えると、メランコリーというのはわりあいに解きやすいんです。メランコリーというのは分裂病的な意味あいでの内省じゃなくて、外からわかる印象をあたえますが、なおかつ内省的に微妙なところっていうのは、表現的時間あるいは表現的空間っていうものと、自己と表現的な自己っていうもの、概念と言葉の間にある関係性が行われていて、それで表現的な自己のところまで、他者が入り込むことができる。そういう関係性を想定すると、メランコリーというのはわりあいに解きやすいんじゃないかと考えたわけです。

もうひとつは、堅苦しさ、几帳面さ、完璧主義というのは、表現的な自己を流れていく時間性・空間性がやわになって秩序の変動を許さない状態です。そういう時間および空間の障害なんじゃないかと。たとえば、「私はばかだ」という表現と、「ばかだ、私は」という表現は意味性としては変りがないということは、通常ならば非常によくわかる。ところが、メランコリーがある状態になっていくと、どうしても、「私はばかだ」といわなければ、つまり順序を通らなければ承認しがたくなるわけです。「ばかだ、私は」といっても意味としては同じなんだけど、そういう言い方ができる可能性は非常に閉ざされている。そこでは自我、自己意識の可能性が閉ざされているのではなく、表現された自己としての可能性が閉ざされている。そのために絶対に、「私はばかだ」という言い方に固執する。

これはなにかいうときのみならず、行為するときも同じです。たとえばAをやってBをやって、それからC、D、Eと順にやれば安心して寝られる人がいるとしましょう。しかし場合によっては、AをやってBをやってからCを抜かさざるをえないこともある。抜かしてDに飛んで、Eをやって寝ることは絶対にできない。絶対A、B、C、D、Eという順序でやらなきゃ寝られない不眠症があるとすれば、それは行為による表現における順序性に固執されるわけです。

几帳面な人は会計して十円ちがっていたら、きちんと帳尻が合うまで絶対に計算をやめない。どんなに時間がかかってもやめない。そういう完璧主義があります。ごくふつうの人はどうするのか知りませんけど、僕ならちょっと計算が合わないと自分のところから足しちゃいますね。すぐにはしませんけど、何回か計算して合わないとしょうがないということで、自分で辻褄を合わせてしまう。大なり小なり、ある段階ではそういうことをやるわけです。夜が明けて明日になろうが、とにかく十円ちがっていたら何度も計算をやり直し、いつまでもやめない。計算が合うまで、絶対にやめない。こういった完璧性への固執は、行為の順序性への固執と同じです。Aの次はBをやり、その次にC、Dをやる。Cを抜かしてDに行っても、とにかく最後まで行けばいいじゃないかと思うわけですが、ここには病像の問題があって、ある場合に□□□なことが起これば、たとえばCの項目が抜けてしまう。あるいは、なにかの拍子に十円玉が転がって隠れていたとすれば、いくら計算したところで絶対に計算が合うわけがない。ある程度計算して十円合わなければそこでやめて、あたりを捜してどこかに落ちていないかどうか捜す。それでも見つからなかったら、とりあえず自分のところから十円を補っておく。人間はどこかの時点で他の可能性を考え、そういうやり方をすると思うんですけど。もしメランコリーの状態にあって完璧性に固執する人がいるとしたら、その人は明日、明後日に十円合わなければ同じことをくり返す。他の可能性を考えられない。十円がどこかに落ちた、どこかでだれかが拾ったなどという可能性を考えられず、もっぱら計算に集中するわけです。

十円を補う、あるいは「どうしても十円足りない」と他に訴えて承認させることよりも、はるかに多くの時間と労力がかかるとしても、十円合わなければかならずそうする。順序性への固執、完璧性への固執が極度になされるばあい、自己自身と表現的自己との関係に固執していると考えられる。そこでは時間・空間に障害があるため、単一な意味構成しかできない。そういうふうに理解したらいいと思います。

表現的時間を基本的に決定しているのは、自分の自分にたいする関係における空間性ということ――あるいは自分が自分をどう理解するかということの時間性は、基本的に表現的な時間性・空間性を決定するだろうと考えたと思います。そういう問題は文学から出てきたわけですけど、いろんなことを説明するのに都合がいい場合がある。文学作品を理解しようとすれば、どうしても表現的時間・表現的空間によって構成される意味、余韻を考えるよりしかたがない。そういう時間・空間を設定するよりしかたがないということになると思います。

それから神話には、さまざまな解釈のしかたがある。フロイトもユングも、ある意味では同じだと思うんですけどね。胎児だった個人が胎外に出て、乳幼児から成長して青年になる。個人の心の成長の歴史は肉体の成長の歴史をともなうわけですが、そういった成長の歴史を、人間存在の発展の歴史から類推しているところがあるわけです。個人における乳幼児期は、歴史における未開人の心の世界と対応させられる。これは無意識の領域でも対応させられるわけです。

だから乳幼児期の心の歴史を解くばあい、さまざまな兆候から解いていくという方法がある。そこでは夢の分析や問診、連想で決定していくわけです。そしてもうひとつの方法は、歴史のなかの人間から類推することです。たとえば未開人の心の世界、行いの世界はこうじゃないかと。そういう類推のしかたがあると思います。このばあい、非常によく類推が利くのでたいへんわかりやすいんですけど、未開人と乳幼児では明らかにちがう。歴史的な未開社会において、未開人は完成された心をもっている。ところが乳幼児の心は完成されておらず、あくまで過程的なものです。つまり過渡期にあるので、だんだん完成されていく心なんです。

未開人と乳幼児を対照すると類推が利き、非常にわかりやすくなる。しかし未開人がその時代において完成された心の世界をもっている一方で、乳幼児はあくまで成長する個人のある時期の心の世界なので、この類推はほんとうの意味では成り立たない。歴史的な時間が飛んでいる連鎖というのは、やっぱり考えなければいけないので、「まったく類似で同じだよ」という類推が利かないことはあると思います。

神話はそういう理解のしかたもあるし、文化人類学、あるいは考古学などの方法もある。風俗や習慣、あるいは文学の表現として残っているもので民謡・俗謡みたいなものは、比較的に時代の変化をあまり受けることなくずっと基層でもって、いちばん底のほうで長い歴史の時間を耐えてきた。いわゆる芸術的な芸術は、十年も経てば様式が変わってしまうわけですが、民謡や民俗品などといったものはわりに時間の淘汰に耐えてきた。昔話・伝承というのは、時間の淘汰に耐えてきたものなんです。そういうものにまつわる具体的な器物や土の中から発掘された遺跡から組み立てて、神話の世界を類推する理解のしかたがある。もちろん風俗・習慣、たとえば祭りの行事などから類推し、神話の構造を明らかにしていく理解のしかたもあります。

僕らは日本の神話についての具体的な分析を、部分的、断片的にはしたことがありますが、それじたいを本格的にやったことがない。しかし僕らの考え方の原理原則になっているのは、非常に簡単なことなんです。ある種族・民族の神話には、共同の観念がある。ある種族の神話と、長らく保持してきた共同の観念に接点があるならば、どんなに荒唐無稽なものであってもその物語は真実性をもっている。つまりそこには、真実を明らかにしていくにあたいする非常に重要なポイントがあるわけです。

たとえば「神武天皇が日向を出発して、大和を征服した」という神話の記述があるとします。これが実在の歴史資料、お祭りなどといった行事のパターンと合致しているように見えたとしても、痕跡として保持されているであろう共同の観念と抵触する箇所がないのであれば、その記述を信じるべきではない。どんなに実在の記述のように思われても、その記述にはあまりたいした意味はないと理解すべきだろうと。原理的には、そういう考え方があるわけです。

『古事記』や『日本書紀』のような神話的な記述を読んでいったとき、なんら実在する根拠がないような荒唐無稽な物語でも、それと種族・民族の共同の観念が非常にリアルに接触していると思われるのであれば、その物語にはそうとう重要な事実が含まれていると考えていい。そこはやはり、大きく問題にしなければならない。また逆に非常に歴史的な記述と地続きになって、いかにもあったらしいように描かれていても、種族が保持している共同の観念と抵触するところがないのであれば——ユングがいうとおり、共同の観念というのはそう簡単に変化しないものなんです——どんなにもっともらしい歴史記述があったとしても、共同の観念と相触れるところがなければあまり問題にすることはできない。僕らがもっているそういう原理原則を、具体的に神話の理解に適応したことは少ししかない。部分的にしかそういうことをしたことがないので、あまりいろいろなことをいえないいんです。

でも、どこの神話でもあるだろうと思われる例をひとついいますとね、たとえば日本神話のなかに、大宜都比売《おおげつひめ》というのが出てきます。大宜都比売が死ぬと、腐った身体から穀物が出てきた。身体が腐敗したところから、麦や粟が出てきたという記述があります。もちろん多少は違うでしょうけど、このような神話はどこの国にもたいていあるだろうと思います。他のところはべつとして、この記述にはやはり真実性を見なければいけない。もちろん物語としては荒唐無稽なんですが、真実性というのはわりあいに問題にしなければいけない。

穀物というのは言い換えれば、食べることができる植物です。食べることができる植物を生成して代々まで受け継いでいくために、部族なり民族なりのオリジナルな神様みたいなものが殺される、あるいは一人の人間を殺す。ある部族なり民族の神様が殺すあるいは殺されることによってしか、食用となる植物を受け継ぐことはできない。食用となる植物を芽生えさせ、刈り取ることをくり返していくには、そうするしかない。食物はそういうふうにしか生まれることができない。そういう観念は、わりあいに重要だってことになるわけです。

たとえば、現存する日本の祭りでも人間を実際に殺してしまうのではなく、その代わりに人間の身体を象徴するような食物をつくって供える。もっと前であれば、人間の代わりに動物を殺して供えたわけですね。そうすることによって、穀物が代々よく育つようにする。そういう祭りは現在も存在します。各地域で共同で行なっている行事のなかにそういうしきたりがあるとすれば、神話のなかにある荒唐無稽な物語は非常に大きな意味をもっていると理解しなければいけない。

いまいったことは、その一例です。

たとえば日本の神話のなかで基本的にアレを決定しているのは、アマテラスという女の神様が天上を支配し、その弟であるスサノオは葛藤し、対立したり、性的な乱暴をはたらいたため、追放されて地上の世界を、たとえば出雲国を治めたみたいな神話があるわけです。姉が天上を支配し、弟が地上を治める。あるいは姉が信仰をつかさどり、弟が政治的な支配を握る。これはわりあいに基本的なかたちです。だからアマテラスとスサノオの物語は、二人の間の葛藤がどんなに荒唐無稽であろうと、ここには非常に大きな意味あいがあると考えなければいけない。

みなさんはご存知でしょうけど、江戸時代には女の人が亭主のことを嫌いになって離婚したいと思っても、離婚の請求というのはあまりできなかった。鎌倉の（縁切寺／駆け込み寺の）東慶寺に「駆け込み」をして入ってしまえば、たいていの場合は離婚が成立した。ところが江戸時代に女性が離婚できる方法はそれだけかというと、そんなことは絶対にない。亭主が女房の持ち物、たとえば嫁入りのさいに持ってきた簞笥とかを無断で使ってしまったら、女房は離婚の請求ができるようになる。

亭主のほうが三行半《みくだりはん》か何かを書いて、「おまえ帰れ。離婚だ！」といえば、そうするよりしかたがない。それを破るには、駆け込み寺にでも行くよりしかたがない（以下、「駆け込み寺」の解釈にかんしては混乱があるように思われますが、発言のままとしています）。一般的にはそう流布されていますけど、それはそうじゃない。女房が持ってきた持ち物を亭主が勝手に使ったら、女房は亭主にたいして離婚の請求ができる。そうすると両者は、非常に矛盾するわけです。たとえば、亭主が面白くないとか理屈をつけて三行半を書いて、「おまえ帰れ。離婚だ！」といったばあい、女房は駆け込み寺なんかに行かないで奉行所か何かに訴える。「こんな無法なことはないから、なんとかしてくれ」と訴えたりすれば、亭主もそこに呼ばれる。そこで、「おまえは、女房の持ち物をなにか使ったことはないか」と訊かれれば、たいていの亭主は使ったことがあるわけです。たとえば引き出しを開けたら女房が外から持ってきた紙切れがあって、それをちょっと失敬して鼻をかんだとか。そういうことがまったくないということは、絶対にありえないはずですよ。奉行所で「おまえ、紙一枚でも使ったことはないか」と追及されれば、たいていの亭主は、「やっぱり使ったことがある」と認める。そうすると亭主が突きつけた三行半は無効となり、逆に亭主のほうが百叩きの刑かなんかに処されて離婚は取り消しとなる。

ですから、江戸時代に女性が虐げられていたなんていうのは、絶対に嘘なんですよ（会場笑）。そんなことはない。それどころか、今よりももっとそうじゃなかったんですよ。歴史というのはそういうものですから、表面ばかり見ていてはいけない。江戸時代にも、幕府法・藩法という司法がありますよね。司法だけを見ていくと、三行半を書けばすぐに離婚できたということになるわけですが、法というのは共同の観念のひとつの形態なんです。法がリアルな場面にどう接触するかというところで初めて、真実が現われてくるんです。

ですから、亭主が三行半を書けばすぐに離婚できて、それを避けるには駆け込み寺へ行くよりしかたがないというのは大間違いだと思うんです。そんなことは法律の文面だけのことで、実際にはかならずといっていいほど女房の言い分が通るわけなんです。「こんなばかな離婚請求はない」と罵って亭主を奉行所に召喚して、「おまえ、女房の持ち物を使ったことはないか」「そんなことはない」、「女房の持ち物を売り飛ばしたことはないか」「ない」、「しかしおまえ、紙を使ったことはないか」くらいまで来れば、「それはある」となって、そうすると三行半は無効であるとされ、亭主のほうが百回ぐらい叩かれて終りということになる。

紙一枚といえども、女房の持ち物を勝手に使うことがなぜ離婚の（あるいは離婚できない）原因になるのか。これは先ほどのアマテラスとスサノオのような、日本の初めのところにあった母系制・母権制社会の名残りが、江戸時代にもなおかつあったからだということになります。女房の紙を一枚使ったって百叩きの刑になる、もし訴えられればかならず男性のほうが不利になっているのは、母系制の名残りと理解することができる。そこでもって司法がいわば神話的な核心につながっていく。そこのところに真実がありうるわけです。

女性が虐げられるようになったのは、やはり近代以降です。明治時代からそういうふうになってしまったわけですが、そこで、「そうかそうか」と思ったらちょっと大間違いで、今だってわからないですからね（会場笑）。男のほうはみんな、自分は損した損したと思ってるかも知れないですしね、それはわからないですからね。共同の観念と神話的記述における観念が抵触するところ、そこに真実をちゃんと見つけていかなきゃならない。そこでもって神話を理解していけば、非常に荒唐無稽な記述であっても真実性があるということがわかる。あるいは歴史と地続きになったような記述でいかにもありそうに見えても、「ちょっとそれはだめだよ。ほんとうはちがうよ」となる。僕は神話を理解するにあたって、そういう原理原則をもっているといえると思います。

質問者2（はじめの部分、聞き取れず）時間がないので、先生の夢解釈についてお訊きしたいと思うんですが。

先ほど、典型的な夢の例を出しましたね。「橋の夢」なんかもそうですけど。それから試験に落っこちて、「いやあ、落ちた」という夢は、わりあいにだれにもある。僕はそういう典型的な夢についての自分の理解のしかたっていうのは、『心的現象論序説』（一九七一年）という本のなかで、三つの軸に則してやってるんですが、本格的にやったことはないのです。でも、夢の例をたくさん集めてきて分析したことはあります。そういう典型的な夢についてはやってみたことがあるんです。

もうひとつは、夢というのは何かということについての僕なりの考え方があります。それは夢というのは表現であるということなんです。僕は表現という言葉をいろんなところ、いろんな意味で使っているので、なかなか単純化できないんですけど。僕は夢というのを、入眠時あるいは睡眠時における心の状態の表現だと考えている。日常性において目覚めているとき、それは時間として現われる。「私は何々である」というのは、ひとつの時間の流れなんですよ。（途中、聞き

取れず）

われわれが目覚めているときに、ある現象、あるかたち、ある人との会話に意味があると考えたばあいの、そのときの時間性は夢のなかでは逆に空間性として現われるだろう。それから目が覚めているときに空間性として現われてくるもの——たとえば、この黒板の次に柱があって、それから電球があったと。そういうふうに形象的に眺められるとすれば、夢のなかでは形象としてではなく時間として出てくるだろう。形象的には右端に黒板があって、そこからスーッと行くと柱があって、さらには電球がある。そういうふうに時間が流れていくわけです。このように形象としてあるものは、むしろ時間性として夢のなかに出てくるだろうと。現実における空間性は、夢では時間性として出てくる。逆に現実における時間性は、夢では空間性として出てくる。だからときどき夢のなかで形象はむちゃくちゃだし、□□もむちゃくちゃだと、そういうふうになるのは、覚めているときの空間性は、時間性として出てくるからだ。逆に時間性は空間性として出てくるからだ。ですから通常の覚めているときの意味あいで意味構成ができるかというと、そうはならない。僕は原理的に、そういう考え方をもっています。

それからもうひとつの原理的なことは、覚めての後におぼえている夢というのは大なり小なり、少なくとも最小限度その人にとっては追求するにあたいする意味があるだろうと思います。覚めての後におぼえている夢というのは、夢そのものであったかどうかまったくわからない。覚めたときにのみ残っているものであって、それが夢の全部なのかどうかは、まったく不明なわけです。

それにもかかわらず覚めての後におぼえている夢があるとすれば、いまいいました時間と空間が逆な世界における、睡眠時、入眠時における意味構成の世界と、目覚めているときにわれわれが行なっている意味構成の世界が、なんらかの意味で接点をもっていることを意味するわけです。覚めての後におぼえている夢というのは、接点を通過していくことを意味している。

ですから、いわば無意識の領域と、覚醒時の意識ある領域との、両方を結ぶ結節点としても非常に重要なものが、少なくともその夢を見た個人にとっては重要な問題が、覚めての後におぼえている夢のなかにはあるだろう。つまりそういうふうに追求するにあたいするだろうという考え方が原則的にあります。

僕は突っ込んで夢の種類をたくさん集めて分類し、解析するということはやってませんけれども、個人にとって典型的で重要な夢、あるいは先ほどもいいましたように、リビドーの問題として重要だと思われる夢、それからいわば共同性のなかの個人の心的な世界に関連づけられるという意味あいで重要だと思われる夢ってことで、その典型的なものについては、少しやったのかなという感じがします。

〔原題：フロイド及びユングの人間把握の問題点について／国電大森駅ビル四階・山王会館〕

〔音源あり。文責・築山登美夫〕

【京都精華短期大学主催】――――1975年10月16日

文学の現在

質問者1　先生の講演の中で、文学だけで比較できないという言葉があったんですけど、文学・哲学の間に境界線があるとお考えでしょうか。

「文学っていうのはこういうものだ」という枠組みがあるかということでしょうか。初めから決まってる枠組みがあるかという意味合いでしょうか。

質問者1　うんと還元して、文学・哲学の間に境界線があると先生はお考えですか。

僕は、そういう境界線っていうのはないんじゃないかなと思いますけど。それは哲学者や文学者に聞いてみないと、わからないですね（会場笑）。僕はアマチュアですからね（会場笑）。何にたいしてもアマチュアなもんですから。アマチュアにとって都合がいい言い方をさせてもらえば、「全部境界はないよ」ということになります。だから、僕はそう思ってますけどね。でも、それは一般には通用しないんじゃないでしょうか。アマチュアだから、やっぱり「境界はないよ」っていってておかないと商売にならない（会場笑）。僕はそう思ってますね。そういう境界はないし、型もないだろうと。そう思われますけど、これにはたいへん異論があるんじゃないでしょうか。

質問者2 （えんえんとつづくが、ほとんど聞き取れず）

あのね、なんとなく分かるような気がするんですけどね。あなたはだいたい、過大評価のしすぎだと思うんですよね。うちの女房がそんなのを聞いたら、怒りますよ、ものすごく（会場笑）。そうじゃないんですよ。

つまり、こうだと思うんです。たとえば、アルファからオメガまで、一から十まで言い切ることができる事柄があるとしますね。でもそれを言い切れるやつは、やっぱり宗教家だ、宗教になっちゃうような気がするんですよ。なぜならば、言い切るためにはどこかで自己偽瞞を超えないといけませんから。そこで、自己偽瞞を超える方法を持ってなければいけないと思うんです。（中断）どう考えたって、どこかで自己偽瞞を超える方法を持ってないといけない。そうでなければ、自己偽瞞を外す方法を持ってないといけないように思うんですよ。そういう方法を身につけてないといけない。

ですから僕は十わかってて、十言い切れることがあるとしても、四ぐらいしかいってないと思う。いってないけど、いいんです。あなたは同情してくれたけど、評論家でも詩人でも、そういうほうが気が楽ですよね。つまり、わりあいに言い得てるんじゃないでしょうか。十言い切れることでも、それをいってしまうと嘘になっちゃう。自分にたいして嘘になっちゃうから。そういうことがいつでもつきまとってるから、四くらいしかいわねえことにしてる。そういうことについては、たいへんいいいんじゃないかと。評論家とか詩人は、そういう言い方をしても悪くないと思っています。

ただ文学の表現の世界に入っていきますと、逆に十言い切っちゃったら理想だっていうことになるわけですよ。だから、それを目指すことになるわけですが。でも、それを目指すことは、非常に矛盾なわけです。現実の世界で十わかってることを十言い切ったら、今いったみたいに自己偽瞞をどこかで超えなきゃいけない。表現の世界では、それとは別な意味合いでの超え方ができると思うんですね。ですから、少なくとも文学にとっては、ある事柄について十言い切るっていうことは理想であるように思うんです。アルファからオメガまでいっちゃう、いえちゃうということは、文学にとっては非常に理想で、それを目指さざるを得ない。そういう矛盾みたいなものが自分の中にあって、それが自分を非常に混濁させているんじゃないかなと思いますけどね。

その処理については、いろんな言い方がありますよね。たとえば漱石なら「則天去私」、小林秀雄なら「無私の精神」とか、そういう自己偽瞞を超える言い方があるでしょう。だけど僕は、そういうのは嘘だと思ってるんです。「それは文学じゃないよ」と思ってるわけです。無私の精神なんていうのは嘘だよ。年取ってくれれば、安心立命の境地に達するなんていうのは全然嘘でね。体験上、嘘だっていうことがわかります（会場笑）。それどころか、ますます我執と妄想の中にのめり込んでいく。今のところ、それが僕にもかすかに見えているような気がする。だから僕は、「小林秀雄だって、そうに決まってるよ」と思ってるわけ。だけどあいつは、読者っていうか、人間っていうのをなめてるから、馬鹿にしてるから無私だっていうんですよ。冗談じゃないですよ（会場笑）。小林秀雄自体が、そうであるはずがないんですよ。そういうことが、僕にはわかるような気がします。

だけどそこで、「そうじゃねえよ。ひでえもんだよ、人間ってのは。人間の一生っていうのはひでえもんだよ」っていっちゃったら、やっぱり言い切っちゃうことになるんですよ。文学だから、言い切っちゃってもいいんですけどね。そりゃあやっぱり、無私の精神みたいなことをいえばかっこいいわけですよ。こちらでもって我執を引き受けなければ、そんなことはいえないんです。漱石が則天去私っていう場合もそうなんです。普通の人以上に自分で我執を引き受けなければ、則天去私みたいなことをいえない。だけど無私の精神なんていうと、「ああ、年取るとああいうふうになるのか」と思ったりする人もいるわけです。そういう人に、「そんなことはないですよ」っていわないといけないと思うんです。でも、小林秀雄はそれをいってないわけだから、やっぱり人間を馬鹿にしてるんだと思うんです。

小林秀雄は若い頃、「私は「女とはこうである、かくかくである」という言い方をするやつを好まない」といってるんです。そんなことをいってわかるもんじゃないよ。そんなの、いくらなんでもわからないよ。何十年付き合ってもわからないよ。それだけのわからなさがあるんだよ。

だから自分は、「女っていうのはこうなんだからな」っていうやつを好きじゃないと。小林秀雄は若いとき、そういうことをいってるの。それは、自分の体験を踏まえているわけでしょうけど（会場笑）。それと同じような意味ですね。

僕はどんな年寄りの口から出た言葉でも、「人間とはこうだよ」っていう言い方をするやつを好まないですね。無私があったり、悟りがあったりする。人間をそういうふうに決めてしまうものを、僕は少なくとも文学としては取らないですね。そうじゃないと思う。僕はまだ結論に達してないですけど、おぼろげな輪郭からいえば、やっぱりそうじゃないと思う。ものすごく突っ込めば突っ込むほど、生きれば生きるほど我執に満ち、妄想に満ちる。だいたい、そういうふうにいくんじゃないかなと思います。なんかおぼろげに、そんな感じがしてるからね。無私の精神みたいなことをいったやつがもし偉いとすれば、それをいったために普通の人より多く我執・妄執を自分の中に引き受けていると思います。それがなければ、本当に人を馬鹿にした話だと僕には思えますね。

文学は決して、そういうことをすべきじゃないと思われますけどね。しかしある代償を引き受けたかぎりにおいては、そういう言い方をしてもいいのかもしれません。そうすると、楽になるということがあるのかもしれませんけど。僕もわかりませんからね。なんか突然、無私の精神とか言い出すかもしれないし。わからないから、あまり断定はできないですけどね。今のところ、僕はそう思ってますけどね。そういう問題じゃないかと思うなぁ、たぶん。

質問者3　□□□□□。小川国夫が『正論』で、日本の□□における□□の関係は不可能になっている、作者はそれを踏まえ、世界の枠組みというものを使って、それを表現していると書いていました。たとえばそれを、島尾敏雄の『死の棘』まで敷衍して考えてみた場合、やはりそういう□□□の見方は可能でしょうか。

僕は可能だと思いますね。それはちょっと異常な世界というか。少なくとも一対一の関係の世界だったらとことんまでやっちゃってますから、不思議なあれを呈する。

島尾さんの『死の棘』一連の作品の中で、奥さんと散歩しながら、異常なことを異常なように、いさかいを繰り返すところがある。そこで何回も繰り返されるいさかいの型っていうのがある。そうなってくると「ひでえもんだよ」といったらいいのか、「壮絶だ」といったらいいのかわかりませんけど。異常なところで、異常に突っ込まれる。主人公のほうが逆にそれに耐えきれなくなり、「俺のほうが死んでやる」といって何度も死のうとする。それは何回も何回も繰り返され、何年も何年も繰り返されてきたパターンなんです。

ところが奥さんと一緒に郷里に帰ると、その型がひとつだけ違ってくるわけです。いさかいは同じなんですけど、精神が異常な鋭敏さでえぐられている。主人公が「そんなら、俺が死んでやる」といっていたときにはまだ余裕がある。つまり人は、発作的にしか死ねないわけですけど。でも、そのときには、本当に主人公が死のうと思うわけです。そこにけれんがなくなって本当に死のうと思い、木の枝から落ちてきた縄きれみたいなのをあれにさげる。本当に死のうと思ってるから、けれんは何もないわけです。ごく当たり前のように死のうとするんですね。そのとき初めて、奥さんのほうが「お前が死ぬっていうのは、本当は嘘だろう」といわないで、本当に止めるわけなんです。そこのところで、ひとつの新しい型ができてくる。

それができてくると、何が可能になるか。これは先ほどもいった、シャーマンが苦悩の森からさまよいでてっていうのと同じなんですけど、死から引き返す過程っていうのが分かるようになるんですよ。そういうものが描けるようになるんですよ。島尾さんには現実体験もあったと思いますけど、その作品を書いたのちに初めて、死から引き返す過程がわかるようになった。

あの人は戦争中、特攻要員だったんですが、まさに出撃というときに戦争が終わっておあずけになった。おあずけになっちゃうところは何遍も描いてますけど、いったん死のほうまでのめり込んだ人間が生のほうに回復してくる経路についてはなかなか描けなかった。心は死の寸前までのめり込んでいた。戦争が終わった後、それがどうやってしんどい過程を通って、生のほうへ回復していったか。島から本土へ帰ってきて、そこでありきたりの人間のようにありきたりに職に就きながら日常生活を繰り返す。そこまでどうやって行けるかという経路を描けるようになったのは、その作品を書いた後なんです。その作品を書くまでは、死に突っ込んでいくところまでは描けてる。死に突っ込んでいき、そこを引き外された。そこまでは描けてるんだけど、そこから生へ引き返してくる過程は描けなかったんですよ。そういう関連性があります。

つまりどこから引き返すか、どのように引き返すかということですよね。島尾さんの場合、どのように引き返すかという問題が含まれていくわけです。そこでは現実の枠組みが強固にあるという理解の仕方も可能でしょうけど、やっぱり作家個人のシャーマン的な体験に則して考えるべきでしょう。死のほうまで突っ込んでいき、さんざん苦しめられた。そういう体験をした人間がどうやって、生に引き返してきたか。死の極限まで行って引き外され、そこからどうやって生のほうに引き返すことができたか。現在的なシャーマンのひとつのあり方の問題、往路と復路の全体として理解したほうが、分かりやすいような気がしますけどね。

質問者4　男性のシャーマンは世界のあらゆる□□にたいして極端に分裂し、対立していく。世界にたいする自己幻想みたいなものを、□□していくというか。そういう過程があると思ってるんですけど。それにたいして女性のシャーマンというのはだいたい、外の世界と自分の距離を縮める方向を取る。つまり、自己と世界の関係を歪ませていくというか。あるいは、自己幻想と共同幻想を□□していく。僕らが現代文学、あるいは□□として書かれた文学にたいして感ずる魅力は、男性のシャーマン的なもので。自己幻想を媒介として、世界をどのように捉えていくか。そういう感じで描かれたものに魅力を感じるんだろうと思うんですけど。女性のシャーマン的な魅力というのは、古典を媒介として僕たちが□□を見たとき、そういう□□性の中に入っていくことができる。そういうところに魅力があると解釈できるのではないかと。

あの、いいんじゃないでしょうか。そういうふうに図式的にいえば、いいんじゃないでしょうかね。女性の作家は、女流作家といわれることを好まないいんじゃないかなと思います。女流も男流もなくて、作家だけがあるんだ。そういう言い方のほうが正しいんでしょうけど。でも、やっぱり特徴はあるような気がしますけどね。女性の作家・芸術家の場合、分割よりも結合・融合という尺度を使ったほうが分かりやすいような気がします。だけどその一方で、女性の作家・芸術家がわりあいに中性的になっていくという現象もあるので、そこはよく分からないですけどね。ですから中性的というよりも、人間的といったらいいのかなと思いますけど。

とにかく、なかなか分からないですね。現在の女性の作家とか芸術家の、どういう作品からどういう共通の特徴を引き出せるか。そこで「男流・女流なんていわなくてもいいんだよ」といえるものかどうか。今の問題としては、そういうことがあるんじゃないでしょうか。作品全体の世界があるにしろ、ひとたびは極度に分割するということを特徴とするか。あるいは接続・融合を特徴としているけれども、全体としては分割を含んでいるか。原則的にはそういうことがいえそうな気がするんですけど、実際のあり方はさまざまですから。実際にはそこで、違う面が出てくるんじゃないでしょうかね。それ以上のことはいえないような気がしますけど、本質的にはあなたがおっしゃったのでいいんじゃないかなと。

質問者5　今、前の方もいわれていたことなんですけど。島尾敏雄の□□□についてです。□□□□□□□。それはたぶん□□□□□□、□□□□□□。（ほとんど聞き取れず）

あの、勁草書房っていう本屋さんに聞いていただけますでしょうか（会場笑）。だいぶ前に書いたものですし、僕の手を離れているものなので分からないんですけど。まあ、それは冗談として。

いちばんつかむのが難しいのは、そういう極限のところまで行ったというモチーフを持った作品じゃない。島尾さんはサラリーマンをして日常生活をするわけですけど、その時代に書かれたもので何でもない作品があるんですよ。何でもない作品っていうのはおかしいなぁ。女の子と一緒にピクニックに行ったとか、グループでどこかに遊びに行ったとか。そういうことだけしか書いてない作品があるんですが、これを理解するのは難しくて、いくらかつっかえちゃってる感じがあるというのが現状なんですけどね。一見何でもない日常性の中で、何でもない作品のごとく書かれた作品には、その作家にとって何か決定的な意味があるんじゃないかなと。そう思われてしかたがないところがあって。島尾敏雄の全体みたいなものをつかむ場合、そこが引っかかってるところだと思いますけど。

質問者6　数年前に『共同幻想論』を読みました。『共同幻想論』の中で、最終的に共同幻想っていうのは□□を受けてないということをお書きになっていました。今日のお話で、神話の中の未分化の状態が芸術のひとつの理想であるといわれたんですけど。（聞き取れず）現代社会において文学の□□的な行為と、現実的な幸福は矛盾した状態にある。それはよくいわれている問題なんですけど、そのことについてもう少しお話ししていただきたいと思います。

文学の理想を過去に投影していくでしょう。つまり神話的な世界、あるいはそれ以前の世界に行けばいいと。作品が人を引きこんでいって、そこから出してくれる。そういうことができたら、たいへん理想じゃないかということになると思います。
その理想の矢印を未来のほうに向け、思い描いていけば、神話的な世界と同質の開放性が見えてくるんじゃないでしょうか。その開放性は、あなたが今おっしゃった共同幻想みたいなものがなくなったところで初めて実現されるでしょうし、そういうふうに考えることができるんじゃないでしょうか。ベクトルを過去に置くか、あるいは未来に置くか。その違いにすぎないんじゃないでしょうか。僕にはそういうことだと思われます。
たとえば原始共産主義ってのは、原始っていう言葉を抜かせば理想的だということがあるでしょう。そこでの原始共産主義っていう言われ方と、未来に描かれる共産主義っていう言われ方では、同じ言葉だけどまったく違う。ここでは、まったく違う次元で考えられている。それと同じじゃないかなと思いますけどね。それから……何でしたっけ。もう一回いっていただけますか。
質問者6　現実的な幸福と、□□□□。たとえばマルクスは『ユダヤ人問題によせて』で、宗教というのは現実的な幸福を唱えているといっている。（聞き取れず）
そうですね。どういうふうに考えたらいいんだろうな。あなたは笑い話じゃないっていうけどさ、そういうふうに笑い話みたいにいっちゃうよりしようがないっていうこともあるんですよね（会場笑）。笑ってたら真面目じゃないっていうことは、ないような気がするんですがね。うーん。
質問者6　□□□□。吉本さんは文学から、相当長く離れておられる。（聞き取れず）
いやあ、そうかもしれないですね。ただドロドロしたことを切断した場合、切断した部分はこっちのほうに引き受けられているような気がするんですよ。だから言われ方とあり方、全体のあり方の関係っていうのは考えたほうがいいんじゃないですかね。先ほどの無私とか則天去私とか、そういうのと同じで。「そういうふうにいったら、その男は悟ってるのか」と理解したら、ちょっと違うように思われる。僕は先ほど、そう申しましたけどね。それと同じことがいえるんじゃないでしょうかね。もうちょっと包括的に考えたほうがいいような気がしますけどね。

ただ、「あっさりいってくれるな」ということはあるかもしれないですね（笑）。それは永遠なる問題としてあるような気がしますけどね。あれだけあっさりいっても、話し方が下手で時間が超過しているわけですから、なかなか難しいんじゃないでしょうか。あなたが一対一でこういうふうにやったら、ドロドロでやりきれない。そういうことがいえそうな気がしますけどね（笑）。

〔京都精華短期大学〕

〔音源あり。文責・菅原則生〕

【北海道大学作家講演実行委員会主催】——1976年5月10日

『死霊』について（北海道大学にて）

——講演の後、質疑応答が行なわれ、そこで吉本氏は以下のように答えている。これは講演の補足として参考になると思われるので、ここに再録した。なお、質疑の趣旨は、現在を照らすものとして《未来》が強調されているが、それは過去とどういう関係にあるのか、また《未来》についてどのように考えているか、というものであった。

今日は、埴谷さんの『死霊』が出版されたということと、それから高橋和巳さんの五回忌というのを記念して、あわせて現在を考える会ということなので、埴谷さんの作品のモチーフみたいなのを語ったのでね。僕は全然違うんですよ、埴谷さんとは。違うわけですよ。僕が好きなのは、『死霊』の中の登場人物を例にしていえば、赤ちゃんが泣いたときには抱いて、つまり孤独なんだから抱いてあやしてやるのが一番いいんだ、という保母さんが出てくるんですけどもね、それが一番好きなわけです。

人間の自由の問題、それから意志の自覚の問題ということの重大さをなんら考えることなしに、むやみに結婚してそして子供を産むのは罪悪だ、そういうのは埴谷さんの根本的な理念なんで。それは作品の登場人物でいいますと、三輪与志の兄の三輪高志というのがいるんですけど、それが自分のあれとして述べるところがあるんです。つまり人類の錯誤、人類がやってきた錯誤の最たるものはなにかといったら、ひとつは要するに自己に固執することだ、あるいは自己の理念に固執することだといってもいいと思いますけど。そういうことと、それからもうひとつは、いまいいましたように、なんら自由意志の重大さということの自覚なしに、漫然と年になると結婚して、それで子供を産むことだ。それは罪悪なんだ。それが人類の犯してきたふたつの重大な誤りだ、というふうにいっているわけです。

それは登場人物がいっているんですけども、もちろん埴谷さんの分身ですから、埴谷さんの見解の奥深くにあるものなんです。だから赤ん坊が泣いても放っぽっておくべきだというのが埴谷さんの理念なんで。それで放っぽらないで、それを抱いてしまったときに、その赤ん坊の堕落というのが始まっているんだ、というのが根本的な考え方だと思います。

しかし僕はそうじゃないのであって、全然反対なので。ひとがやること全部やってみようという、あの、全部やってみなくちゃだめだ。それで結婚したって子供を産まないというのは罪悪だと思っているわけですよ。だから埴谷さんの例えば文体というのは——いけねえな、これはちょっと悪口になってしまうけど――孤独者の文体ではなくて、僕は独身者の文体だというふうに思っているわけです。つまり単独者の、思想的単独者の文体じゃなくて、独身者の文体だと僕は思っていますけどね。だから僕は違うんですよ。あの、違うんです。全然違うんですよ。

つまり人類というのには錯誤というのがあるんで。つまりそれをドストエフスキーが、『悪霊』もそうですけども、大変丁寧に描いているし、埴谷さんも描いているわけですけれども、一度はどうしてもインテリゲンチャの倒錯した心情というものを通過せずには未来には到達しないだろうと思います。

未来というのは非常に簡単なのであって、なんら理念もなければ知識もない、関心といえば自分の生活的利害しかないというような、そういうひとたちが要するに社会の主になるというのが、とにかく究極的な未来像だと思います。レーニンが描いた未来像というのは単にそれだけなんですよ。つまりそれだけのことなんですよ。要するになんでもないひとが代わりばんこに、つまりゴミ当番のように政治をやってゆくというようなね、それでみんな嫌々ながら政治をやってゆくという、それは要するに描きうる限りの理想の社会だと僕は思っています。

しかしそこに到達するのは簡単じゃなくて、どうしても精神的なインテリゲンチャ、あるいは革命的インテリゲンチャでもいいですけど、そういうインテリゲンチャの倒錯した心情、思想の世界というのを必ず通過せざるをえないだろうなっていうふうに思える必然性があるんです。

ドストエフスキーというのがなぜ偉いかといったら、そういうものを描いているからだと思います。僕はそういうことだと思います。埴谷さんもそういう世界を描いているし、埴谷さんもひとりのインテリゲンチャとして非常に極端化、極限化した観念の世界を作り上げようというように意図して、それでやっていると思います。それでそれは大きな意味があるというふうに思いますけれどもね。僕は全然違います。全然。

とにかくいまいったように簡単なことです。未来、理想の未来なんていうのは簡単なことで、深刻なことなんかなにもないですよ。要するにいまいったように、理念もなにもない、てめえのことしか考えてない、てめえの身辺のことしか考えていない、そういうごく普通のなんでもないひとが社会の支配者になることですよね。そうすると支配者になってもいいことないんですよ。いいことないから嫌々ながらやるということですよね。嫌々ながら当番でやる、当番だからしかたがない。それが理想の社会です。描きうる限りの理想の社会なんで、それでそれは非常に簡単なように見えるけどそうじゃないんです。それは人類史が何千年もかかってまだ実現できないわけですし、それから十九世紀末以来、革命的先進的インテリゲンチャが倒錯した思想の世界を実行に移そうとして、さまざまな奇怪なことをしでかし、現にしでかしつつあるわけです。

しかしそういうところを通過しなければどうしても未来に到達しないだろうというようなところに、やはり人間の歴史の困難さというのがある。その困難さをやはり避けて短絡することはできない。短絡していわゆる未来学者みたいに考えることは絶対にできないんだ。また牧歌主義に退化することもできないんだ。つまりあらゆる牧歌主義的思想は一度は滅びなければならないということ、これもやはり必然なんだ。そういうふうに倒錯した心情や観念の世界というところを通らなければ、非常に簡単な、誰にでもわかるそういう世界に、理想の社会に到達できないんだと僕は考えています。

（北海道大学クラーク会館大講堂）

〔音源不明。文字おこしされたものを誤字などを修正して掲載。校閲・菅原〕

【東北大学学友会文芸部、『濫觴《らんしょう》』同人、現代イデオロギー研究会主催】

1976年5月11日

『死霊』について（東北大学にて）

質問者1　非常に楽しく聞かせていただきました。『死霊』について、漠然とではあるんですけど疑問があったので、ちょっとお聞きしたいんですけど。今の吉本さんのお話で、ドストエフスキーの『悪霊』と埴谷雄高の『死霊』が出てきました。『悪霊』には非常に不真面目なところがあり、『死霊』は非常に生真面目だとおっしゃっていて。僕はまず、これを疑問に感じたんです。『悪霊』っていうのは真面目だから、ああいう格好になってしまったところがあるけれども、『死霊』っていうのは逆に不真面目じゃないかと。そういう気がしているわけです。

吉本さんには戦前・戦中の体験がおありになり、僕らにはない。それがこの『死霊』の読み方の違いに現れているのではないかと思うんです。つまり下からの眼・未来からの眼が非常に弱いんじゃないか。神からの目といってしまうと古臭くて駄目なので、未来からの眼・下からの眼という。

そうすると非常にフレッシュに聞こえるかもしれないけど、そういう言葉を使って展開するのはちょっと弱いんじゃないかと。『悪霊』が十九世紀的な小説だとするならば、今頃『死霊』が書かれるっていうのはだいぶ遅いんじゃないか。芸術・文学作品の場合、遅ければ少し駄目なんじゃないかという気がするわけで。小川国夫さんも秋山駿さんも文学にかかわり、小説等を書いたり批評したりなさっている。そして吉本さん自身も、詩を書いておられる。僕もそれを読んでいますけど、そういうものはもう駄目なんじゃないかと。そういう絶望感を持っていて。

みなさんは楽しそうに小説を読み、詩・小説を書かれておられますが、やっぱりそういう全体的の問題から考えないと『死霊』の問題は見えてこないんじゃないか。今の日本の思想的風土からいえば、『死霊』という小説は非常に重要です。今五十歳以上の戦争を体験した方から見ると、非常に大きな問題だと思うんですけど。しかし僕らにしてみれば、それほどたいへんなことなのか。それについて、ちょっと疑問があるわけです。ようするに小説の現代性と可能性について、お三方に聞きたいと思うんですが。

司会者　ちょっと問題を整理しますと、『死霊』と『悪霊』の時代性という問題だと思うんですね。時間もないので、吉本さんだけに聞きたいと思うんですけど。たとえば『死霊』は時代的に見て新しいけど『悪霊』は古い。そこでのいい悪いという判断は、どういうところで下されるのか。そういうことを聞いてたと思うんですね。あるいは、真面目か不真面目かという問題ですけど。

僕はよく分からなかったんですけど。僕が真面目・不真面目っていったのは、そんなに深い意味じゃないんです（会場笑）。「あいつは不真面目な野郎だ」とか「あいつは生真面目だ」とか、そういう意味合いでいってるので。あなたは「『悪霊』のほうが真面目で、埴谷さんの『死霊』のほうが不真面目じゃないか」とひとひねりひねられた。それで「未来からの眼っていうのは弱いんじゃないか。不真面目ということと関連するのであれば、弱いんじゃないか」といわれたのかなと。僕はそれにたいして、別段感想はないです。「ああ、そう。そういう感じ方もあるな」と（会場笑）。つまり、ひとつの見解として聞いたというだけで。

あなたは、真面目・不真面目という言葉に特別な思想的意味を含めようとお考えになる。おそらく僕がいったことをそういうふうに聞かれたから、そうなるんじゃないかなと。僕は非常に単純な意味で、「野郎は不真面目だ。ふざけた野郎だ」という言い方をするのと同じ次元でそういっているので。とにかく非常に単純な意味で真面目・不真面目といってるので、そこをひねってしまいますといかようにも違う展開になってしまう。そうするといくらでも、正反対の展開が出てくると思います。

『悪霊』と『死霊』を比較してどうこうという考え方は別段、僕のほうにはないわけでして。ただし埴谷さんは、『悪霊』からたいへん影響を受けているだろう。あるいは、示唆は受けているだろうなと。しかしよく読まれれば分かるように、まるで中身は違うものですから。そういう意味合いの問題としていうと、本当は話の中に『悪霊』を出さないほうがよかったかもしれないなと思います。そういう反省はありますけど、僕は別段今おっしゃったことに異議はないですね。

異議というか、感想はないですね。「ああ、そうか。そういう考え方もあるな」と（会場笑）。そういうふうに思いましたよ（会場笑）。もし僕の受け取り方が間違ってなければ、そうだと思います。だけど響きがすごくて、おっしゃってることの中にちょっと分からないところがあったので。

司会者　どうでしょうか。今の吉本さんの答えを聞いて、もっと質問したいことがあれば、再度手を挙げていただきたいんですが。吉本さんにたいしてだけでなく、他の方にも何か質問があったら手を挙げてほしいんですけど。

質問者2　吉本さんにお聞きしたいんですけど。『異端と正系』で、埴谷さんのことを対立者として捉えておられますよね。この前、埴谷さん、吉本さん、秋山さんの鼎談を読んだんですけど、そこでも埴谷さんとの思想的な対立が明らかになったということを述べておられました。それについて、もっと詳しくお話ししていただければと思います。

『異端と正系』というのは今から十年以上前の本ですから、最初の頃の埴谷論みたいなものだと思いますけど。僕は埴谷さんについていくつか書いてますから、そのひとつだと思うんですけど。対立者とか何とか書いたのは若気の至りで、記憶にありません（会場笑）。それを僕の現在のあれにひきよせていいますと、その頃はまだゆとりがあったけれども、僕自身が自分のテーマといいますか、モチーフを追求することに深入りしちゃってて、あまりゆとりがなくなったよ、対立とか何とか、そういうことをいうゆとりがなくなったよ、そういうことがひとつあります。

あと、これは後記かなんかに書いたと思うんですけど、資金集めのために秋山さんと埴谷さんと三人で座談会をやりまして。だけど埴谷さんは二時間ぐらい経つと、心臓の薬を飲まなきゃいかんという感じでね。薬を飲んでは語りというのを埴谷さんがするでしょう。僕の親父も心臓が悪いので、その薬が何なのかっていうことは分かるんですよ。つまり、発作を止める薬なんですけどね。だからもう、対立も何もないんじゃないかと（会場笑）。それは同情や年長者にたいするいたわり、あるいは病気の人にたいするいたわりとはちょっと違うんですよ。とにかく、文学あるいは文学者というのはそうとう悲惨なものだなと思って。そうとう悲惨なことに耐えなければいけないものなんだなと。それはやはり自分の運命であるかもしれないし、自分の鏡であるかもしれない。これは文学だけじゃなく、政治運動に携わる人、何に携わる人でもすべての人に当てはまることかもしれません。だから、そうとうひどいもんだなと思って。人間っていうのはひどいもんだなと。あるいはもっといえば、人間の生涯っていうのはひどいもんだなと思います。そういう何ともいえない、名状しがたいものがあるわけです。

埴谷さんと僕の考え方は全然違いますから、違うことをいってもいいんですけど。僕は単独で来たし、単独でいくらでもいますよ。だけど僕がそんなことをいうよりも、今みたいなことをいったほうがいい。「それが非常に大きなことなんだ」といったほうがいいように思いますので。

僕は後年、青年期について考えて「俺、ちょっと間違えたぞ。人間の生涯っていうのは間違えたぞ」と思ってることがひとつあるんです。青年期っていうのは誰でもそうでしょうけど、きついわけですよ。考えることの中で、いろんなことが全部引っかぶってくるわけです。それは非常にきついわけです。さればといって自分に自信が持てるわけでもないし、自分に生活能力があると規定することもできない。みなさんだってきっとそうだろうと、俺は思うんだけど。それで不安に満ち満ちているでしょう。不安とコンプレックスに満ち満ちているわけですよ。それで「きついな」と思って。生理的にか精神的にか年齢が上昇していけば、どこかすっと広場みたいなところに行けるに違いない。楽になるところ、ゆとりのあるところに行けるときが必ずあるはずだと。そのときはそう思っていましたけど、それは錯誤ですね。違いますね。

僕の経験では、少なくとも楽になる原因はあります。「そのときには一銭も稼がないで親のすねをかじったけど、今はちょっと食えるだけは稼いでるぜ」とか。そういうつまんねえところでは楽になる条件がありますけど、そんなものは青年期に自分が抱いた精神の問題をちっとも楽にしてくれないですね。それだと年を取るにつれて、ますますきつくなるだけです。だんだんそういうことが分かってきたんですよ。俺は青年期に徹底的に間違えてたぞ。どこかで、ゆとりのあるところがあるにちげえねえ。そうじゃなけりゃ、どうも救いようがねえよ。そう思ってたんですけど、それは違うなと。「それじゃあきつくなるだけですよ」っていうことが分かってきたように思うんです。

だから俺は、そこにかんしては決定的に間違えたなと思うんです。座談・対談するにしても、二時間ごとに心臓の薬を飲んだりしなきゃいけない。そのきつさっていうのは分かるわけですよ。

それはいいようがないですよ。だから、そういうことだと考えてくださったらいいと思います。僕自身の考え方の原理みたいなのがありますけど、それは違うと思います。いつか機会があったら、僕は単独でやってきているから「やろう」と思えばやりますけどね。でもそれにかんしては、いうことがないいんだろうなと思います。だから今みたいなことをいえば、僕はいいような気がしますけどね。

司会者　先ほどの質問を受けて、吉本さんが答えられたんですけど。吉本さんだけじゃなくて小川さん、秋山さんのほうにも質問があれば、手を挙げてください。はいどうぞ。

（中略）

質問者3（はっきり聞き取れず）

それに答えるには、たくさん敷衍していわなきゃいけないんですけど。それはさまざまな問題にかかわってきちゃうから、全部いうには何時間もかかると思います。しかし非常にラフな言い方になりますけど、ひとつだけいいますとね。飯を食ったりおかずを買ったり片づけたり、稼いだりする、そういうことに二十四時間全部使われちゃってもいいというのが、僕の考え方です。つまり、それを引き受けるという考え方です。文学や思想、あるいは政治でも何でもいいんですけど、そういうことをやるんだったら、二十五時間以降の時間を自分でつくれなければ駄目だと。そういう考え方です。本当にどんづまりまで覚悟するならば、何でもいいんですよ。些細なことでもいいんです。稼ぐことでも何でもいいんですけどね。そういうことに二十四時間全部使われちゃう境遇に陥ったり、そういう時期があったりしたら、それは引き受けなきゃいけない。引き受けるべきだ。それでいいんだという考え方です。日本ではそこまで覚悟しなきゃ、文学もできない、思想もできない、政治もできない。それが僕の覚悟です。

では、二十四時間以内に起こるさまざまなことにたいするメタフィジカルな意味づけを、どこで捉えればいいのか。僕なら僕なりに原理と体系がありますけど、そんなことをいってたらきりがない。しかし原則はそうです。そういうことを考えなきゃ駄目だよ。そのぐらいの覚悟がないと日本では究極的には駄目だよと。日本の社会っていうのは、余計なことを嫌いますからね。余計なことっていうのは分かりますよね、分かりませんか（会場笑）。だから、原則的にはそういうことです。だから俺に聞いたって、ちっとも満足してないでしょう（会場笑）。だからそんなのは……（中断）。

〔東北大学川内記念講堂〕

〔音源あり。文責・菅原則生〕

『死霊』について（京都大学にて）

質問者数人（聞きとれず）

いろんな質問が出てきたんですけど、みんな違うことをおっしゃっていて、分からない□□□。先ほど質問された方は、『伝統と現代』に掲載された「ある親鸞」を読まれたということなんですけど。僕は『春秋』っていうパンフレットで十何回も、親鸞のことを書いてるんです。それも一緒に読んでくだされば、□□できると思いますね（会場笑）。いわゆる浄土学の問題、つまり□□の問題について僕は無知なんであって。ありがたく拝聴していたという感じなわけです（会場笑）。仏教教団には仏教教団固有の問題があるんでしょうけど、僕は別に□□の言葉を書こうという気がないので、いわば僕なりの一種の自然に持っていくわけですけど。それを読んでくだされればいいと思います。専門家のように「こうである」ということは□□□なので（会場笑）。

それから「お前の『共同幻想論』にはどういう意味があるのか」というご質問だったんですけど、あらためて「どういう意味があるのか」といわれてしまうと、何とも答えようがなくて。ただ僕が非常に根本的に考えたことは、次のようなことです。まず、個人の倫理がありますよね。たとえば自分は□□に参加しないと、良心が痛むとか。そういう個人の倫理にかんする問題で、正義のようなものがありますよね。正義にかんする問題、共同観念に属する問題で短絡したら、きっと間違うというのが僕の考え方です。だから「世界認識における次元の相違っていうのは、非常に明瞭につかまなければいけないんだよ」と、僕は思います。質問された方は□□の問題について、良心の痛みを感じる。しかしその痛みにたいして、本来的な意味での痛切さっていうのはそんなにないかもしれない。そういう疑問を持たれ、思い悩んでおられるのでしたら、松下さんによくよく□□づけられて、答えを求められたらいいのではないかと思います。僕はそう考えますね。それから……何だっけな、忘れたな(会場笑)。ああ、そうか。松下昇さんは全共闘運動の中で、いわばバリケードの内側に……(中断)。

(京都大学時計台ホール)

〔音源あり。文責・菅原則生〕

【京都精華短期大学主催】――――――1976年10月21日

宮沢賢治の世界

質問者1　□□□の言葉を使うとどうしても方法・理想みたいな感じになるんですけど。賢治の場合、擬人化というよりも、自然と交流できる方法を持っていた。自然と交流できるというか、自然の□□□の魂を考えているような気がするんです。擬人化という言葉にちょっとひっかかるんですけど、それについてお話しいただければと。

それはその通りかもしれないんですけど、僕はこう思うんです。宮沢賢治にたいして、僕には共感と一緒に異和感というのもずいぶんあるわけですよ。異和感もあるし、批判みたいなのもあるんですよ。たとえば宗教的あり方や思想にたいして、批判はあるんですよ。ですから、あまり近くで宮沢賢治の世界を見るということは、しばしば間違うかもしれないということがあると思うんです。

たとえば向こうに見える木が風に動いていれば「笑ってる」とか「声をあげてる」とか、すぐにそういう感じ方ができるんだといってしまえば、それはもう宮沢賢治の資質の問題に還元されてしまう。しかし資質の問題に還元してしまうことが、宮沢賢治を理解することの道なのかというと、そうではなくてね。そこにはやはり、普遍的な場というか、日本の近代詩の歴史的な流れというのがあるわけで。その流れの中で宮沢賢治の詩を考えてみるという考え方もまた、非常に重要なことだと思うんです。そういうふうに、すこし冷静に方法の問題、純粋に擬人化という方法の問題として考えてみることも重要なんじゃないかと僕は思いますけどね。

もっと普遍的にいっちゃうと、ある詩人なり童話作家なり文学者を理解していくときの解釈の仕方を考えてみると、いろいろな解釈の仕方、理解の仕方、評価の仕方があるわけです。その中には印象的なところの寄せ集めという解釈の仕方もあるわけですし、あるいは非常に実証的な理解の仕方もあるわけですし。さらにはもっとそこを突き抜けて、あるいはそこを踏まえたうえで、非常に本質的な理解の仕方でいこうとするやり方もあると思うんですけど。そういう理解の仕方の中にはやっぱりひとつの歴史があって、現在があって、これからそうなっていくだろうという方向もある。そういう理解の仕方のさまざまな移り変わりとか段階の中に宮沢賢治を置いて評価していくという仕方も、ある面では非常に重要だと僕は思いますね。そういうところでは自然の擬人化という言い方、規定の仕方も悪くないだろうなと思いますけどね。

もちろん、そうじゃなくてもいいんですよ。資質的に宮沢賢治っていう人にはちょっと天才的なところ、異常なところもあってね。生物だろうが無生物だろうがすぐに人間が語りかけるように語り、また人間が黙るように黙っているように見えた。そういう資質、あるいは天才なんだという評価の仕方もまた、決して不毛ではないと思いますけど。でももう少し離れたところに宮沢賢治を置いて評価するのもまた、悪くはないだろうなと僕は思います。その中では自然の擬人化というのも、ひとつの言い方としていいんじゃないかなと思います。まあ、その程度に考えてますけど。

質問者2（長い質問がつづくが、声が小さくてほとんど聞き取れず）

だけどあれですよ。中世以前、仏教の常識では妻帯は厳禁で、女性は穢れたものとされていた。僧侶・聖職者たるものは生涯不犯で修行しなければならない。それは、中世以前の仏教の常識でしてね。日蓮が直接的に『法華経』の護持者であったのと同じように、宮沢賢治は自分も『法華経』の護持者であると考えていたのではないかと僕は思うの。だから生涯、女性と付き合ったり妻帯したりしなかった。宮沢賢治は仏教的な常識・観念に照らして、そういう戒律を守ることはわりあいに当然と考えたんじゃないでしょうか。だって、中世以前の常識では本当にそうなんですから。性欲みたいなものを抑圧していくことは、精神の修錬の最も重要な要素のひとつだったんですよ。僧侶・聖職者たるもの、必ずそれを守らなきゃならない。それを守らなかったら破戒坊主だっていうことで、追放されちゃう。ですから戒律の世界に入っていけば、わりあいに普通に「そんなことは当然だ」って考えたんじゃないでしょうか。そうじゃないかなと思いますけどね。仏教者・仏教の信仰者として見ていったら、わりあいにそれは普通のことで。在家信仰者じゃなくていわゆる専門信仰者と考えれば、わりあいに普通の生き方をしたっていうことになるのではないでしょうか。

それでね、もうひとつあります。僕にしてみれば、そこが宮沢賢治の気に食わないところなんだけど。宮沢賢治には、ものすごくファッショ的なところがあるんですよ。たとえば「酒を飲んでしか本当のことをいえないような、そんな弱いやつはどうせ滅んじゃうんだ」みたいなことをいうでしょう。それはいいですよ。それはその通りだと思ってもいいところがあるんだけど。本当の勉強ということに関連してくるわけですけど。酒を飲まないことによって、人間は一割エネルギーを節約できるっていってるんですよ（会場笑）。それを本当の勉強に差し向けたら、大変なことができる。それから煙草をのまないことで、二割のエネルギーを節約できる（会場笑）。どういう根拠があるのか知らないけど、たぶんそうだろうなと思えるところもある（会場笑）。とにかく、そういうことをいってるんですよ。酒を飲まないことで一割のエネルギーを節約できる。煙草をのまないことで二割のエネルギーを節約できる。そうすると計三割も節約できるから、ほかの人が十できるなら十三できるはずだ。それを本当の勉強に差し向けられたら、本当の考えと嘘の考えを分けられる方法に近づけるはずだと。そういうことをいってますよね。つまり、そういうところがあるんじゃないですか。人間の心の世界を能率主義的に考えてみたり、清浄無垢で常人のできない戒律を守り、そういう生涯を貫く人が偉いみたいな。そういう人が偉大だという考え方が、宮沢賢治の中にあるのですよ。もともとあるんでしょうけど、仏教的影響からもあるのですよ。

しかし僕は、それに同意できないですね。僕はまったく反対の考え方を持っています。最もくだらないごく普通の生き方をして死ぬというのが、最も価値ある生き方だ。それを逸脱するのは、いずれにせよ価値の少ない生き方だ。しかし、そういう価値の少ない生き方がその人間にとって不可避であったならば、それもまたやむを得ないだろう。僕はそう思ってるわけ。だから僕は、全然逆に思ってるの。

そういうところからいけば、宮沢賢治にはものすごく能率主義的なところがありますよね。能力主義的であり、ある事物、特に人間と人間との関係にたいしてまっしぐらに突っ込んでいくところがないところがある。そこで、ふと目をそらしちゃうところがあります。東北の人はしばしばそうですけどね。ふと目をそらしちゃうっていう特質がありますけど（会場笑）。とにかく、そういうところがありますよ。特に人間と人間との関係においてそういうところがあるんですけど、僕はそれが利点だとは思わない。しかし人間の弱点たるところは、まさに利点たるところと同一の箇所であるということは、僕じゃない人がいってるわけで。それだからこそ、非常に長い生命を持っている。そう考えてもいいですけどね。

でも人間というのは死後の世界も要らないし、長い生命も要らないんですよ。僕は要らないと思うよ。だから、そんなものは何でもないんですよ。死んだら死にっきりですよ。それだけのことですよ。僕はそう思ってますけどね。だけど宮沢賢治には、そうじゃないところがありますよね。僕はそこが弱点だと思うけど、人々によってはそこが美点なんですよ。まさに、同じ箇所が美点なんですよ。僕は、そういうところから来てるんじゃないかなと思いますけどね。

質問者3　先ほどの方の質問と関係があるかもしれませんけど。宮沢賢治は生涯独身で、一度も女を知らなかった。僕の友達で二十歳ぐらいまでずっとマスターベーションとかをやってた人がいるんだけど、けっこう性欲的に□□□らしくて（会場笑）。

いや、別に興味は持ってないけど声が小さいから。

質問者3　それで病院に行ったんです。その原因は何かというと、二十歳ぐらいまで例のマスターベーションをしながら、母親あるいは妹と一緒にお風呂に入っていたことで。

二十歳ぐらいまで？

質問者3　ええ。地元の病院で相談したんですけど。宗教心からそうなることはあるけど、そうじゃない場合はやっぱり異常だと。

性的に異常だと。

質問者3　ええ。だから宗教的な意識に目覚めたら、マスタベーションを□□□。

それ、僕も知りたいですね（会場笑）。それはちょっと宮沢賢治に聞いてみないと、本当のところは分からないんじゃないでしょうかね。性とは何か、セックスとは何かということについて、僕なりの限定の仕方があるんですけど。性というのは、セックスというのは、ひとりの人間が他のひとりの人間と関係する仕方だと思うんです。だからそれは観念の問題でもあるし、実際的・肉体的な問題でもあるわけですけど。対象は男であろうと女であろうと、そんなことは関係ないの。僕の限定によれば、ひとりの人間と他のひとりの人間との関係の仕方が性なんですよ。

そうしますと、あなたがおっしゃるマスターベーションというのは自己の自己にたいする関係の仕方なんですよね。自己の自己にたいする関係の仕方は、自己の肉体の自己の幻想にたいする関係の仕方とかいろいろありますけどね。それは人によってさまざまでしょうけど、そのことを意味すると思います。つまり、自分で自分の生理的性欲を処理しちゃうというのがマスターベーションということじゃなくてね。僕の限定によれば、自己の自己にたいする関係の仕方っていうのがマスターベーションにおける性だと思うんです。だからそのこと自体の中には格別異常もなければ、何にもないんじゃないでしょうか。そこでたまたま現実的な他の対象との関係の仕方が出てきたときには、そのほうが強力になるかもしれませんし、ならないかもしれませんし。その関係の仕方の対象として出てきた人間が男であったら、男にとっては同性愛になるでしょうし、女にとっては異性愛になるでしょうし。

僕のそういう限定の仕方をしてしまえば、そこに異常はない。ただ、そこから二次的に出てくる性についての観念っていうのがありますね。そこのところで何らかの葛藤みたいなものが生じ、実際の行動を統御したら、異常な行動とかそういうのが出てくるかもしれませんけど。自分以外のひとりの他者が男であっても女であっても、あるいは幻想の自分であっても、自己にたいする関係であっても、そのこと自体は性にとって異常ではない。僕はそう思っていますけどね。だからそういう意味合いでは、格別異常と考えなくてもいいと思われますけどね。

あなたの友達が二十歳になるまで、おふくろさんとか妹さんと一緒にお風呂に入ってた。そういうことも、場面の問題であって。どこか旅行に行って温泉場に行ったら、そんなことは誰だってするわけじゃないの。場合によってはさ。だからそれだって、別に異常じゃないですよね。そのこと自体は、異常じゃないでしょう。本人が副次的にそこから派生する観念において葛藤を持ったら、初めて異常さっていうのが出てくるかもしれないけど、そのこと自体を取ってきたらちっとも異常じゃない。それはやがて、別の対象に向かうかもしれないわけですし。普通の人だって赤ん坊のときとか幼児のときはそうであったわけだし。僕はそのこと自体は異常だと思いませんけど、自分で異常だと限定することによって生じる葛藤が行為にまで及んだとき、異常ということが出てくるのかもしれない。僕はそう思いますけどね。だけどあなたのおっしゃる通り、宮沢賢治は実際にどうだったんだろうなと。僕だってそれは知りたいけど、そんなことはご当人がいう以外にはちょっと分からないんじゃないでしょうか。

質問者4　宮沢賢治が女を知っていたら、作品はどうなっていたか。われわれのような俗っぽい人間は自分の情況を変えることができなくて、いろいろなことをやるわけですけど、宮沢賢治は女の肉体を超えていったというか。僕は宮沢賢治の思想をあまり勉強してないんですけど、宮沢賢治がもし肉体体験を持っていたら数々の名作、つまりわれわれが今見ているような宮沢賢治の世界は生まれなかったのではないかと。

現在僕らが見ているような質を持った作品は、生み出されなかったかもしれないけれども、別の質の作品は生み出されたんじゃないでしょうか。これは自分でもいってるかもしれないけど、宮沢賢治の詩にも童話にも、作品自体の中にエロスの流れがありますね。だからわりあいに、そこで代償にしているようなところがありますね。全般的に、エロスの流れっていうのがありますね。そういうことはいえると思うんですけど。でも、別の質の作品を生み出したかもしれないと思いますけどね。

質問者5　宮沢賢治は、父親になかなか頭が上がらなかった。経済的にも□□で、□□□□□。とにかく、父親にたいして頭が上がらない。そういう一義的な圧迫感がありますね。いったい父親は、賢治がつくる世界観にどのような影響を及ぼしているのか。

僕は、よく分からないけどね。宮沢賢治は自分のことを、修羅だっていったりする。いくら農民の中に入ろうと思ったって、やっぱりよそ者なんだ。そういう考え方は詩や童話の中に象徴的にも実際的にも現れてきますね。結局、そういうところの問題じゃないでしょうか。僕は、そういうところが宮沢賢治の問題であるような気がするんだけどね。僕だったら、逆に考えるわけですよ。僕だったら逆に「親のすねなんか、かじれる間はかじっちゃえばいいんだよ」というふうに考えますけどね。でも宮沢賢治はそこで、そういうふうに考えられないんですよ。考えられないから、そういうところで思い悩みますよね。そして伝記的な事実を見てみますと、本当にひとりで食ってた時期はほとんどないですよね。たとえば農学校に先生として勤めてたときがあったでしょう。そのときは安定した月給をもらって、生活するに不自由しないだけの……（中断）。

（京都精華短期大学）

〔音源あり。文責・菅原則生〕

【詩誌『無限』発行所　無限事業部主催】――――――――――――――――――1977年7月6日

枕詞の空間

質問者1　僕らが学校で習ってきたところによれば、「巻向《まきむく》の檜原《ひばら》」という使い方をした場合、それを歌っていた詩人は個人的じゃなくて共同的だった。つまり村全体がそういう歌い方、言い方をしていたのではないかと思うんですね。ところが□□に挙げた近代詩の場合、個別的な詩的空間を表出したものであるとおっしゃいました。そのことと、先生が今おっしゃってきたことには関連性があるんでしょうか。それとも、まったく別な考え方なんでしょうか。

関連性があると思いますね。あなたが習ってる先生が、どういう先生なのかは知らないけど（会場笑）。集団で信仰の場とか遊びの場で歌う。集団が男と女に分かれて掛け合いをやったり、ときに歌ったりした時代がありますね。これなんかは『万葉集』に出てくるけど。そうなってくると、だんだん個人の歌になっていくんですね。その個人が専門の歌人であるとは限らないんですけど、だんだん個人の歌になっていきますね。集団の歌から、個人の歌になってくる。もっとあとになってくると、個人の著名な歌人《うたびと》、宮廷の職掌としての歌人が出てきますね。そういう歌人は個人の名前を冠する一方で、人の代作をしながらやっていく。あるいは個人の名前も出さないで、集団の儀礼の歌をつくったりする。そういうことを専門とする歌人が出てきますね。そういう人は特定の個人の名前を冠しない歌もつくりますし、まったく個人的な歌もつくりますね。それからのち、職業としては成り立たないけど専門の詩人が出てきて、個人が個性的な詩をつくるということになってきますね。あなたがおっしゃる通り、そこには時代の推移があるんだろうと思います。

たとえば「巻向の檜原」というのは信仰に関連づければ、村なら村全体の信仰にかんする言葉なんじゃないでしょうか。個人救済としての信仰じゃなくて、村なら村の共同の信仰にかんする言葉じゃないでしょうか。それが何であったかを確定することはできませんけど、集団の場合も個人の場合もそういうことがあるんじゃないでしょうか。

質問者1　そういう集団の信仰の場で詠まれていたから、歌には宗教的な色合いがあると。しかし現代詩・近代詩の場合、そういうのが失われている。信仰の場でなければ、そういうものは出てこないということでしょうか。先ほど先生が『万葉集』についておっしゃったことでいえば、構造自体がまったく別個のものだと考えるべきなのか。それともそれは近代・現代において変遷を経たものなのか。あるいは、われわれが考えられないような別の発想があったと考えたほうがいいのか。

そのへんはどうなんでしょうか。

僕が今日お話ししたような観点からいくと、それは変わっていったということになりますね。それはひとつの考え方ですけど、とにかく変わっていったんだと。昔だったら村落としての共同の信仰があり、そこで同じような言い回し方・言葉が出てきた。それは違う場合、違う人によっても生まれた。

それでは、今はどうなのか。今はそれぞれ、個性的に詩をつくってるということがありましょう。しかしそれにもかかわらず、吉田一穂《いっすい》と宮沢賢治はほぼ同じ時代に属しますね。するとその中に共通の言い回し方はないかというと、そうでもないんですよ。ただそれは、信仰にかんするわけでも何でもない。それらは個性的でありながら、同じ言葉のある圏内といいますか、同じ時代の圏内でつくられた、それぞれが影響を受けていたという面を抜きにしても、共通の言い回し方というのはありますね。それは信仰あるいは共同体が同じだったときほどはっきりしていないけど、やはり違うかたちではあるんじゃないでしょうか。言葉の共同性っていうものとしてあるんじゃないでしょうか。

質問者2　僕らがちょっと分からなくて不自然だなと思うことは、古代の作者の境地です。つまり吉本さんがいうところの自己表出そのものが、僕らにとっては今の問題になっている。僕らは今、そういうところを問題にしてる。今、僕らに分かるような指示表出的な言葉で現代詩はつくられている。僕らにとって□□されて、体内に入ってる□□の質がなんとなく分からないんですけど。それを分かるには指示表出ではなく、自己表出を問題にしなきゃいけないんでしょうか。

うーん、そうじゃなくて。僕なんかの言い方でいえば、言葉の規範性の中に個人的な契機と、それから時代的な共同の契機があるんです。規範性というのは文法とはちょっと違うんですけど、まあ文法も含めていいですかね。言葉の規範性の中には、その二つがある。自己表出を個人表出と理解しないで考えれば、その中に共同の契機と個的な契機の両方があると思うんです。だから個々バラバラにある時代の言語に取り囲まれて表現していても、個の契機っていうのは決して歴史性を繰り込んでいるわけでも何でもないんですよ。今現在、自分の関心があることを、人がどうあろうと表現してるだけなんです。

でも、ある時代の言語環境あるいは言語水準の中で、個人が自由かつ恣意的に書いてしまった言語表現が、最小限不可避的に呼び込む歴史性っていうのがあるんですよ。そういえば分かりやすいだろうと思うんです。ひとりの人間は決して歴史意識を考えて、詩を書いているわけでも何でもない。それから、人のことを当てにして書いてるわけでもない。つまり非常に個性的に、個人的・恣意的に、自由に勝手に「あるときこう感じたから、こう書いたんだ」っていうだけなんですよ。それがある時代の言語水準の中に、環境の中で書かれている限り、無意識のうちにかどうか分かりませんけど、とにかく必然的に呼び込んでいる最小限の歴史性がある。本人が意識しなくても、それはあるんです。その呼び込んでくる歴史性が問題なんですね。人が何か書いた場合、それが問題なんですよ。そういうことだと思いますね。

質問者2　じゃあ今の詩も、東洋なら東洋なりの□□方をすると全然分からなくなってくるのは□□□。

それは当然だと思います。理解されないどころか、「くだらないよ」っていわれちゃう。なんでニワトリってふたついうの？　何馬鹿なことといってんのと。そうなるに決まってると思います。でも、本当に詩を理解するっていうことは、それでいいのか。それが問題だと思いますけどね。

質問者2　□□□□とか、いろんな□□がいるわけですね。

そうだと思いますね。

質問者3　ニワトリ、ニワトリと繰り返してその間に空白があったわけですけど。根源的な情緒が空白になる。これはある種の力だと思うんですけど。現代詩でもそういうものが、何らかの空白にあると考えられるんでしょうか。それとも、それはあらねばならないものなのか。あるいは、それは失われてしまったのか。そういうことをお聞きしたいんですけど。

それはあると考えるべきだと思います。空白というのを現代的に拡大して、言葉に定着させたのが現代詩だと考えれば関連がつくんじゃないか。僕は先ほど、そういうお話をしましたけど。それじゃあ現代の詩も五十年経ってしまえば、分からなくなってしまうのか。その場合、言葉だけじゃないか、何が「麗はしい距離《デスタンス》」なんだ。「麗はしい距離《デスタンス》」って何だ。五十年後の人は吉田一穂の「母」を読んで、そういうに決まってるわけです。しかし「麗はしい距離《デスタンス》」っていう言い方でこの詩人が喚起してる、ひとつの根源的な色合いがあるでしょう。それが詩だって考えれば、五十年後の人でも理解する人は理解するだろう。おそらく、それを再現するだろうと思いますね。現在われわれが再現しているように、五十年後の人も再現するだろう。現在われわれが言葉ですぐに理解できるような、そういう再現の仕方をするだろうと思います。言葉としては「麗はしい距離《デスタンス》」なんて、こんな馬鹿なことをいう必要はないんだよっていうことになるに決まってる。だけどこの詩人が五十年前、こういう言い方で喚起した詩的ポエジーがある。五十年後にも、それを理解し得る人はするんじゃないでしょうか。それは何も、言葉には書かれていないですよね。詩人は言葉を書くことによって、喚起したんですよね。

質問者4　吉田一穂の「母」についてです。まず母という言葉・イメージに連鎖されていろんな言葉が出てくるわけですけど。「たらちねの母」という言葉の間には空白がありますね。その空白の中にイメージが、基盤的に統一された美の基準のようなかたちで存在していた。そういう考え方はできるんでしょうか。

さあ、それはどうでしょう。実感によれば、そうじゃないんじゃないでしょうか。「たらちねの母」っていわれたって、僕はちっとも何も感じないですからね。ただ「感じないっていうことはおかしいのではないか」と、いったん考え込んでいく。現在の自分のポエジーについての考え方によってそれをよく考え込んでいくと、本当はその間にイメージがあるということを理解できますよと。しかしそういわれたって、何も感じないですね。だから、自分では書かないですよね。他の詩人も書かないと思います。一種のイロニーとして、アイロニーとして書くことはあると思いますけど、まともには書かないと思います。なぜなら、言葉としては何も感じないですもん。だから、そういうもんじゃないでしょうか。そこに普遍的に何かポエジーがあるとか、そんなことはちょっといえないんじゃないでしょうかね。

だけど、この吉田一穂の詩にはありますよね。これは母というものにたいするわりと古い感情ですよ。母っていうものにたいする古風なイメージですよ。だから「たらちねの母」と同じような感じで。おそらく時代を経ても変化しない、母親にたいするイメージがあるんじゃないでしょうかね。だけど、母親にたいするイメージだって「時代を経ても変わらないよ」っていう面と、「まったく変わっちゃうよ」っていう面との両方あるでしょう。吉田一穂の詩っていうのは一見新しいようだけど、そうじゃないと思いますよ。この詩の中にあるものは、古い情緒だと思いますよ。だからわりに「たらちねの母」と共通するんじゃないでしょうかね。時代を超えて、共通の要素が出てるんじゃないでしょうか。でも母っていうのを主題にして、テーマにして詩を書けっていわれた場合、いつでもそういうふうに取り出せるかというと、決してそうじゃないと思うんですよね。「ずいぶん変わっちゃったよ。親孝行もへちまもあるか」っていう詩もあり得るわけだから。この場合には、あなたがおっしゃることでいいんじゃないですか。おそらく、時代を超えた普遍的な感情があるんでしょう。

質問者4　時代を超えてというか、当時の共時的なひとつの自己表出がありますよね。それはモジュールのようなものだと思うんですけど。

やっぱり、その時代の言葉っていうのがあると思いますよ。その時代の言葉の取り巻き方っていうのはあると思います。生まれて気がつけば自分が言葉を喋り、人の喋るのを聞いて分かるようになったときから、何か知らないけど言葉の氾濫に苦しむということがあるでしょう。そういう問題は、その時代なりにあったんじゃないでしょうか。今とは違うでしょうけど。

質問者5　神話の神様の名前がありますね。あれは□□として人がつけたのか、それとも神様が自分でつけたのか。あるいはのちの人がつけたのか。言葉のほうが継承されて、□□□がつくられたのか。歴史の中で、自分自身でそれを□□□するんでしょうか。それから詩についてなんですが、それは自分で筆記用具を持って紙に書いたものなのか。あるいは、先に音で取って、あとで言葉をつけたのか。今の現代詩人は机に向かったりして、考えながら書いていったのか。それともあるきっかけでポーンとできたものを言葉に置き換えていったのか。僕はあんまり□□なところがあるので、聞いてみたいと思ったんですけど。

あなたが聞いてることは、こういうことだと思うんです。この名前は、書いたやつがくっつけたのか。それともそういうふうに呼ばれてたっていうのが音で分かって、表音的に字を当てて書いたのか。それともイザナギならイザナギっていう男がいたら、その男が自分でくっつけたのかってことだと思うんです。僕には、そんなことは一切分かりませんね。だいたい、こういう人たちがいたかどうかも分からないわけです。今、わりあいに古代史とかがブームでしょう。そうするとみんな、いい加減なことをいうわけですよ（会場笑）。だからはっきりしたことをいうやつは、みんなインチキだと思ったほうがいいんじゃないですかね。僕はいえないですね。分からないですね。誰がどうくっつけたのかも分からないし、そもそもそういう人たちがいたのかどうかも分からない。それから、机に向かって書いたのか、ある強大な記憶力があるやつが諳んじてたやつを、たまたま編者が集めてきて書き留めたのかということも分かりませんね。集めて書き留める以前に、それが文書としてあったのかどうかも分かりません。

ただ、言葉にかんしてはこういうことだけがいえるんですよ。言葉っていうのは伝染病と同じで、すごいスピードでうつるんですよ。ある種族・人種がある固有の言葉を超歴史的に維持するという生理的構造を持っているかというと、そんなことは全然ないんですよ。ある言葉を喋っているところに、ある別の言葉が何らかの強制力と一緒に入ってきた場合、つまりそれが文化的優位性と一緒に入ってきた場合、言葉は置換することができる。そこでは、違う言葉を喋るようになっちゃうことがあり得るんです。でも、まったくそういうふうになり得るかというとそれは疑問です。

人類・人間の発生以来、ある種族がある土地である言葉を喋っていた。そこに何らかの圧倒的な意味合いを込めて、別の言葉が入ってきた。そうしたら言葉はひっくり返ってしまう。つまり置換してしまいます。しかし全部入れ替わっちゃうかというと、そこが問題になると思いますね。全部入れ替わるというのは、なかなか難しいと思います。だけど、初めに文化的・政治的に優位なところ、つまり権力のあるところの公式文書みたいなものから言葉がだんだん入れ替わっていく。そしてついにあるところまで浸透すると、そこで反発力が働く。だから言葉っていうのは決して、種族に固有なものでも何でもない。これは言葉についての原則です。

それからもうひとつ、書き言葉と喋り言葉の問題があります。たとえば文化的に優位な文字、近所の優位な文字を借りて音的に表し、字にしたということがあったとします。その場合、それよりもはるか以前に、ある場合には何世紀も以前からその言葉は流布されていただろう。つまり、非公式には流布されていたかもしれないということはいえると思いますね。いえるのは、そういうことだけじゃないでしょうか。あとは、それでもって想像力を働かすよりしかたがないのです。つまり、もっともらしいことをいうことは何にもできない。まして語呂合わせとか勘で何かいったら、とってもいけないと思いますね。こういうのはとっても危険なことなんです。だから、それをいわない人のほうがいいと思います。いわない人のほうが立派だと思いますね。いう人は駄目だと思います。学者にしろ素人にしろ、駄目だと思いますね。あまり信用しないほうがいいと思いますよ（会場笑）。

だから、分からないっていうことだけは確実なんですよ。それから、ある言語における普遍法則があることもたしかです。言語が伝播する場合、移植される場合、それから書かれる場合がありますね。喋り言葉しかないところから書き言葉に移る場合、文字がないところでどこかから文字を借りてきた場合、どういうことになるか。それにかんして、ある原則は考えられます。しかしそれ以上のことはまったく個々別々で、特殊事情によりますね。だからそこを確実らしくいうことは、まずできないだろう。今の段階ではできないだろうと僕には思われます。だからあなたがおっしゃったことには、たぶん確答はできないだろう。「いずれの場合もあったでしょう」というぐらいのことしか、いえないんじゃないでしょうか。実在とも非実在ともいえません。「神話だから架空で、想像力の産物だ」ともいえないのです。そうかといって「神話の中に事実の痕跡がある」みたいなこともいってはいけないと僕は思います。

神話の読み方は難しいですけど、神話の読み方にある原理があるっていうことだけは確実です。その原理以外の読み方をすれば、インチキな神話解釈になりますね。だから専門家でも非常に危険なことをしてますし、素人もそういうことをしてますし。誰だって、そういうことをしたいですからね。見てきたような嘘をいったって、誰も見てきたやつはいないわけだから、確定的な証拠は誰も挙げられない。だからいいたいですよ。いいたいですけど、まあいわないほうが良心的じゃないかなと思います。とにかく、原則をはっきりさせることだけが必要なんじゃないでしょうか。今おっしゃった質問にたいしては、「いずれの場合もあり得たんじゃないでしょうか」「部分的にあり得たんじゃないでしょうか」ということぐらいしかいえない。それ以上いうことは、全部危険なような気がしますね。

質問者6（聞き取れず）僕らが日常の中で、規範性をほとんど取らない叫びのようなかたちで表出する場合、ある意味では有効だけど、ある意味ではかなり無駄なことになる。僕らがそうやって共同規範性をおさえるとき、現存する共同性にたいしてどうかかわっていくか。ひとつの詩の□□の問題のところで、どういう言葉を書いていくか。共同規範性・共同性の中でひとつの同じ言葉を使っていく場合、どうすればいいのか。それについてどうお考えでしょうか。

極端にいっちゃえば、詩なんていうのは規範なんか超えちゃった、ワーッていう叫びだったり、トーンだったりする。そういうことでありたいわけですよ。言葉を使いながら、そうでありたい。そしてそれは、人に通じる通じないの問題じゃない。極端にいうと、詩にはそういう面があるわけですけど。しかしそうであるにもかかわらず、叫びっていうのが最小限不可避的に呼び込んでしまう共同性・時代性がある。時代性っていうのは言葉でいえば言語の規範性ですけど、それを呼び込んでしまうということはありますね。そういう問題じゃないかなと、僕には思えますけどね。

質問者7 「ニワトリ、ニワトリ」といった場合、古代の人間にとっても、音韻としてはだいたい同じものだったのではないかと捉えられるわけです。「ニワツトリ」っていう言葉の喚起力がそれだけ充実するということは、「ニワトリ」という言葉の構造の問題として捉えればいいわけですか。あるいはその言葉が詩的空間・ポエジーなるものを措定する。そういった問題として考えて、研究すればいいわけですか。

あの、それでいいんじゃないでしょうか。音声と音韻は、厳密にいうと違うんですよ。音標文字で書いているわけだから、同じ系列の文字を使っていれば同じ音・音韻を表すことになる。しかし同じ音韻を表すものでも、甲類と乙類だと少し違うんですよ。われわれはそれを同じものとして考えやすいけど、それは音韻として違っている。だから当てた文字もまた、系列が違うんだと。たとえば橋本進吉なら橋本進吉の、そういうたいへん画期的な考え方・研究があるでしょう。だけどその言い方の中には、厳密でないところがあるんですよ。言語の音韻と表現された音声とは、厳密にいえば違う。そういうふうに理解しなければいけないんですよ。「言語っていうのは表現だよ」っていう観点を非常に大きく見ると、そういうことはすぐに出てくる。言葉の音韻と言葉の音声、もっと厳密にいいますと、言葉の音声に出てくる音韻とは違うということなんです。ですから、本当は分からないんですよ。

同じ音韻を表すものでも、甲類と乙類では違う。たとえば「は」と「わ」では違うでしょう。「それは違う音標文字で、明瞭に書き分けられてるから違うんだ」というのは当てにならないのでね。音韻が音声化したものが違うのか、それとも言語の音韻が違うのか。それは厳密には区別しなきゃいけないんですね。

それから、音韻と韻律では違うんですよ。音韻というのは非常にはっきりしていて、定義からして違います。一方で韻律っていうのは、意味の根元にあるものであって。つまりいってみれば、意味と同じなんですよ。だから□□の流れっていうのは、意味の流れと同じと考えていいんですよ。だから、それを別問題として考えないほうがいい。そのふたつのことがあると思いますね。

それから、先ほどいいましたように、音韻と音声に化した音韻は、厳密にいえば音声とは違う。そういうふうに理解しなきゃいけないんじゃないですか。そのふたつがあると思いますね。

質問者8　詩についての初歩的な質問なんですけど。言葉を言語的な言葉と感覚的な言葉に分けた場合、詩というのは言語によってコミュニケートするものなのか、あるいは感覚によってコミュニケートするものなのか。ちょっとそのへんをお聞きしたいんですけど。

それよりも、どういったらいいんだろう。感覚によってじゃなく、言語によって書かれるから詩っていうんじゃないですか。そこにより多く感覚的要素があろうと論理的要素があろうとどうってことなくて、言葉で書かれるということじゃないでしょうか。違いましょうか。

質問者8　最近の現代詩を見ていると、すごく言語的な詩が多いような気がするんですけど。あんまり感覚的じゃないというか。

いやいや、詩っていうのはみんな言語的でしょう（会場笑）。詩っていうのはみんな言語で書くんですよ。

質問者8　感覚的にやってるから、言葉っていうのは□□する気がするんですよ。

ああ、分かった。いってることは分かりましたけど、それはあなたの混乱だよ。詩っていうのは言葉で書かれるんだよ。感覚的要素を言語化しようと概念として言語化しようと、それは傾向によって違うっていうことで。詩っていうのはみんな言葉で書かれるんだよ。色で書くんじゃないよ（会場笑）。だけど、いおうとしてることは分かりますよ。つまり感覚的……いや、そうでもねえんじゃないかなぁ（会場笑）。あまり意味がなくても、感覚の言語化の羅列みたいな詩っていうのはずいぶんあるじゃない。

質問者8　たとえば□□の□□なんかを読むと、昔の□□に比べてものすごく感覚的であるような気がするんです。そういったものを受け入れてしまう□□□があって。だから現在の詩には、感覚的なものがすごく増えてるような気がするんですけど。

そうかな。俺は反対なような気がしてしようがないんですけどね。そうかなぁ。俺はそう思うなぁ（会場笑）。あなたがいってるような傾向はむしろ、歌謡曲に見られるんじゃないですか。いわゆる作詞家っていうのがいるでしょう。そういう人たちには多いんじゃないですか。詩人といわれてる人たちは、わりに感覚的なんじゃないですかね。概念で書いてる人は、わりに作詞家に多いんじゃないですかね。そうじゃないかなぁ。

質問者8　最近の現代詩人は、頭で書いてるっていう感じがするんですよね。

うーん、そうかなぁ。失敗すれば、誰でもそうなっちゃうんだよ（会場笑）。うまくいったときはそうでもないんですよ。頭で書いてるっていう気がしないんですよ。失敗すると、たいていそうなっちゃうよね（会場笑）。詩人といわれてる人たちの詩は、失敗するとあなたがおっしゃる通り、頭・概念で書いてるということになっちゃう。作詞家といわれてる人たちが書くものは、失敗するとパターンで書いてるということになっちゃうんですよ。今ではだいぶモダンになりましたけど、港でどうしたとか涙がどうしたとか、そういうパターンの言葉で書いてあるんですよ。両方得てしてそうですよ。作詞家の詩といわゆる詩人の詩は、そこでしか区別できないですね。両方ともうまい人がずいぶん出てきましたけど、そういうことは非常によく分かりますね。

だから作詞家の詩っていうのは、それだけ持ってきたらみっともなくてさ。メロディーとか曲をつけるから歌えるんでね。「言葉だけ持ってきたらとてもみっともなくて、見ちゃいられないよ」っていうのが作詞家の詩だと思う（会場笑）。メロディーがいいから歌えるわけよ。だけど、それだけ持ってきたらみっともなくて。なんでみっともないかというと、言葉がパターンになってるからで。たとえば涙っていう言葉があるでしょう。涙っていうと、誰にでも訴える何かがあるでしょう。それを当てにしてパターンで書いちゃうから駄目なんですよ。詩として駄目になっちゃうんですよ。

一方で、いわゆる僕らみたいな下手な詩人というのは失敗すると、あなたがいうように概念で書いちゃうんですよ。うまい人はそうじゃないけどね。そうやって頭で書いちゃうという傾向はありますよ。だけど詩人の詩の場合、別に曲をつけるわけじゃないから、それだけで読ませなきゃいけないわけですよね。だけど作詞家の場合、曲・メロディーがあるでしょう。だから詩として駄目であっても、けっこううまくやれるところがある。そういうところが違うんじゃないですかね。だから作詞家と詩人では、失敗する場合の失敗の仕方が違うんですよ。それから、書く場合の書き方も違うんですよ。

あなただって作詞家になりたかったら、とにかく人を当てにして書けばいいんですよ。人というのは特定な人でも、概念的な人でもいいんです。たとえばあなたに好きな女の人がいたとしたら、その人に何かいっているつもりで詩を書くんですよ。そうしたら、それは歌になるんですよ。

つまりメロディーに乗れるんですよ。だけど詩人っていわれてるやつの詩は、そうじゃないんですよ。そういうふうには書かないんですよ。誰かを当てにして書かないんですよ。イメージの中でさえ、誰かを当てにしないんですよ。そうじゃなくて、当てにしてるのは自分なんですよ。対象化された自分みたいなものを当てにして書いてるんですよ。それに対して、言葉をぶつけてるんですよね。だから失敗すると概念的になる。つまり独りよがりになるんですよ。概念だけ、自分に通用しちゃうんですよ。失敗するとそうなりますね。

作詞家と詩人では、書き方からして違うんです。「お前、うまく書け」っていわれて書けるかどうか分からないけど、作詞家にだって書き方は分かりますよ。作詞家って野郎はどうやって詩を書いてるか。作詞家でちょっと気の利いたやつはたいてい、現代詩人といわれてるやつの詩を読んでるんですよ。読んで、いいところをちゃんともらってますよ。そういうことは確実ですよ。連中の教養はそこにあります（会場笑）。ただ、いわないだけで。

一方で、詩人といわれてるやつには、だいたい下手なやつが多いでしょう。言葉の職人としては下手な人が多いですから、「作詞家にコンプレックスを持ってる」みたいなことをいったりするけど、本当はそうじゃないと思うんですよ。逆だと思うんです。コンプレックスを持ってるのは、作詞家のほうだと思う。だけど詩人ってやつは現代詩に飢えてるでしょう。金は入らないし綺麗な女の子はもてはやしてもくれないし、全体ばかばかしいわけですよね（会場笑）。もてあましてるのは自分だけだっていう（会場笑）。だから飢えてるんですよ。飢えてるから駄目なんですよ。飢えてるから勉強しないんですよ。

やっぱり勉強しなくちゃ駄目ですよ。僕は下手くそな詩人ですからそんなことはいえた柄じゃないんだけど、詩っていうのは勉強して手で書くんですよ。頭で書くんじゃないの。あなたがいう通り、手が先に動かなくちゃいけないんですよ。手が動いて、それに頭がついていかなくちゃいけない。そこまで書き込まなきゃいけない。それを勉強というなら、書き込まなきゃいけない。一人前の詩人といわれてるやつは、みんな駄目だけど。僕はもちろん駄目ですけどね（会場笑）。でもたいていは、そういうふうにいわれるとやめちゃうわけ。もちろん詩は書きますけど、あまり勉強しなくなっちゃうんですよ。

だけどそれからが、手で書く勝負なんですよ。つまり手で、徹底的な修練をしなきゃいけないんですよ。意識的な修練をしなきゃいけないんですよ。だけど日本の詩人っていうのは、それをしないんですよ。だから駄目なんですよ。全部駄目ですよ。今の詩人なんていうのは全部駄目（会場笑）。もちろん僕は駄目ですよ。僕は初めっから勉強してないから駄目。あなたがいうように、口ばっかり達者でさ（会場笑）。口が達者かどうかは別として、僕は頭でっかちになっちゃうから駄目ですけどね。しかし分かってるの。どうすればいいかだけは分かってます。だけどそれは、やらなきゃ駄目よ。どうすればいいか分かってるんだったら、やらなきゃ駄目。

でも日本の詩人は、それをやらないんですよ。怠け者ですよ。別に知識・教養がなくたっていいけどさ。芸術家にはそんなの要らないけど、とにかく手が動かなきゃ駄目なんですよ。全部同じよ。芸術なんて全部同じよ。手で書くわけ。頭で書くんじゃないですよ。手が自分の考えを進めてくれなきゃ駄目なんです。詩なんていうのは絶対にそうです。それをやるには、ものすごい修練をしなきゃいけない。それは感興が湧くから書くとか湧かないから書かないとか、そんなもんじゃないんです。そんなことをいってるやつは駄目なんです。

それと、ちょっと若い詩人っていい気になるでしょう。一人前の詩が書けるようになっていい気になるんですけど、そんなのは駄目なんです（会場笑）。そんなのは、誰でもやったわけ。どんな馬鹿な老いぼれた詩人だって、若いときはそのくらいのことはしてるわけよ。それは駄目なのよ。年取ったらおしまいよ。だから、そんなんじゃないんですよ。日本っていうのは甘っちょろいから、そんなのが通用するでしょう。しかしそんなものは駄目よ。そんな馴れ合いは駄目なの。そうしたらそのとき、本当に手でもって手の修練をするの。もう気違いのようにしなきゃいけないの。それをやらなければ絶対に駄目なのね。やらなければ駄目。

それは創造の秘密っていうほど大げさなものでも何でもないの。簡単なことなの。だけど日本の近代詩以降、本当にそれをやったなと思う詩人はひとりかふたりくらいしかいないの。あとの人は全部駄目なの。怠け者よ。駄目よ。この時代で二、三年通用するだけよ。全部そうですよ。それだけのもんですよ。だから、そんなんじゃないの。

あなたのおっしゃることをもっと普遍化していえば、本当に頭で書いちゃ駄目なの。手で書くわけ。それで、どうやったら書けるのかということは非常にはっきりしてるの。はっきり分かるの。ただどうやったら書けるのか分かってるということと、いい詩を書けるっていうことは別問題だから（会場笑）。芸術・創造の秘密っていうのはそれなの。分かってたって書けないの。それが秘密なの。他に神秘的なものは何もないの。だけどその創造の秘密は、非常に大きなものなんですよ。非常に大きな秘密なんですよ。それで、そんなに口ほどうまくいかないわけなんです。それから、安心したら駄目ということがあるんです。とにかく安心したら駄目なんです。それで駄目な人が多いですよ。駄目ですよ、本当に。駄目です、駄目（会場笑）。僕なんか最も駄目ですけどね。

質問者9　先ほど、現代詩の詩人は別な自己を対象化しているというか、自己が分裂したものを当てにして詩を書くというようなことをいわれました。言語の時代における共通性・共時性があるということなんですが、そうすると詩人が表現するとき、伝達というものをどう考えたらいいかよく分からないんですが。

そうかなぁ。さっきから再三いっているように、個々の詩人はそういうふうに書くんだけど、そこでは今流通してる言葉・書き言葉に囲まれて書いているわけです。ですから、その時代の言葉・感覚の共通性、場合によっては思想の共通性を無意識のうちに呼び込むわけなんですよ。最小限呼び込んでですよ。それはしかたがないことなんです。その人が意識するとしないとにかかわらず、呼び込むんですよ。共通性・時代性をそういうふうに呼び込むと思いますね。「わたしは時代のことを何も考えてないよ」とか、そんなことはどうでもいいんです。その人が時代や政治のことを考えたから時代的な詩になったとか、そういう意味合いでの詩なんかどうでもいいわけ。この詩にはそういう次元での時代性があるとかないとか、そういうことはどうでもいいわけ。テーマが詩的であるとか現実的であるとか、あるいは花や鳥のことを歌ってるとか、そんなことはどうでもいいわけ。そうじゃないの。その人が意識するとしないとにかかわらず、その人が囲まれている現代の言葉・感性・思想はその人を貫通してる。本当に根源的に時代を呼び込むっていうのは、そういうことです。その人が意識しようがしまいが、拒否しようがしまいが、詩が自然にそれを呼び込むわけですよ。それがその詩の時代性であり、思想性であり、現実性の根源なんですよ。分かりますかなぁ（会場笑）。

テーマが現実的・思想的であるとか、あるいは非現実的であるとかそんなことはどうでもいい。それもある要素ではありますけど、そんなことはどうでもいいんですよ。たいしたことないんですよ。

質問者9　詩人の中で、そういう伝達っていうのを考えなきゃいけないんでしょうか。

考えて書こうが考えないで書こうが、どうしようもなく入ってくる現実性・伝達性だけが伝達性なんですよ。それが伝達性の本質なんですよ。

質問者9　印刷するとか、あるいは書いてすぐ焼いてしまうとか。

そんなことはどうでもいいんだよ（会場笑）。それはどっちでもいいわけよ。焼いてしまおうが印刷しようが、そんなことにはたいして意味はない。それは焼いたり印刷したりしたことがない人が考えるほど、重大な問題じゃないですよ。だいたい、焼きたければ焼いちゃうわけで。焼きたくなきゃ、焼かないで取っときますしね。それから、印刷したい人は印刷するしね。そんなことには、あんまり意味はないですよ。意味がないことはないけど、考えるほど重大な意味はないですよ。

（原題：詩について／明治神宮外苑絵画館文化教室）

〔音源あり。文責・菅原則生〕

【真宗大谷派学校連合会主催】―――――1977年8月5日

『最後の親鸞』以後

質問者1　先生が親鸞に興味をお感じになりましたきっかけがありましたら、うかがいたいんですが。

僕は昔から親鸞が好きでして、学生の頃に「歎異鈔に就いて」という文章を書いたこともあります。その関心が現在まで持続しているわけです。では僕は、親鸞のどこが好きなのか。みなさんはそうじゃないと思うんですが、宗教を信じている人にはいい子になりたいという気持があるんですよ。そして僕自身にも、自分を偽ってでも正しいことをいいたいという気持があると思うんです。ところが親鸞は、人間は正しいことをいうためになぜ自分を偽らなきゃいけないのか、ということを非常によく考えて、自分を偽ることと正しいことをいうことの間に橋を架けたような気がするんです。

この二つの間に橋が架かっている宗教家、思想家はほとんどいません。たとえばマルクス主義者でも、「おまえ、いいことというじゃないの」というのと、「おまえ、インチキじゃないの」「おまえ、こういう悪いことしてるんじゃないの」ということの間にちゃんと橋が架かっている人はいませんん。これは国にかんしても同じです。中国やソ連をマルクス主義を理念とした国だと呼ぶでしょう。でも実際にはこれらの国の現実はちっともよくないから、「おまえ、嘘をつくなよ」ということになる。理念は立派だけど、まったく内実がともなっていない。

これは僕の考えですけど、もしほんとうの思想がありうるとすれば、国家として共同体として組織として、あるいは自分として自分の内面に嘘をついているということと、正しいことをいうことの間に橋が架かっていなければいけないと思う。親鸞の思想には、橋が架かっている。橋が架かっていない思想を、僕は信じないわけですよ。そもそも僕は、正義なんて信じていない。理念的に正しいことをいうのはやさしいことです。人間は、そんなのは、ちょっとでも知識・教養があればできるんですよ。僕はそう確信します。しかし、そんなことはたいしたことじゃないと思います。

自分に嘘をついていることと、正しい理念というものと、両方に橋が架かっているということが、非常にたいせつなことだと思います。それがなければ、思想はゼロに等しいというのが僕の考えです。上代から現在まで全部合せてでもいいですけど、僕には、日本の思想家のなかで親鸞だけが、程度はあるでしょうけれど、そうしているように思えてしかたがないのです。

僕は学生の時から親鸞が好きでしたが、けっして信仰者ではないんです。僕の家《うち》は浄土真宗ですが、もともとは天草の門徒だったので、皆さんとはちがって西本願寺派なんですよ。こっちに来てからは佃島に住んでいましたから、佃門徒ですけどね。親父とおふくろと、その祖父は信仰の篤い人だったんですが、僕はそうじゃなくて不肖の子です。でも、子供の頃から無意識のうちに、「白骨の御文章」を聞いているだろうから、それが入っているだろう、といわれたりします。たしかにやさしいから入っていますし、感性的にはあるかも知れませんけれどもね。なぜ関心をもったのかは、ほんとうは、それですね、僕は。

質問者2　いま、正しいことをいう自分と嘘をつかなければならない現実の自分との間に橋を架ける思想こそがほんものであり、親鸞はその橋を架けた第一人者であるとおっしゃいました。先生はその橋を、本願念仏として捉えておられるんでしょうか。それともさっきいっておられたように、自由意志によって人間は動くものではないという思想として捉えておられるんでしょうか。

僕のばあいは、思想として捉えています。橋を架けるということの意味ですけれど、現世流の言葉でいえば、自分の主体的な思想として、少なくとも自分が正しいことをいうばあい、「こういう言い方しかできないよ」というかたちで主体的に橋が架かっていなきゃいけない。つまり自分のなかで、嘘をつく自分と、正しいことをいう自分との間に、よく考えられていなければならない。自分は、ここのところは嘘で、ここのところはいつでもごまかしやすいんだなあという問題が、主体的に突きつめられていなきゃならない。もうひとつは、理論的にといったらおかしいでしょうか、理念的にあるいは教義的に突きつめられていなければならない。だから、その三つの意味あいで突きつめられていなきゃいけないと僕は思いますけどね。

質問者3　先ほど、親鸞は積極的に悪を造るとおっしゃっていたと思うんですが、そのことについて質問があります。□□□には二つの意味がある。その二つの意味についての□□□があって（このあたり聞き取れず）。親鸞は「僧に非ず俗に非ず」と宣言し、愚禿《ぐとく》と名のりましたね。そういう意味では、本来的に聖者の道、出家の道を捨てた。しかしそこには積極的に悪をなすことにもつながるような、精神的境位があるように感ずるんですけど。先生は、非僧非俗と自然法爾《じねんほうに》のつながりをどのように捉えておられますか。

もし親鸞が聞書きどおり、「僧に非ず俗に非ず」という言葉を使ったとすれば、それはどこから来たのか。永観の『往生十因』という本に、賀古川（加古川）に住んで念仏三昧で暮らした教信というお坊さんについて書かれています。教信という人は、当時の世捨て人のなかでもきわめて特異です。当時の世捨て人は、たいてい山野やどこかの別所に隠遁して、托鉢をして回った。そういうふうに隠遁しながら、なんらかのかたちで比叡山・高野山につながる。一方で教信はかつて天台宗の碩学といわれた人なんですが、世を捨ててからの生活のしかたがまったくちがっていた。彼は他の世捨て人と一緒に住まず、賀古川へ流れていってそこに居を構えた。そして農家で畑を耕すのを手伝ったり、旅人の荷物を運んだりして口銭をもらう。そういうふうにして食べていたんです。

『往生十因』では教信のことを描写するとき、「僧に非ず俗に非ず」という言葉を使った。親鸞は『往生十因』を読んでいるわけですよ。それから教信というのを、「我は是れ賀古の教信沙弥《しゃみ》の定《じょう》なり」、つまり自分の模範だといつもいいつづけていた、と『改邪鈔』に出ています。

だから「僧に非ず俗に非ず」というばあいに、「僧に非ず」ということのなかには、ひとつは生き方の問題があります。ふつうの人がやる職業と同じことをしている。そういう具体的な意味がある。もうひとつは、僕は怒られちゃったんだけど、親鸞は流されて北陸道にいた時は一念義主義者で、法然にやられたほうに近かったのではないかと思うんです。法然が「北陸道に一の誑法《きょうほう》の男がいる」と論難している文章が残っています。法然に論難されている人がだれなのかはわかりませんが、当時の親鸞の考え方はそれとたいへんよく似ていたんじゃないか。法然は「七箇条制誡」で、夜に何とかを食っちゃいけないとかいろいろと戒めていますが、それからすると、親鸞は論難される側に近かったのではないか。僕にはそう思えるところがあるわけです。

しかし親鸞が赦免されて関東に行ったとき、どんな恰好で何をしていたのかについては具体的なイメージが湧いてこない。布教したり弟子たちに語ったりしている親鸞、つまり現象としての親鸞は、あなたがおっしゃる「非僧非俗」に近かったのではないかと思ってるんですけどね。

先ほどもいいましたように、親鸞がもっていた理念には本質論も含まれています。『教行信証』がいつ書かれたかということは非常に大きな問題ですが、これが関東時代にすでに筆記・整理されていたことはだれにでも推測できます。京都に帰ってからは、弟子たちに教義的な書簡を送ったり、教義的な文章・解説を書いたりしているわけですが、思想的なベースはすでに関東時代に確立されていた。そして親鸞は関東時代、先ほどいった教信と同じような生きざまをしていたのではないか。「僧に非ず」ということでふつうの人とほぼ同じような恰好をし、働いて日銭《ひぜに》を稼ぎつつ生活していたのかもしれない。教信は黒い袈裟なんか着ないし、お経も持っていない。さらには寺も建てず、本尊も飾らない。彼はふつうの人と同じような家に住み、念仏を称えていた。もちろんそっくり同じとはいいませんけど、それと非常に近いかたちで生活していたのではないか。「非僧非俗」というばあい、僕はそういう理解のしかたをとりますね。

質問者3　そういう生き方をするには、大きな資格が要るわけですね。

ええ、僕もそう思います。親鸞の生き方というのは、ひとつの思想として捉えればいいんですよ。ですから、僕はどうしても、親鸞は晩年になって自然法爾という信仰的境地に到達したという言い方をしたくないのです。そうではなく、親鸞は、「自分はほんとうに老いぼれちゃったよ。あんまり難かしいことは浄土宗の学者に聞いてくれ」といっているような気がするんです。僕は親鸞を信仰の人としてではなく、あくまで人間として捉えたい。だから、できるだけ自分の考え方のほうに引き寄せて親鸞像をつくりたいし、実際にそのようにつくってしまいますね。

質問者4　晩年の親鸞は自然法爾という境地に達したわけではなく、自らの老いをまっすぐに受けとめていた。先生は親鸞を、あくまで人間として捉えたいとおっしゃっていました。しかしその一方で「唯信鈔文意《ゆいしんしょうもんい》」や「一念多念文意」を書き写し、田舎の同行《どうぎょう》たちに送っている。つまり体力の続くかぎり、宗教者としての活動を続けていたわけですが、このことはいったい何を意味しているのかなと。

先ほどは、親鸞教団にとっての最大の危機にたいして、親鸞としてはどうしてもそうせざるをえなかったんだということを、強調しすぎたかも知れませんが、そういうことがたいへん重要なモチーフではないでしょうか。そこで自分の考えをじかに述べてもいいんだけど、それよりも先達の文章を書き写して、これを読んでよく考えてくれという言い方を時々していますけれども、それが大きな要因じゃないかなと思われます。

親鸞は弟子たちを教育し、問題を解いていかなければならなかったわけですが、その一方で、死ぬまで自分の考えを深めていきたいという強い願望をもっていました。これは生きざまといっても過言ではない。僕もまた、死ぬまでそういう生きざまを貫きたいんですね。これは問題を解く、弟子を教育するということとはちがうんですよ。それとは関係なく、できるならば、死ぬまでは少しでも先に行きたい。「先に行ってどうするの」といわれても、目的なんて何もないんですよ。死ねば死にきりで、そこで終りです。終りというと怒られちゃうけど、僕は終りだと思っています。死ねば死にきりで「あれ、何もないよ」ということになるんだけど。

「何のために人間は先に行かなきゃいけないのか」といわれたら、人間というのはそういう逆説的な存在なんだよという以外にない。何の役にも立たないし、だれが聞いてくれるわけでもないし、だれがそう信じてくれるわけでもないし、どこに同志がいるわけでもない。だけど、死ぬまでは一歩でも先に進みたい。人間てのは悲しいねえ、という感じが僕はしますね。人間というのはそういう存在なんじゃないでしょうか。親鸞が「唯信鈔文意」や「自力他力事《じりきたりきのこと》」を書き写して弟子たちに送っていたのは、人間として少しでも先に進みたいという強い願望があったからではないか。いわゆる教育、問題解決のためではない。自分の考えをほんとうに理解してくれる人がだれ一人いなかったとしても、人間はそうせざるをえない。だから親鸞もそうしたのだろうというのが、僕の理解のしかたですね。あなたのおっしゃったことにたいする僕の答えはそうなります。

僕は今五十幾つだからあと幾年生きるのか、あと十年も生きちゃうのか知らないけれども、死ぬまではやっぱり少しでも先に進みたい。自分の考えを理解してくれる人がちっともいなくたって、そうせざるをえないでしょう。ですから、人間というのはある意味では非常に悲しい存在で、なおかつ非常に逆説的な存在でもある。考えようによっては、人間のなしうることは全部むだなんですが、そうせざるをえないからそうする。それが人間という存在なんですよ。

親鸞は八十歳を超えてもなお、そうせざるをえなかった。その当時の八十代は、今の八十代とはまるでちがうんですよ。平安朝時代の平均寿命は三十七歳ぐらいで、だいたい結核か伝染病で死んでいた。そんな時代に八十何歳まで生きていたら、化け物と同じですよ。それであんなものを書くんだから、「なぜそうするの？　どうしてそうまでして生きなきゃいけないの？」という人もいるかもしれない。みなさんは教育的情熱・宗教的情熱をもち、いろいろな生き方をなさるでしょうけど、僕はそういうことはいわない。自分の考えを理解してくれる人がだれもいなくたって、死ぬまで一歩ずつ進んでいこうとする。人間というのはそういう存在なんですよ。だれがそれを促すのかはわからない。親鸞にもそれはわからないんだけど、人間である以上、死ぬまで一歩ずつ進んでいかざるをえなかった。僕はそう理解していますけどね。

質問者5　先生は先ほど、宿業というのは善導よりも曇鸞がいっていることに近いとおっしゃいました。それについてもう少し詳しくお聞きしたいんですが。

みなさんのほうが専門家で僕は素人ですから、あまりそういうところには立ち入りたくないんですけどね。でもしょうがないから、与太話でもしましょうか。

僕は戦争が終わった時にもうがっくりきて、本という本を全部売り飛ばして『国訳大蔵経《だいぞうきょう》』（全四十八巻）というのを買ってきたんです。戦争が終わってから二年ぐらいそればかり読んでいたんですよ。でも読んだから理解したなんていうことはなくて、なにもわかりゃしないんですよ。ただムードがわかるというだけで。その後、生活に困って金がなかったから、大部分は売り飛ばしてしまったんですが、今でも二十冊ぐらいは残ってる。とくに宗典部の第九巻、『日本支那浄土門聖典』にある『浄土論註』だけはよく読んでいます。大きなことをいうなと怒られそうですが、『教行信証』のなかで「道徳、善悪論というのはやっぱりいいものですよ」というばあい、善導が引用されているのではないか。そして実体論から本質論を展開しようとするとき、曇鸞の『浄土論註』が引用されているような気がしてしょうがない。これが僕の理解のしかたです。『浄土論註』にはこんなことが書かれている。人間には生も死もないから、実体としての衆生というものは存在しない。つまり人間というのは、滅しない、でも永生でもないと。親鸞は実体論から本質論を展開しようとするとき、なぜか曇鸞の『浄土論註』と近い考え方を述べているように思われます。

質問者6　親鸞は実体論から本質論を展開する時、曇鸞の『浄土論註』に近い考え方を述べている、そのご指摘は非常に興味深いと思います。僕たちは浄土三部経のなかでは『大経《だいきょう》』（無量寿経）と『観経《かんきょう》』（観無量寿経）を重視します。『観経』に宿業の問題が出てくるわけですが、その論理にとどまっていたのでは救いは完成しない。そこで本質論が出てくるのではないかと、僕なりに受けとったんですが。

僕は日本の浄土教義の歴史について多少調べたことがあります。たとえば源信は観相念仏を重視しました。信仰のない悲しさで正しくいいあてることができないんですが、ここでは浄土を荘厳なところとしてつねに思い浮べることが修行のひとつになっていた。しかし日本の浄土教団は観相的な仏教あるいは善導の「観念法門」を離脱し、その考え方を否定していった。そして最終的には親鸞がいうように、色も形もないという境地にいたる。

観相的な仏教においては、五感に訴えて浄土や仏、来迎のイメージを思い浮べる。しかし源信から法然、親鸞にいたるまでに、そのような考え方が徐々に否定されていく。これは日本の浄土教の歴史において、たいへん興味深いところであるように思えるんですけどね。もちろんこれを歴史的な過程とせずに、現象論から実体論、本質論への変遷と考えることもできるでしょう。

親鸞はおそらく浄土三部経、『観経』『大経』『阿弥陀経《あみだ》』にかんして次のように考えていたのではないでしょうか。まず『観経』には他力のなかに自力的な要素があると書かれており、「観念法門」の余韻が感じられる。ここには、悟りのイメージを思い浮べることが修行につながるという考え方がある。『阿弥陀経』では徳本《とくほん》・善本《ぜんぽん》を重んじるため道徳的なところがあるんですが、『大経』はそうではない。これは、他力という絶対的な境地と対応させて理解することもできます。

そしてもちろん、いまあなたがおっしゃったような理解のしかたもできるだろうと思います。ほんとうをいえば、現象論から実体論、本質論という段階を経たわけではなく、これらの相はたがいに重なり合っている。いちばん望ましいのは、これら三つの相がちゃんと重なり合ったところで、ある事柄を摑むことです。信仰にかぎらず、ある事柄の本質を摑むことこそがほんとうに重要な問題なのかもしれません。

（東本願寺池ノ平青少年センター）

〔音源あり。文責・築山登美夫〕

【日本YMCA同盟学生部主催】――1977年8月31日

喩としての聖書――マルコ伝

質問者1　吉本さん自身は思想家・詩人という二つの顔をもっていると思うんですけど、自分自身の思想として言葉というものをどのように考えておられるのか。

たいへん根本的で大きなご質問なので、いっぱいいっぱい答えたらいくらでもしゃべれる感じなんですけど。また、しゃべってもきりがないという感じなんです。僕はなぜ文学を思想として考えていったか。僕は十代の頃から自分自身を慰めるために文学的なものを書いていたんですが、自分が文学にのめり込まされたとき、いちばん問題にされていたのが「政治と文学」というテーマだったんですよ。

政治と文学はどういう関係にあるか。これをどのように考えたらいいか。そういう問題が提出されていたわけです。僕はそういうところからずっと考えていって、政治と文学を並べたところで、関係なんてありようがないんじゃないかと思うようになった。そして政治と文学をわずかに結びつける媒介があるとすれば、それは思想ということなんじゃないかと考えていったわけです。

では思想とは何なのか。思想というのはたくさんあるんですが、大ざっぱにいいますと、まず公にたいする思想があるでしょう。要するに国家・社会はどうあるべきで、人間はこれらとどのようにかかわっていけばいいのかということについての考えですね。これは政治思想・社会思想といわれているものになります。

それともうひとつ、普遍的にいってしまうと、性《セックス》についての思想の領域がある。これは近親・夫婦・男女の関係にかかわってきます。もっと普遍化していいますと、一人の人間が自分以外の他者とかかわる世界、それが性の世界なんですよ。一人の人間が自分以外の他者とかかわる世界では、人間は性としてあらわれる。つまり男性ないしは女性としてあらわれるわけです。同性どうしの付き合いでも、人間は男性または女性としてあらわれる。要するに、人間の存在が性としてあらわれる世界があるんですよ。近親・家族・男女の世界というのはみんなそうです。そういうことについて、自分がどうかかわっていくかを考えていく思想の領域があるでしょう。

あともうひとつは、自分が自分自身にかかわっていく思想です。つまり、「おれっていったい何なの?」ということですね。そういう領域があるでしょう。ですから、大ざっぱにいっちゃうと、思想にはそういう三つの領域があると考えます。

僕はなぜそういうことを考えていったか。さっきもいいましたように、政治と文学というのは途轍もなくちがったものですよね。当時は結びつかないものをむりに結びつけようとする論理、無理に統一しようとする論理、あるいは「いや、それは別々だよ」というような論理がいっぱいあったわけです。僕はそれらすべてにたいして懐疑的になった。一方で、思想というのはかろうじて文学と結びつくし、あるいは政治とも結びつくかもしれない。僕は思想について、そういうふうに考えています。その思想の内容というのは、いま申し上げたとおりです。

質問者2　イエスのもっともたいせつなところは奇蹟を行なったところで、十字架に架けられて三日後によみがえって昇天される奇蹟がありますけど、吉本先生がそれについてふれなかった理由についておうかがいしたいんですが。

それは重要なんですよ。ふれなかったのは時間がないだけで、僕はもう少し勉強してきたから、ほんとうはふれられるんですけどね。奇蹟があるでしょう。「マルコ伝」には、復活・再臨にかんして重要なことが書かれている。いまノートを見れば、その箇所が指摘できるんですけどね。大ざっぱにいいますと、次のようなくだりがあるでしょう。イエスにたいして、学者たちが意地悪な質問をする。七人兄弟のいちばん上の兄は結婚していたが、子供をもうけることなく死んでしまい、あとに妻が残された。『旧約聖書』には、その女を弟に娶らせて子供をもうけるべきだと書かれている。それで、その女は次男と一緒になるんだけど、やはり子供をもうけずに死んでしまう。その女は三男、四男、五男、六男、七男と順に結婚するんだけど、いずれも子供をもうけずに死んでしまい、最後にその女も死んだ。そしたら、復活の時に彼らがみんなよみがえったら、その女はいったいだれの妻になったらいいのか。「マルコ伝」のなかにそう質問している箇所があるでしょ。イエスはこの質問にたいして、次のように答えている。あなたがたは途轍もない思い違いをしている。人は結婚したり、子供をなしたりするかたちで復活するのではない。さながら、天にある御使いのように復活するんだよと。「マルコ伝」ではそう答えています。

たぶんそれは重要な問題だと思います。これは日本の浄土宗・浄土教系の教義にとっても、非常に重要なところなんです。いったい天国というのはあるのか。死んだ後で行くところが天国なのか。それとも天国というのはたんなる比喩にすぎないのか。自分の心が浄化されるところを通過して、再び仏教でいうところの三毒五濁の世界に還ってくる。信仰者は、天国、神の国というのが実在すると思っている。そこに往って還ってきて、仏教でいうところの慈悲を垂れるわけですよね。浄土教の思想でいえば、その時にほんとうの慈悲を垂れることになる。聖書の教えでは、イエスはその時に再臨して人々に福音を宣《の》べ伝え、時には人々を裁いたりするわけです。

つまり、形而上学的にではなくほんとうに信仰している人は、日頃からほんとうに天国というものがあると思っている。彼らは死んだらほんとうにそこに行き、また肉体をもった人間として還ってくると思っている。

しかしその一方で、次のような考え方があります。いや、天国なんていうものはあるわけがない。人間の内面性のなかで、ひとたび信仰によって浄化された境地にいたり、それから再び悩み・苦しみなどといった諸々の世界に入っていく。そういうことを比喩的に、メタファーとしていっているのが再臨信仰なのではないか。でもそうしたら、トマス・アキナス、ルターが出てきて、今であれば、（カール・）バルトが出てくるということになってしまう。つまり、極端にいえば、その人の数だけ神学ができてしまう。ですから、僕はどうともいえませんが、とにかく「マルコ伝」のなかではそういうふうにいっています。これは重要なメタファーだと思います。

人の子がよみがえる時もそうですけれども、人間がよみがえる時もそうです。みんな復活したとき、女はだれの妻になったらいいのか。兄弟すべての妻になった女は、いったいだれの妻になるのか。イエスはここで、そういう言い方は全部嘘なんだといっています。メタファーとしていえば、人間は娶ったり子をなしたりするかたちではよみがえらない。そうではなく、天にある御使いのごとくよみがえる。イエスはここで、どういうことをいっていると思われますか。そこの解釈は重要で、あなたなりの神学、信仰ができると思います。僕にはべつに信仰がないから、これはメタファーとして捉えるのがほんとうの理解のしかたですよといいたいんです。そういえば充分だと思います。

天国というのはいわば心の比喩にすぎないという理解のしかたも、ちがうのではないか。天国というのは死んだ後に実在しているので、信仰がまったく完全であれば、死んだ後にはかならず天国に行く。そしてまた天国から還ってきて人間のなかでさまざまな教えを宣べ伝え、さまざまな良きことをして人々を導いていく。信仰している人にはお気の毒だけれども、僕はそういう理解も間違いじゃないかと思います。それじゃあ、どういう理解のしかたがあるのか。人間は再び結婚するとか、子をなすとかそういうかたちでよみがえるのではなく、天の御使いのごとくよみがえる。イエスはここで、そういう言い方をしています。

そして最後のところには、次のように書かれています。イエスはよみがえった後、まずマグダラのマリアに会った。マリアは、イエスといっしょにいた人たちが歎き悲しんでいるところに行ってそのことを知らせたけれども、彼らは信じようとしなかった。その後、そのうちの二人が田舎のほうへ歩いていると、イエスはまたちがった姿で向こうから歩いてきた。この二人もまた他の人々のところに行ってそのことを知らせたけれども、彼らは信じようとしなかった。つまり人間は以前とは異なった姿、異形の姿でよみがえるのであり、再び結婚したり子供をなしたりするようなかたちでよみがえるのではないといっています。これはそのとおり受けとったらいいと思いますね。それで充分だと思います。このことを自分なりに解釈して深めていき、あなたの神学をつくればよろしいんじゃないでしょうか。僕はそのように理解しています。

質問者3　お話のなかでひとつ、わからないことがあったんですけど。先生は「何をいうか思いわずらうな」（「マルコ伝」一三章一一節より）という例を引かれて、自然状態でいわれる言葉はかならずその人に背かないものだとおっしゃいました。これにはちょっとびっくりしたんですけど。むしろ自然状態でいわれる言葉は、背いてしまうのではないかと思い込んでいたものですから。「言葉はかならず自分に背かないものだ」といっちゃうということは、自己自身としての自分がちゃんとあって、それを信じているということじゃないんですか。自己自身としての自分を信じてない者は、そんなふうにはいえないような気がするんですけど。僕のお話の捉え方がちょっとおかしいのか、よくわからないんですけど。

あのね、それはちょっとちがうんじゃないかと思います。ここではもっと根源的に言葉を問題にしてるんじゃないかと思うんです。われわれは現実に、だれそれにたいしてたえず「こういうことをいったら悪いな」「こういうことはいうべきじゃないな」と思いながら言葉を発していますよね。でもこれが、人間、あるいは人間と言葉にとってほんとうにいい状態かというとそうではない。思いのままにいっても、自分も他者も損なわない。これこそが言葉にとって根源的にいい状態だと思うんですけど、なかなかそうはいかない。では、そうするためには何が必要なのか。聖書では、信仰が必要だといっている。つまり「言葉は神から来る」という考え方が必要なんだといっているわけです。

無制約にいわれる言葉は現実的には自分に背くけれども、本質的、根源的には自分に背かない。何をいっても自分の現実に背くし、現実の自分と他者との関係を損なったり傷つけたりするけれども、根源的な自分には背かない。そういう考え方ができるだろうと思います。しかし現実的にはそうできず、さまざまな制約のなかで言葉を吐いている自分があるから、自分を信じられないという問題が出てくるのではないでしょうか。だけど根源的に問うならば、どんなことをいったって、思うままにいったって自分に背かない。自分の範囲・領域というのはそういうものなんだ。根源的には、そういう考え方が成り立ちうるのではないかと僕は思うんですね。そういう意味あいでいっていると僕には理解できますね。

司会　もう少し、あと五分間ございますので、ほかに質問がありましたら、学生の中から質問がありませんか。よろしいですか。そしたら、学生に限らず、一般の方でも、先生方の中からでも、質問があったらどうぞお願いします。

質問者４　最後のところで、マルコ福音書の第四章が具体的に明らかになりましたけれど、先生のお話を正しく理解するために、どうしてもここをお聞きしてみたいなと。そのためにはまず、先生が虚喩という言葉を□□□質問に過ぎないなって気もしますけれども、一応私なりの独断で、先ほど引用されました第四章の三〇節以降の、波が鎮まれ黙せっていうような、あそこのところは虚喩というふうにお考えになってらっしゃるのかなぁという、そういう推理仮説を立てた上で質問を申し上げ、その答えの中で、虚喩を具体的に集めたいなと思います。

この第四章は、私は、メタファーとシミリーっていうのは何かといいますが、最初の□□□三つの言葉、ああいうふうにございますが、同信の解き明かしたところは、直喩に翻訳したんじゃないかと理解します。その場合に、この直喩の説明を見て、読んで、われわれだって、少しも納得しない。つまり、直喩の中で、自分が何に該当するかっていうのは難しいと思うわけです。私なんかは、父の辺だなぁとか、あるいは、近場の人たちの辺だなぁっていうふうな感じがするわけです。でもその他特定の者に引っ張られて□□□、いわば必然性の感情みたいなものがあるにもかかわらず、□□と守られてきて、救われるも救われないもつまってるんだと、そういう解説しかされてない。それについて、二一節から二五節までのところで、虚喩でこういっているわけですね。ますの下や寝台の下に置くためにか、明かりを持ってくることがあろうか。燭台の上に置くためではないか。なんでも隠されているもので現れないものはない、秘密にされているもので明るみに出ないものはない。聞く耳のある者は聞くがよい……（聞き取れず）

司会　すみませんけれど、なるだけ短くまとめてください。

質問者4　この直喩っていうものがですね、どういうものとなるか。簡単にいいますと、聖書の譬えっていうのは、直喩が暗喩になっていて、そして、直喩プラス暗喩が全体として虚喩になってると思います。そういう観点が、構造的にあるのではないか。そういう点、つまり、この第四章のこの□□□の□□発生についての先生の考え方、どういうふうにお考えになられるか。

僕は感心して聞いてたんですけれど。今、僕が話をして、第四章の譬えっていうところが、僕以外にそういう読み方をした人はいないと僕は思っていたわけですから、僕の話を聞いて、あなたが今いわれたようなことを考えられたとしたら、僕はそれは立派なものであって、それでよろしいんじゃないかっていうふうに思うんです（会場笑）。つまり、僕はそういうふうにいわれても、感想はないなぁっていう。それだけお考えになったら立派なもんですよっていうふうな気がするんです。

それで、僕、虚喩ってことをあれしなかったけどね。虚喩っていうのはそうじゃないんです。僕がいってる虚喩っていうのは、まず、うまい譬えが聖書の中にはないんですよ。あなたのおっしゃったところは、僕がいう虚喩じゃないんです。メタファーなんですよ。全部メタファーなんですよ。メタファーか直喩なんです、全部そうです。聖書の中にある比喩はみんなそうだと思います。僕がいう虚喩っていうのは、そうじゃないんですよ。例がうまく挙げられないんですけど。たとえば、思いつきで大ざっぱにひょろっといっちゃうと、ここに扇風機が回っているとするでしょ、ただ扇風機が回っていますっていうふうに、僕がいったとする。そういうこと、それ以外に何もないんですよ。つまり、扇風機が回っていますっていうふうにいった場合に、ほんとはそれ以外何もいわないんだけども、それで何かいってるっていうことなんです。それで、なんかいってる。そんなことはありえないんですけど。つまり、われわれの今持ってる言語感覚では、そういうことはありえないんですよ。何の含みもなく、ここに扇風機が回っていますっていう、目の前に回っている扇風機を見て、扇風機が回っていますっていったら、もうそれ以外に何にもないわけです。確かに回ってるから回ってるっていってるわけです。

ところが、しばしば、僕がいう虚喩なるものが発生した古代においては、古代においてはそういう言い方をして、あるいは、そういう言い方でしか、自分の思っていることをいえなかったっていう時代があったと思うわけです。つまり、あることをいうためには、絶対に扇風機が回っていますとか、ここに机がありますとか、そういう言い方しかできないっていうことなんですよ。そういう言い方しかできないし、そういう言い方をすることで、本当は、俺はこういうふうに思ってるんだよっていうような、そういうことを本当はいうために、ほんとにそれしかいえない。

そういう言い方しかできなかったそういう時代っていうのがあったと思います。そういうふうに考えているものが虚喩なんです。これは何の含みもない。一見するとこれは、あれとおんなじになっちゃうように思うでしょ。つまり、ストレートに、おまえは馬鹿だとか、扇風機が回ってるっていうのと虚喩は同じだっていうふうに思われるかもしれないけども。そうじゃなくて、それは現在の言語感覚でいうからおんなじに見えるんであって、ひとまわりして全部めぐって、歴史を全部めぐって、おんなじだって意味なんです。そういう言い方でしかいえなかった。そういう言い方で心をいう。そういう時が、古代のある時期にあったっていうふうに理解します。そういうことが虚喩なんで、おっしゃるような意味ではないわけなんです。

あとのことでいえば、おっしゃってることは、僕はもういうことないですよっていう、立派なものですよ。僕が今日いったことっていうのは、誰もいってないはずだって思ってるわけです。ですから、思ってるんだけれど、案外、人は同じようなことを考えるからわからないですけどね、いってないはずだよって思っているわけだけれども、そっからまたもう少し厳密に考えられたってことは、いいんじゃないですかね。そういう感想を持ちますけどね。

（原題：喩としての聖書／静岡県御殿場市、東山荘）

〔音源あり。文責・築山、一二三頁二行目以降、菅原〕

【山口県有志（山口県内吉本さんを呼ぶ会）主催】――――1977年10月1日

竹内好の生涯

質問者1　先ほど、論理を追求していくと自己破壊になるとおっしゃいましたよね。すみませんけど、そのことについて教えていただきたいなと。

それはべつに、お教えするようなことではなくて、僕は非常に感覚的に、あっさりといっているわけですけれども。論理というものを突きつめたり、通そうとしたりすると、情緒的に索漠としていく。僕はいつでも、それを実感するんです。索漠としてきて、「これ以上こういうことに突っ込んでいくと、おれは壊れちゃうんじゃないかな」という実感をともなうから、そういったんだと思います。なにげなくいったんだと思いますから、あまり重要なことではないんです。

質問者2　（聞き取れず）

いまいわれたことについては、両方いっしょに答えることができるような気がするんです。どういうふうに答えればいいですかね。竹内（好）さんは、優等生文化的なものをやめればいいんじゃないかといった。僕がいう知的な上昇過程っていうのはたんに自然過程なんだから、知識でも何でもない。逆に知識から知識でないものをつかまえられたとき、はじめてほんとうの知識といえる。僕はそういう言い方をするんだけど、竹内さんがいっていることはそれとはちがうような気がするんです。僕は絶対に、「知的な上昇過程だからやめればいいんだ」とはいわない。そうではなく、「徹底的にやれ」というのが僕の考え方です。徹底的に知識的にやれ。だけどそれは、知識の総体の過程、つまり全体的な過程ではないよと。それはいってみれば、片道切符にしかすぎないということなんですよ。

そうすると、たとえば毛沢東の『文芸講話』のどこがだめなのかということは、感覚的にもいえるわけです。感覚的にあれを読むと、平面のなかにむりやり突っ込まれちゃう感じがするんですよ。それはなぜかというと、毛沢東は知識を生業とする者ではないからです。生業というと、職業っていう意味になっちゃうんですけどね。あるいは、社会的な分業ということになっちゃうんですけど。もう少し根柢的な意味で、知識が知識によって立っているといったらおかしいかな——そういう言い方で、なんとなく察してほしいわけですけど——知識が知識として立つこと、あるいは知識として存在することを毛沢東は認めない。大衆というものの過程に接触しないかぎり、何の意味も価値も生じない——毛沢東は徹底的にそうなんですよ。

だけど僕はそうじゃないと思ってるんです。知識が価値をもつためには、知識が知識として立っている状態を認めなければいけない。その状態はもちろんニュートラルです。これは権力にも行かないし、大衆にも行きません。知識はそれじたいですから、それじたいを含む全体はなにかに奉仕させられちゃうかもしれない。知識がなにかに奉仕させられるかどうかということにたいして、考えがおよばないかもしれない。だけど、知的追求の過程じたいにこそ知識の価値があるんだということを認めなければ、人類の文化は成り立っていかない。

ヨーロッパが世界であるかのごとく成り立ってきた根本的な理由は、知識が知識として立つことを認めているからです。そうすると、それは無限過程なんですよ。無限に上昇する過程なんですよ。無限に緻密になり、無限に探究が進む。そういう過程なんです。それは大衆の役に立つかどうか、政治はそれを利用するかどうか。そういうことはほんとうはあるんです。たいていは利用したりされたりするわけです。しかしそのことは、少なくとも探究している人自身にとってはなんら問題にならない。それは熱中される問題なんです。それを無限に追求しても、追求の種が尽きることがない問題なんです。その過程を認めることによって、ヨーロッパはさながら世界であるかのごとく成り立ってきた。ヨーロッパの知識はそれがあるために、世界そのものであるかのような顔をしてきたわけです。

竹内さんが畏れを抱いた合理精神、論理性、論理学、数学というのは東洋では出てこない。これは日本なんかでは生まれない。東洋的な思想では絶対に生まれない。なぜなら、これらは知識が知識を追求するところから生まれているからです。一足す一はどうして二になるのかということを追究するのに、どういう意味があるか。これをどうやって、大衆の役に立てたらいいか。すぐにそういうことを考えるようなところでは、論理や数学は絶対に生まれない。

これが生まれないっていうのは、東洋の悲しいところなんですよ。竹内さんがいうように、利点じゃないんですよ。これは悲しいことなんです。ヨーロッパと較べて悲しいのはそこなんです。ヨーロッパというのは、一足す一はどうして二なのかということを徹底的に追求する。死ぬまでレンズを磨くのを商売にしてる人みたいに、一生そういうことを追求する。日本人あるいは東洋人であれば、「ばかだ。役に立たんぜ、あれは」と思うようなことを追求して一生涯を送ったやつが、ヨーロッパにはしばしば出てくる。

もちろん日本にだって、いい茶碗をつくるために焼き物をやって一生を送ったやつはいます。しかし、それは生活に役立つためです。ヨーロッパの人はそうじゃないんですよ。茶碗みたいに、かたちあるものじゃないんですよ。一足す一はどうして二なのかを徹底的に追求する。つまり、目に見えるものじゃなくて抽象なんです。抽象を追求することによって一生を棒に振っちゃった人が、ヨーロッパにはいるんです。

「それにはどういう価値があるか」「民衆のために役立つか」なんていうことからしたら、ばかなんですよ、むだなんですよ。むだをやるという精神がなければ、論理や数学みたいに抽象的なもの、あるいは科学、サイエンスは絶対に生まれない。ヨーロッパではそういうものを生み出すことができても、アジアでは生み出すことができていない。アジアが科学をもっていたとしても、それは全部ヨーロッパのものです。すべて移植です。アジアで発生した科学なんて、なにもないんです。アジアにあるのは経験法則だけです。せいぜい抽象できても、経験法則だけです。たとえば漢方薬は効くかも知れないという経験法則はありますけど、そんなのはだめなんだよ。ひとたび全部抽象したうえで、総合できなければだめなの。それは知識だってそうなの。

だから、そこが毛沢東のだめなところなんですよ。『文芸講話』もだめ、『実践論』もだめ、『矛盾論』もだめ。あれはだめなの。どうしてだめかというと、一足す一はなぜ二なのかということを追求して一生を棒に振る人間がいるということ、あるいはそうやって一生を棒に振っていいんだということを認めないからです。その人は政治に無関心でいいんだ。政治にかんしてはニュートラルでいいんだ。そういう人は場合によっては政治的に悪く利用されることもあるかも知れないけど、それでもいいんだ。そういう人には価値があるんだ。それを追求して一生を棒に振ることには価値があるんだということを、認めなければならない。ところが毛沢東の論理は、それをひとつも認めてないんですよ。

そして竹内さんも、それを認めてない。僕は、そこが竹内さんのだめなところだと思う。竹内さんが中国にたいしては甘く、日本にたいしては苛酷なのはそこだと思うんです。あるいはヨーロッパ的な方法にたいして懐疑的で、中国にたいして懐疑的じゃないのはそこだと思う。それはある意味ではいいんですけど、ある意味ではだめだと思う。

だけど、僕はそういわない。文学だって論理だって何でもいいから徹底的にやって、ヨーロッパをはるかに追い越してしまう。しかし知識にとっては、それはちっともいいことじゃない。つまり、それで完結したわけじゃない。それは知識にとっては片道過程ですよ。文学や科学、あるいは革命において世界の水準を凌駕するようなところに到達したやつがいたとしても、それじたいは偉くもなんともない。よくもなんともないんだよ、それはなんでもないんだよと。それが総体として完結することには、どういう意味があるのか。そういう過程から全部完璧に取り出すことができなければ、知というのは完結しないんだというのが僕の考え方です。ですから、いま質問された方がおっしゃったこととはちがう考え方をもっています。

僕が毛沢東はだめだと思うのは、そういうところなんです。それが根本的なところなんです。毛沢東というのは、どうしたってだめなんですよ。毛沢東のなかには東洋的なものがあるから、そういうところでだめなんです。だからどうしても、むりやり平面のなかに入れ込んでいかれちゃうような感じがともなう。それはなぜかというと、知識が知識として立つという無限過程を認めないからです。それが存在するということを認めない。それを認めないかぎり、東洋はだめです。東洋、アジアというのは絶対に、ヨーロッパを凌駕することはありえない。ですから、アジアが世界であるということには絶対になりませんよ。あるいは、アジア以外のものでもいいいんですけどね。ヨーロッパ以外のものが世界であるということは、絶対に成り立ちません。毛沢東はその過程を認めない。それがだめなんだと思います。それが毛沢東の『実践論』や『矛盾論』、『文芸講話』の根柢を支配している問題です。

だけどなぜ、これらの論文の価値を認めなきゃいけないのか、「価値あるぜ」と認めなきゃいけないのかというと、それはやはり、文体、内容の渾然性があるからですかね。渾然一体として、ちゃんと読むに値する。ですから、これはそうとう上出来というか、質がいいものなんです。実際に、「これはそうとう考えている人でなきゃ書けないよ」という渾然とした高さ、つまり価値といったらいいようなものがあるんです。それは認めなきゃいけない。もちろん個々の部分を見れば「これは間違いだよ」「この人はこれを認めないからだめだよ」「ここが間違ってるんだよ」「これは誤謬である」というところはたくさんある。だけど全体としては、見るべきものがある。現在の世界ではそんなにたくさんの人から求められない、ある渾然とした深さがあるんです。これはやっぱり認めなきゃならない。それは読み取らなきゃいけない。ロジックだけを読み取ってロジックの間違いを指摘するのでは不充分です。「相対的真理がたくさん集まれば、絶対的真理になっちゃう」とか、そういう箇所だけを取り上げて、「何いってるの」と批判するのではなく、やっぱり渾然として打ってくるものの高さは認めなくちゃいけないと僕は思います。それはそうとう高いものじゃないかなと、僕には思えますね。質問された方の答えになったかどうか知らないけども、僕は根本的にはそう思ってますけどね。

質問者3 （聞き取れず）

竹内さんもそうだけど、僕には戦争体験論、戦争責任論をそうとうこだわってやった時期があるんです。怨恨に基づくものであれ、騙されたという意識に基づくものであれ、「おれがかかずり合ったことが間違いだと、全部人に否定されるのはかなわん」というモチーフによるのであれ、とにかく体験の次元で、そういうことにかかわった時期があります。でも、そういう次元で問題を出しているかぎり、僕はあまり実りが多くないんじゃないかと思っています。

たとえば、（評論家の）安田武というのは僕と年代が同じで、ほぼ同じ体験をしていると思うんですけど、僕は彼のことが嫌いなんです。僕は面と向かっていったことがあるから、ここでいってもいいと思うんだけど。おまえは「東条（英機）に騙されて戦争に行った」というけど、おまえは兵隊になって戦争に行って、そのなかでいいこともあっただろう。いいこともあったというのは、いい目にあったという意味じゃなくて。同じ兵隊仲間でも上官には内緒の助け合いとか友情とか、そういうさまざまないいことはあっただろう。おまえはどうしてそれをいわないで「東条に騙された、騙された」とばかりいってるのか。おまえみたいなのが、戦中派の面汚しをやってるんだ。僕は彼に、そういったことがあるんです。

僕は体験に固執すること、つまり安田武的に固執することに意義があるとはちっとも思わない。だから僕はある時期以降、体験を体験として取り出して論じることはあまりしないようにしてきました。しかし僕には文学を方法論として追求した仕事、文学史的な仕事がある。僕は仕事のしかたじたいで示していることがある。戦争体験を全部抽象化しているといったらおかしいでしょうか。僕はそこにあるメカニズムをちゃんと踏まえていると思います。ですから、そこのところに全部帰着させることもできると思っています。絶対にそうです。戦争体験論や戦争責任論と同じモチーフがなければ、僕はこういう方法は考えなかったし、こういう仕事はしなかった。そういうことはいくらでもあると思います。

あなたのおっしゃる持続の問題には、次のような問いがある。何を捨てるか、あるいは捨てないか。棺を蓋《おお》うまで、何を捨てないで持ち越すか。体験をたんに体験として取り出すのではなく、体験からどういう抽象のしかたをしていくか。あるいは、どういう方法を抽象していくか。そういうことまで含めていうならば、棺を蓋うまで持続することによってはじめて、後の世代との対話が可能となる。つまり持続は、対話を可能にする理由・根拠となる。僕はそう考えていますけど。それをやめちゃったら、もう対話なんて効かないんだ。対話する根拠がちがっちゃうんだ。統計によれば戦争を体験せず、しかも自己を確立している人口のほうが多くなっちゃってる。こんなところで体験を体験として提出することに固執するならば、僕らが青年時代におじいさんが「日露戦争の時はな」「西南戦争の時はこうでな」とかいってるのを聞いて、「何いってんだ」と思ったのと同じことになっちゃいますから。ですから僕は青春の時期にぶつかったことについて、体験としての次元だけでいってるわけではないんですけどね。僕はそういうふうに思ってます。

質問者4（聞き取れず）

第一に小林秀雄と福田恆存では、文学者としての桁がちがうんじゃないかということがいえる。小林秀雄がどういうよからぬ役割をしようと、保守的であろうと、戦争中にどうしたということがあろうと、僕らはみんな彼から恩恵を受けている。小林秀雄は日本において、近代批評の基礎を確立した。「書物を読んだ感想文に毛が生えたようなものが批評文なんだよ」というところから、近代批評というものの基礎を確立した人だと思います。基礎を確立したということは、批評が批評として成り立っていくということです。批評が批評じたいとして成り立っていくには、どういうことを考えなければならないか。そういう問題について、基礎的なことはほとんどやった。つまり、現在の批評家がやっていることの基礎づけをやった人だと思うんです。それにかんしては、どんなに見解がちがおうとどうであろうと、認めなくてはいけない存在だと思うんです。

それにたいして福田恆存という人は、政治的ともいえないと思うんですけど、政策的といったらいいんでしょうかね、福田恆存の政策的な発言には、一種の反動的な小気味よさがあるんですよ。その役割は、小林にもないことはない。もちろん、もう少し立派で高級なかたちですけど、その小気味のよさがないことはないんです。だからそういう意味では類似点があると思うんだけど、まるで桁がちがうんではないでしょうか。

僕は福田恆存にたいして、熱心ではないんですけどね、ただ『藝術とは何か』みたいな本はたいへん立派なものだし、国語問題について発言したこともたいへん立派で、よくやってるなと思います。常識がさっと済ませて通り越しちゃおうと思ってることについて、ことさらそれを取り出して、たいへんすぐれた論を展開して書いている。そういう仕事をいくつか、僕は知ってますけどね。だけども、時事的な事柄についての発言を読んでいるかぎりでは、そんなに高く評価できないなと思うんです。それはなぜかというと……

質問者４　福田恆存の文学活動および批評家としての発言は認めるけど、政治的な部分は認めないと。

ええ。たとえば時事的、政治的な発言をするときの福田さんは、そんなに認められないですね。それはどうしてかというと、すぐわかるんですよ。彼はしばしば、正しいことをいってるんですよ。だからつまり……

質問者４　現実は衝いているということですか。現実を捉えていると。

そういう意味じゃないんです。現実をよく捉えているというのではないと思います。彼はたしかに、正しいことをいっている。では、正しいことをいっているというのはどういうことか。だれもが心のなかではそう思ってるんだけど、いわずに済ましてる。ほんとうは反対のことをいって主張してるやつでも、心のなかでほんとうに考えていることについてはいわない。福田さんはそういうことを、ぱっとみごとに出したりする。そういう意味では、正しいことをいうと思います。だけどその正しいことというのは、取り出されてないんですよ。つまり、それは正しいことじたいでしかない。たとえば、自分が正しいことをいうでしょう。そこでいった正しいことと、正しいことをいってる自分を取り出す。そうやって客観視できると、その正しいことは相対的になっちゃうんですよね。そこで相対性というのが出てくるんですよ。それからもうひとつ、普遍性というのが出てくる。

だけど、福田さんの発言には普遍性がなくて、正しいことじたいでしかない。たとえば、ある事柄が起こるでしょう。そのことについてある人は、正しくないことを押し通そうとする。あるいは正しいことを思ってるんだけど、それをいえないでいる人もいる。福田さんはそこで正しいことをぱっというわけですが、それは正しいことじたいなだけなんです。それにたいして正しいというだけなんです。ですから正しいことじたいには、ほんとうの意味での正しさはないと思うんですよ。ほんとうの意味での正しさっていうのは、またそれを取り出せないといけない。正しいことっていうのは、自分で取り出せないといけないんです。そこで正しさを取り出すと、正しくないと思われる流れもいっしょに取り出されてしまう。そうしないと、ほんとうはわからないわけです。ほんとうに正しいことをいおうと思うなら、その両方が取り出されないといけない。取り出されることがないと、いえないんですよ。だけど、福田さんはたいてい、即座に正しいことをいってる。そこでは正しいことじたいをいうだけで、それ以上の意味はないんじゃないか。だけど、正しいことをいうっていうのは、そんなに立派なことじゃないですよ。つまり、たいしたことじゃないと思います。

質問者5　吉本さんが大学に行かれていた頃、しばらくは士官学校にちょっと頭のすぐれた者を行かせる傾向があったといわれている。それから、近頃の大学は数が多くなって、大学生の数も増えてきた。そういうところで、「秀才になればいい」という考えに、ちょっと是正を図ってきているのではないかと。それと竹内好さんが必死になって考えられたこと、主張されたことが自然にそうなりつつあるということは、なにか関係があるんじゃないか。吉本さんは近頃の学生、ちょっと前より変わってきた学生をどのように捉えられているか。そのへんを訊きたいです。

いまおっしゃったことは、ひとつの条件じゃないかなと思います。今の大学、学生は変わった、大学の数が多くなって、大学生の人数も多くなった。大学のなかのことはよくわからないんですけど、大学を出たら、社会のなかで優等生として自己主張できるということにはならない。あまりに人数が多く、あまりに画一的だからそうはならないだろうと。たしかに僕も、そのことを考えて、大学および学生は、竹内さんがいうのとは、変わってきてるんじゃないかなと。僕もそういうことを結びつけて考えていました。

大学がどういうふうに変わっているのか、その実態がわからないところがあるんですけど、竹内さんが必死に考えて「優等生を崩せ、崩せ」といっているのとはちがって、かなりひとりでに崩れていってるんじゃないか。竹内さんの考えと今の現状は、やっぱり結びつけられないんじゃないかなと思うんです。竹内さんが期待したように、価値転倒という意味あいでそれが崩れているのか。いや、そうじゃなくて、ただ自然過程として、自然に崩れちゃってるんだよ。つまり現象として崩れちゃったんだ。だから、それは意識して崩れてるということじゃないんじゃないか。優等生を志向しないということじたいに、竹内さんがいうほどの意義があるかということは、まったべつなんじゃないかなと。僕はそういうふうにも捉えられると思う。竹内さんがそういう優等生的な構造を崩せといったばあい、もっとちがうことを主張したかったんじゃないかなと。そんなことは実現可能かどうかわからないけれども、竹内さんは「とにかく優等生文化とは反対の構造をつくれ」といいたかったんじゃないかなと。現在、反対の構造がつくれているのか。つくれる兆しがあるのか。あるいはただ自然に崩れたというだけで、反対の価値観がそこから形成されていくのかどうかということは別問題なのか。それはいま確定できないところがあるから、それほど意味があるのかどうかは、僕にはよく呑み込めないです。そこのところは、僕なんかにはわからないところです。

このごろ僕は年とったせいもあって、学生さんの実態をつかまえられるほど接触点をもっていない。むしろ僕なんかのほうが、逆にそれを知りたいなと思います。ただ自然過程として崩れてしまった、あるいは人数が多くなったから、どうもそうならざるをえないということで、竹内さんが期待したような意味あいでなかったとしても、竹内さんが一所懸命考えて到達しようとし、また到達させようとした考え方のうち、半分あるいは非常に大きな部分がそこで自然に実現されちゃったんじゃないかなと。僕はそう評価できると思ってはいます。でも竹内さんが考えていたとおり、十全にそれが実現したのかどうかは僕にはよくわからない。そこまではいえないんじゃないかなという気がする。たとえば半分ぐらいまでは、竹内さんが一所懸命考えていたことの半分ぐらいまでは、自然に実現しつつあるんじゃないかな。それもごく自然に、さまざまな社会的な要因からそういうふうになりつつあるんじゃないかなと僕自身は評価しているわけです。

それで、どうなったらいいのかということになってくるんでしょうけど。どういったらいいんでしょうね。竹内さんの思想のなかには広い意味での教育、それから観念の有効性という意味での教育についての考えがある。竹内さんの思想のなかには本質的な部分にそうとう喰い込んでいく問題があるんですけど、僕のなかにはそれがあまりないんですよ。少なくともグレてからは、ただ通ればいいという考え方にいたったんです。僕はよく例を引きますけど、太宰治という人は「学校っていうのはカンニングしたって何したってかまわないから出ちゃえ」といってる。僕はそれが好きなんです。僕はまさにそうで、サーッと出ちゃったんです。サーッとでもないけど、とにかく出ちゃったという感じなんです。できるだけ敬遠しながら出ちゃったという感じだから、あまり教育とか学校についての理想とか、「こうならいい」というのがないし、そういう資格もないんです。

でも竹内さんみたいに、社会の優等生になるとかそういうこととは関係なく、僕が学校で学んだことがあるとすれば、ごく通俗的な意味で遊んだっていうことなんです。つまり遊ぶことを学んだ。遊ぶことを学んだっていうのは、ものすごくいやなことなんです。ちょっと面白くなってきた（会場笑）。

親っていうのはそうじゃないんですよ。もちろん人によってちがうでしょうけど、「自分が無学だから、子供にはせめて教育を」というぐらいに思ってるわけだから、乏しい稼ぎのなかから子供の教育に金を使う。そうすると子供のほうは何を学校で学ぶのか（子供っていうのはまずいか）。僕は学校で何を学んだかというと、遊ぶことを学んだ。授業をサボって映画に行くとか自分だけ喰っちゃ寝しちゃうとか、そういうことばっかりしてた。僕はものすごい親孝行ですから（会場笑）、そういう自分にものすごく罪の意識があるんですよね。罪の意識があるんだけど、そうするんですよ。それ以外にないっていう感じで、そうするわけです。それで試験の時にはとにかく共同してノートを写し合って、徹夜で鉢巻きしてとにかく通っちゃえと。六割以上取りゃいいんだ、通っちゃえということで滅茶苦茶にやるわけです。それで通っちゃうんです。ですから、そういう意味ではなにひとつ身につけなかったといっても過言ではないんですけど。そうやって通っちゃって、親はどうしたか。親も、有効性でしか子供に学資を出してないんですよ。どうしても、それは有効性なんですよね。つまり、「役に立つから」ということで、子供に金を出した。そうすると僕は、その有効性を否定するわけです。有効性を否定するっていうことを、大学で学ぶわけです。こんなのね、中共に行ったら、おまえ、ちょっと人民公社で働いてこい、労働者として働いてこいと（会場笑）、つまり「自己改造してこい」っていわれるに決まってるわけ。

だけど僕の価値観によれば、それはよくないことなんですよね。遊んだっていうことは、ものすごく悪いことなんです。それが僕の生涯をものすごく害しています。つまり、僕の人格を純粋でなくしてます（会場笑）。正義の男でなくしてます（会場笑）。それから僕は左翼的ですけど、「おれは並の左翼とはちがう」と思えてならないのはそこだと思う。真面目なやつはたいてい嘘だっていう感じもあるんですけど（会場笑）、つまり、真面目すぎるのはおかしいということです。遊びとか役に立たんことで、生涯をむだに使っちゃう。それがなければ、知識というのは世界性をもてないですよ。もてないですよっていうことを大きくいえば、僕はそれを学んだんですよ。それを大学で学んだんですよ。ほかでは学ばなかった。

それは徹頭徹尾、親父的なプロレタリアですよね——親父なんかはそうだと思います。組織労働者じゃなくてプロレタリアです。親父なんかは徹頭徹尾、そうだったんです——それを騙して、黙ってたわけですよ。徹頭徹尾、有効性によって身を切るようにして自分の稼いだ金を子供に送ってるんです。すると僕らは、それを遊びに使っちゃうわけですよね。ちっとも有効性じゃないものに使うから、ものすごい罪の意識があるんですよ。これこそがほんとうの罪の意識ですけどね。しかし僕は断固としてそれをやめないわけです。やめなかった。あるいはやめられなかった。ぐうたらだから、やめられないんです。ぐうたらっていうことは、ものすごく悪いことなんですよ。僕は「ぐうたらはいい」なんて絶対にいわない。これは悪いことだ。ものすごく悪いことなんだ。僕は今でもぐうたらであるために、ずいぶん損をしてますよ。損してますし、ずいぶん「ああ、おれはぐうたらだな」と思いますけど。今でもだめだと思ってます。だから苦しいですけどね。なにかしようとしたとき、「やれやれ、しょうがない。いやだな」と思いますけどね。ぼくはそのぐうたらさを、やはり大学で学んじゃったんですよ。

だけど、そこでしいて親父であるプロレタリアを騙して、貧しくて身を切るような思いで出した金を遊びに使っちゃったうえで僕が学んだいいことは、今も生かしてる。僕は断固として、それを世界思想として主張してやまないのでね（会場笑）、知識は知識、遊ぶことは遊ぶことで徹底的にやって、将来をアウトにしちゃう。毛沢東的、あるいはスターリン的にいえば全然無価値な生き方ですね。それからぐうたらでどうしようもなくて、酒呑んで中毒になって死んじゃったとかね、そういう生き方には価値があるんだぞっていうことなんです。

知識は知識でしかなくて何の役にも立たないんだけど、それを追求していったあまり、あとのことについてはばかで全然なにも知らない。どう利用されても知らない。そういう生き方にも価値があるんだよ。それがなければ、思想というのは世界性と歴史性をもてないのだよ。つまり、その思想は一代かぎりになっちゃう。人間の生涯が百年続くとすれば、百年かぎりの思想と百年を超える思想がある。人間のいろんな生き方を肯定しないかぎり、歴史性、時間性をもつ思想は絶対にできあがらない。僕はそういう確信を、どこで学んだか。僕はぐうたらに遊んで親を騙すことによって、プロレタリアである親を騙すことによって学んだと思います。それを学ぶために僕は、ぐうたらさを身につけた。ぐうたらさをわざと身につけて、いわば人間性の犠牲の上に僕はそういう考え方を獲得したと思う。

この考え方はたぶん、世界のマルクス主義を修正するにたる。僕はそう思っているわけです。世界のマルクス主義は、ここで修正しないかぎりだめだと僕は思っているわけです。そういう確信、批判があります。僕はいろんなことはいえないんですけど、自信はあります。そういう生き方を肯定しないかぎり、思想は世界性をもてないんですよ。毛沢東思想では、世界をリードすることはできないでしょう。後進国や虐げられた国、つまり弱きものに示唆を与える思想にはなれるかもしれないけど。世界の構造を全部掌《たなごころ》にしたうえで弱きを助けるというのは、どういうことなのか。毛沢東思想はそういうことにたいして、かならず間違えると思います。現代の中国の思想は、かならず間違えると思う。

ただ弱きを即物的、即自的に助けるとか、第三世界の解放運動を助けるとか。即物的、即自的にその思想を助けるとか、あるいは影響をあたえるとか。そういう意味では有効性があるでしょうけど、それがほんとうの意味で真理であるか、世界性であるかということはまたべつなんです。ほんとうの世界性っていうのは、世界の別の構造ですよ。毛沢東思想では絶対にひっかかってこない、精神的な世界があるんですよ。その世界全部を、構造として掌握できる、そういう姿勢をもったときに、はじめてそのときに、「弱いのはどこなんだ、ここなんだ、これを助けるにはこうなんだ」というようにできるならば、はじめてその思想は有効であり、真理なんです。しかしその思想が即自的であるかぎり、有効であるか、真理であるかということは絶対に判定できない。あらゆる実践家は、それを心得なければいけないと思います。それは、あらゆる理念が絶対に身につけなければいけない問題だと僕は信じます。

僕はそれをどこで学んだかというと、大学からです。大学の先生からではないですよ。絶対そうじゃないですよ。だから僕はそういう意味で、教育について語る資格がないんです。僕は悪いことばっかりしてたから、あまりいえないんだよ。それで、ぐうたらっていうのはほんとうによくないことなんですよ。僕がもう少しぐうたらでなかったら、ちょっといいと思うんです。優秀だったと思うんだけど（会場笑）。だからだめですよ。ぐうたらっていうのはものすごく悪いことですから。

いろんなことでちゃらんぽらんなところがある。対他的、対人間関係でもちゃらんぽらんなところがあって、ものすごく悪いことをしたなと思うんです。たとえば、意識しないで人に残酷であったり。「悪いことをしたな」と思ってものすごく内省するんですけど、それでもまたやっちゃったりして（会場笑）。とにかく、非常によくないものを身につけている。優等生も残酷ですけど、遊びに行ったやつも怠け者だから非常に残酷ですよ。残酷で、いけないところがあるんですよ。そういう意味で、悪いことを身につけた。それは悪いことです。しかしそれを犠牲にして、獲得したことがあります。僕はそういう感じなので、大学とか教育についていえることはあまり多くないし、理想がないんですよ。こうでなくちゃいけないみたいなことは全然ないし、その場かぎりで。

たとえば、自分の子供にたいしても、ものすごくいやですね、だめですね（会場笑）。僕の理念からいえば、子供はほったらかしにする。もう、ほっとく以外にないんですね。文句も何も、いうことができないですよ。「おまえだってそうだったんだからな」っていわれたら、それまでですよ（会場笑）。いえないんですよね。しかし親っていうところから見てると、イライライライラするんです（会場笑）。僕はべつに優等生じゃないから、「勉強しろ」とかそういうことはいわないんだけど。どういったらいいのかな。「そう逃げとおしに逃げてたって、いつかは逃げられないんだよ」っていうことだけは、子供にいいたくてしようがないですね。「おまえ、逃げとおし怠けとおしできわどいことになっても、あいまいにニコニコしてごまかしてるだろう。人生には、いつかどこかで逃げられなくなることがあるんだぞ。人間には、そういうことがあるんだぞ」――どうも説教したくてしかたがないんだけど、できないですね。イライラしても、できないですね。そうする資格がないと思うし。僕の経験によれば、親から説教されて、いうことを聞いた覚えはないんですよ（会場笑）。親が無意識にやったことから、ものすごくたくさんのことを学んでますけどね。少なくとも意識的に説教されたことでは、どんなにいいことをいわれても学ばなかったなあ。だからおれはそういうことをいいたくてしょうがないんだけど、いえないんですよ。しかたがないから、みなさんみたいなところに来ていうわけです（会場笑）。そこでうっぷんばらししてるわけですけど。子供にはいえないですね。自分がぐうたらやってきたことは、ちゃんと復讐されますよ。復讐されるっていうのは、ほんとうにいやですけどね。そのいやさっていうのは、むりにくるいやさですよね。なんともいえないですよね。自分のことなら、どんなにいやなことがあっても、このごろはやけ酒を呑むことはないんですけど、子供のことだとありますね（会場笑）。それほどいやなことですけど、それは身から出た錆というか、法則というか（会場笑）。あるいは、因果はめぐるというか（会場笑）。

聖書のなかでキリストが故郷へ行って説教するんですけど、全然有効性がないわけです。みんな、「なんだ、あいつは大工の息子じゃないか」というだけで、全然いうことを聞かない。どんな偉そうなことをいったってだめです。そういうふうに有効性がないんです。キリストにだってないわけですから、僕に有効性があるわけがない（会場笑）。子供とか、肉親の前では有効性がないわけです。だから、みなさんにちょっというと、僕の気持がはれるわけです（会場笑）。みなさんにも多少思いあたることがあるでしょうから、いうわけですけど、ぐうたらな人は、かならず復讐されますよ。でも、それは学んだことなんです。あ、これじゃ質問の答えにならないな（会場笑）。

（原題：竹内好について／山口県立図書館レクチャールーム）

〔音源あり。文責・築山登美夫〕

【京都精華短期大学主催】――1977年10月20日

戦後詩における修辞論

質問者1（聞き取れず）……それ以降の詩人たちについて触れられるんじゃないかという期待があったんですけど、何かそういうところが違ったなと。今日の講演にかんしては、そういう感想があります。最近はあまり本を読んでいませんので、うまくまとまってないんですけど。吉本さんは、フォークソングの歌詞と戦後詩を比較されてこられました。フォークソングの書き手の多くは七〇年代以降の人たちですよね。それにたいして吉本さんは、戦後詩人として歩まれてきた。最後に平出隆さんが出てきましたので、ちょっとこれはどういえばいいのか分かりませんけれども（中断）。言葉にはいちおう文法的な決まりがあるんですが、表現はいつもそれにたいして異議を申し立てている。でもそれには、過小評価する、否定的に評価するという意味は少しも含んでいませんから、そういう意味じゃないんですね。平出隆や荒川洋治を、天沢退二郎や菅谷規矩雄さんとどう違うかとか、違わないとか、そういう次元で論じてもつまらないんじゃないですか。そんなことは、どうでもいいんじゃないでしょうか。問題なのは、言葉っていうのは思想なんだということです。言葉が思想を表すんじゃなくて、言葉そのものが思想なんだよと。つまり、言葉でくるということが重要なんで。荒川洋治と平出隆ではどう違うか、鈴木志郎康と天沢退二郎ではどう違うかというのは、だいたいつまんないことじゃないでしょうか。問題にしてもつまんないし、ましてやどっちのほうがいいとか好きだとか、そういうことをいってもつまんないような気がするんです。

それにあの連中だって、自分が大詩人だと思われたら恥ずかしいわけでしょう。そういうふうに大詩人、個性的な詩人なんていわれたくなくて詩を書いてるわけだからね。そんなことを区別しても、しようがないんじゃないですか。俺はそういうふうに評価されたくない。そういう評価を拒否するんだ。それこそが、たとえば天沢君なら天沢君の詩人としての存在理由でしょうし、存在モチーフなんでしょうし。それは若い人たちだって、さして変わりないんじゃないかなと思うんです。だから僕は区別したり、どっちがいいかっていったりしてもしようがないような気がするんですけどね。

質問者1　どっちがいいとかそういうことじゃなくて……。

時代が変わったから。

質問者1　七〇年代になって、時代からの水圧みたいなものが変わってきてるんじゃないかと。そういう時代の変化を除いたところで、田村隆一さんや鮎川信夫さん、加島祥造さんの詩の書き方と七〇年代の詩人たちの書き方を比較することができるのか。

あなたがいうことは分かるような気もするんだけど、僕は今日、それとは全然違うことを話したつもりなんです。それはね、こうなんですよ。僕だって、便利だからそういうことをやったりしましたし、やらないこともないんですけど。戦後すぐの敗戦の後の廃墟の中から出てきた『荒《あれ》地《ち》』の詩人たちがいて、六〇年代の作家・詩人がいる。そして今、村上龍や三田誠広などといった人たちが出てきて、だいぶ変わってきたんだと。そういう文学史的・文学時間的なくくり方っていうのは、整理してしまえばそれまでっていうことじゃないかなと思うんです。つまりそれは、そんなに面白いことじゃなくて。

僕が今日出したかった観点は、それとは違います。同じ言葉っていう思想の視点を入れていったらどうなるか。僕は歴史的に見て、戦後すぐに出てきた『荒地』の詩人たちはこうで、今の若い人は『僕って何』っていう調子の人たちなんだとか、そういうことをいいたいんじゃない。言葉っていう思想の観点を導入すれば、それらをみんな同じ列に並べて、全体として眺めることができる。そういう見方をしてみたかったんですよ。だから、あなたのような見方はあまり面白くないと思うんです。『荒地』の詩人たちが出てきた戦後すぐの時代と六〇年代、七〇年代では違う。そういう意味合いでの違いをいっても、あまり面白くないいんじゃないかなと。それが僕の観点・見方なんですけどね。

言葉っていう思想の視点を入れて見てみますと、それがまるごとつかめるんです。時代・時間の順序としてじゃなくて、言葉っていう思想のうえでまるごとつかめる。そういうつかみ方によってどういう光を入れられるか、あるいは入れられないか。そういうことが重要なんだと思うんですよ。だから、あなたのおっしゃるようなことは、やってしまえばつまんないんじゃないですか。つまり、やってしまえばそれまでということで、つまんないんじゃないでしょうか。だから、あんまり意味はないんじゃないでしょうかね。

質問者1 なんかちょっと、□□とかが違うんじゃないかという気もしないでもないんですけど。

うーん。分かるような気もしますけどね（会場笑）。

質問者2 吉本さんは、言葉っていうのは思想だとおっしゃいますけど、それはどういうことですか。

言葉っていうのは思想なんですよ。それがすべてです。つまり、記号じゃないということです。

（以下、質問者2と吉本さんの短いやりとりがつづくが、ほとんど聞き取れず）

質問者2 吉本さんはロックとかジャズとか、聴かないんですか？（会場笑）

そうねえ、あんまり聴かないですね。進んで行って聴くなんていうことはないですね。テレビでやってたら聴きますけど（会場笑）。

質問者2 （聞き取れず）

あのね……。

質問者2 （聞き取れず）

いや、あのね……。

質問者2 （聞き取れず）

うーん、それはそうだよ。

質問者3 （聞き取れず）体系的な主題の考察とか、そういうまとまった思想というのが（聞き取れず）欲しいと思うわけです。それはどういうふうにしたら得られるのか。

自分でやっちゃえばいいんじゃないですか（会場笑）。

質問者3 それはそうなんですけど、やっぱり自分自身では分からないというか。（聞き取れず）

そういうことだったら、まだやめないですよ。こういう事件にたいしてこういう意見を持つとか、それはやりますけどね。あなたがおっしゃるのは、現在の時代的な問題に体系的・原理的に取っ組めないじゃないかっていうことでしょう。

質問者3 体系的なものが欲しいなと思って。

いやぁ、それは自分でやっちゃってくださいよ（会場笑）。それは力があればやれるんでしょうけど、どうなるか分からないから。それはあんまり、人を当てにしないほうがいいんじゃないかな（会場笑）。

質問者4 （聞き取れず）

言葉という思想っていう感じ方を入れていくっていうのは、つまりこういうことです。詩が当面し、突っ込んでしまっている道・方向が象徴しているのは、誰でもがそういう部分を持ってるということだと思うんです。「体系的なものなんて持てないんだよ」という部分、あるいはそういう危惧とか疑いとか不安を誰でもがどこかに持ってる。詩人たちは、そこのところを拡大してるんだと思うんです。そういった不安や疑いは、誰でもが持ってるんじゃないかと思うんです。なかには、全部それを持ってる人もいるでしょうし。全部そうなってるから、そういう詩を書くんだという人もいるでしょうけど。でもそうじゃない人でも、どこかにそういう不安とか危惧とか疑いを持ってるんじゃないでしょうか。

それを拡大して表現できているからこそ、詩というのは現在において意味を持つ。しかしそれは同時に、どうしても断片的になってしまうし、破片になってしまうし、初めも終わりもないものになってしまう。いつでも否定、否定の流れで行かなくちゃならなくなる。現在の詩は、そういうところに行かざるを得なくなってるんじゃないでしょうか。それはなぜかというと、現在の誰もが持つ不安とか危惧・疑いを拡大しているからであって。それは誰でもが持ってる現在的な要素じゃないでしょうか。それを体系的に把握してもなお、そこに残る不安とか危惧というのは誰にでもあるんじゃないでしょうか。本質的につかめないということ、能力がなくてつかめないということ、そして誰でもがどこかにつかめない疑いとか不安を持ってるということ。現代詩には、その三つの意味合いが含まれるんじゃないでしょうか。

質問者5　今日話された詩の問題とはまた別のことなんですけど。僕は『試行』を読ませていただいています。僕もひとつ雑誌を編集してるんですが、雑誌をつくっていくうえでの現在的な情況について少しお話ししていただけたらと思います。

うーん。

質問者5　特に『試行』なんかでは、ものすごく□□□□□。僕には、どんどん表現行為っていうのがなされなくなってきたという実感があって。そういう表現っていうのは出てこなくなっているという感じがあるわけです。そのへんについて少しお話しいただければと。

そこは僕、ちょっと分からないところですね。そういう意味での兆候っていうのは、僕には感じられないんですけどね。表現的な意欲のみならず意思もないし、無意識のあれもない。そういう兆候は、僕には感じられないんですけど。

僕が雑誌を続けていくうえでの原則は、非常に簡単なことです。雑誌をやってていちばんきついのは、経済的なことですよね。それはもう、経済的には破滅的ですよね。自主的に営まれる雑誌の継続っていうのは、ほとんど殲滅的な打撃ですよね。主として郵送料の高価性でそうなってる。本当は、それは非常にきついことです。だから、持続はほとんど不可能に近いというほどきつい。

いつ駄目になるか分かりませんけど、僕らがかろうじて雑誌を成り立たせている原則は非常に簡単なことです。広告しない・宣伝しない。その人にとっての最も重要な原稿しか書かない。それから、直接予約購読者を主体とする。店頭で売るのは自由である。つまり不定形の読者は自由である。それだけですね。でもきついから、いつ駄目になるか分からないですね。それから、予約金を先まで食ってますね。ですから、ここでやめたらねずみ講と同じで、赤字が残るわけです。やめなきゃ、今のところは存続してます。やめなきゃ帳簿面は黒字になってるけど、やめたとたんに赤字になります。ある地点でやめた場合、予約購読者に金返さなきゃいけませんから。だから潜在的な赤字なんですけど、表面上は黒字で成り立ってる。

原則は非常に簡単です。簡単なことを頑強に守ろうということだけですね。何かに取り上げられたら恥であるという感じで、宣伝・広告は絶対にしない。その代わり、直接読者に依存する以外にない。ですから、しばしば密教的・党派的と見られますけど、全然そんなのは嘘ですよ。最も党派性はないですよ。いろんな人が書いてるから党派性はないですし、密教性もないんですけどね。ただ、重層性はあるんですよ。現在の言葉の世界にたいして、ある違う層のところで存続しようとしている。それはありますけど、密教性なんてちっともないんです。うんと公開的ですけど、公開性の意味が違うと思います。

（原題：戦後詩論／京都精華短期大学）

〔音源あり。文責・菅原則生〕

【同志社大学文学哲学研究会『翌檜《あすなろ》』主催】——1978年5月28日

幻想論の根柢——言葉という思想

質問者1（聞き取れず）

今の終りのところから、もう少し突っこんで考えたいそうで、僕は考えたいんだけど、よくわからなくて。わからないので、今やってるところなんですよ。「問題の所在はここじゃないか」ということはいえるんだけど、それ以上のことはあまりいえないですね。僕は個々の問題を詰めていく過程で徐々に、経済概念や大衆の意識、さらには自然概念が変わったんじゃないかと考えるようになった。それだけのことなのです。これはやはり自然概念という問題にひっかかってくるので、もっとまとまったかたちで詰めていきたいと思いますが、よくわからないです。あなたがわからないところはたぶん、僕もわからない。だから有益なことはなにもいえないいんじゃないかという気がしますね。今日いったこと以上にはいえない。それはひとつありますね。

それから食べるということですけど（会場笑）、僕はあなたのいうことがわかるようでわからないんだけど、あるいはわからないようでわかる気がするんだけど（会場笑）。あなたがいいたいことは、こうじゃないでしょうか。たとえば今日一日の生活をするのに、千円あるよりも二千円あるほうがいいというのは、革命家であれ反革命家であれみんな同じだと。個々の人間に、「おまえは千円で喰え」というよりも、「二千円で喰え」というほうがいいというのは、個々の人の具体的な生活過程にとっては普遍的なんじゃないでしょうか。

でもそのことと、「この社会は変わらなくていい」と思って、そのために社会的、公的な活動をすることと、「この社会は変わらなくちゃだめなんだ。変わらなきゃ現にだめなんだ。千円あるより二千円あるほうが喰うのにいいよなということとはかかわりなく、そうなんだ」と思い、そのために社会的、公的な活動をすることとはちがうんじゃないでしょうか。ちがうんじゃないでしょうかというよりも、おれはそれがいやだったんだよね（会場笑）。僕は今ちょっと厳しいんですけどね、ここ数年間はそんな苦しくなくてわりと楽だったですけどね（会場笑）。もっと過去に遡ると、「ちきしょう」と思うようなこともありました。当時「五十円ぐらいしかないんだよ」ということがあって。ちょっとラーメンを喰ったら電車賃がないとか、そういうことはさまざまありましたけど。でもそういうことと、「この社会は結局、変わらなきゃだめなんだよ」と考えることをかかわらせたくないし、そういう論理も嫌いなんです。自分にとっても好かないし、人がそうであっても好かないし、それはおかしいんじゃないかと。論理的にそれはおかしいといえるんじゃないかということは、僕の永久のモチーフになっています。だけど結局、僕はあなたがいってくれたその問題じゃないかなと思うんだよね（会場笑）。ちがいますか？　そうかな。僕はそういう気がするんだけど。

僕はちっとも倫理的ではないですよ。あなたの言によれば、僕は今すいすいと喰えている。一年後にすいすい喰えるかどうかについて僕が悩んだり喜んだりすることと、公的、社会的な活動がどうだこうだということを僕はごっちゃにしたくない。僕はほとんどそういうことについては、ちょっと超越的なんじゃないかなと。つまり、そこは脱却したような気がするの。そういう即自的な社会倫理、まやかしみたいなものは脱却したような気がするんです。だけど、それはやっぱりたいへんだよなというふうに思いますけどね。そのことに対象的になるということは、たいへんなことだと思いますけど。僕はあまり、それにはひっかからないな。どうやったって、それにはそんなにひっかからないような気がしますね。自分でもひっかからないと思いますし、他の人もそうじゃないかなと思うんですけどね。そういうところでならば、なにかゆるせるような気がしますね。非常に倫理的にいって、「やつは大金持で、美味いものを喰ってやがるな」という個人がいても、僕はそれをゆるせるような気がする。つまり、それにたいして僕はあんまり反感をもたないような気がしますけどね。

質問者２（聞き取れず）

社会法則、あるいはもっと徹底して自然法則でもいいんですけど、もし社会法則というのがあるとすれば、それは人間の思考法則と同じだと思う。あなたはそう思わないかも知れないし、そういうことに□□しているんじゃないかも知れないけど。いま「抽象的なことを考えるのは現実からの脱却である」というようなことをおっしゃいましたけど、それは脱却じゃないんですね。思惟法則をほんとうに詰めるということは、社会法則と同じなんです。思想の法則、思考の法則をほんとうに実現すれば、それは社会法則と同じだと思う。

社会法則というのは抽象じゃないんですよ。ちっとも抽象じゃない。思考の法則があるかどうかわかりませんけど、思考の法則がほんとうに実現されたら、社会法則が実現したことと同じだと思う。つまり思考の法則は、社会法則と完全に同じだと思う。もしあなたが「思考は抽象的かつ観念的だけど、現実の動きは具体的かつ感覚的、感性的にわかるぜ」と思っているとすれば、僕とはちょっとちがうと思う。もし思考の法則が本来的な意味で発見できたら、それは社会法則を発見したのと同じなんです。即座にそうなんですよ。それは全然べつのものではないと思うんです。それは絶対に間違いないと思いますよ。

思考あるいは思想のリアリティがどういう法則性をもつのか、あるいはもたないのかを知らないと、思考のリアリティを実現することは、恣意的にしか動いていないように見える社会をあるところに飛躍せしめちゃうこと、革命せしめちゃうことと同じだと思うんです、それは絶対に間違いないですよ。

思考、思想が抽象的になり、具体的な個々の生活、たとえばご飯を二杯食べたとかそういうことが没思考的、没思想的になるのはなぜかというと、たんにリアリティが獲得できていないからですよ。個々の生活というものがあるでしょう。あなたがおっしゃるように「ご飯を一膳食べた」とか、「百円しかないんだけど、何を食べよう」とか。しかしそういったことは思想ではない。たとえば今日、百円で何を喰おうか思い悩んだとしても、それは思想にならないからリアリティをもたないんだと思います。

あなたはそれを生活過程、あるいは日常生活といっている。日常生活こそ具体的かつリアルではないかと思われるかもしれないけれど、ほんとうの意味でいえば、それは思想化されなければリアリティをもたない。極端にいえば、日常性には「動物だってお腹が空きゃ喰うぜ」というのと同じ意味しかない。日常生活は具体的ではあるけれども、リアリティはない。生活にリアリティがないのは、そうだからじゃないでしょうか。

思考、思想にリアリティがないことは、それがだめであることの証拠にはなりますけど、思考、思想することじたいはそもそも具体性からの超越とはいえない。そこはちょっと微妙だけど、ちがうんじゃないかなと。僕が基本的に思っちゃっていること、信じちゃっていることとは、ちょっとだけちがうんじゃないかなと思いますけどね。そこのところじゃないかなと思いますけど。

質問者3　そのことに関連して、質問があります。僕の読み方が間違っていたら申しわけないんですけど、たとえば「心的現象論」のなかで非常に重要な言葉として、原生的疎外というのがありますよね。さっきいった社会的な法則をつくっていったばあい、原理的なものが原生的疎外の□□というところに結びついていくと考えていいんでしょうか。

僕は、フロイトやユングなどといった人たちが無意識、前意識、下意識、あるいは集合的無意識といってしまうこととそんなにちがわないような意味あいで、原生的疎外といってるんです。これはあなたのおっしゃる思考の法則性、社会の法則性の合致の領域に入ってくるんでしょうけど、そんなに大きな意味あいをくっつけているわけではないんですね。ただ、自己意識が存在しちゃうということじたいがすでに、自己意識に影響をあたえている。個人の意識の領域とその発現のしかたの領域は、そのことも勘定に入れないと解けないんじゃないか、なにかいえないいんじゃないか。そういう問題意識なんですけどね。それ以上の意味はあまりないんです。

自己意識をもっちゃう、自己意識というものが存在しちゃうということじたいが自己意識に影響をあたえる。絶対に影響をあたえる。生物的、動物的な肉体の動きや脳の働きを追求したうえで観念の動きを追求したら、人間という存在をつかめちゃうということじゃなくて、意識が存在しちゃっていること自体がかならず意識に影響をあたえているという考え方、想定に基づいているわけです。それを原生的疎外といったんですけれど。ですから、あなたがおっしゃるほどの意味は、毛頭考えていないんですけど。

質問者4（聞き取れず）

ちょっと、そのくらいで（会場笑）。またやってください。はじめに、観念的な諸現象を扱うときには、経済的な範疇を考えの外に置いていいんだ——僕はそういっているわけですが、ほんとうはもっと極端に「そんなものは要らないんだ。観念の問題は観念の問題でやっちゃっていいんだ」といっちゃうとすっきりするんですけどね（会場笑）。でもそうすると、ヘーゲル的な意志論と同じ構造になっちゃうんですよね。

僕は少なくとも自分で、「共同幻想論」とヘーゲルの意志論ではどこがちがうと思っているのか。つまり、共同幻想の領域、対幻想の領域、個人幻想の領域を層として分離してしまい、考察しているところがちがうんです。国家・社会・宗教・法律から自己意識にいたるまでの無限の連鎖をたどっていき、それで経路をつくっていくのではなく、層に分離して相関性を考えればいい。そういう考え方が前提になっていますから。ほんとうは、層だったらそれだけ扱えばいいんだといっちゃいたいわけなんです。

層に分離すれば、国家・社会・宗教・法律などといった問題と自己意識の問題が連鎖としていっしょくたに出てきちゃうことから解除される。そこでは、一定の社会経済的な構成の問題をつねに層に分離し、相互に関連づけることのなかに含めてしまっているわけだから。社会的諸階級、階級の問題とは、あるひとつの共同幻想ともうひとつの共同幻想との問題だ、というようにひとりでに層に分離することによって、そのなかに挿入されてしまっているわけだからね。経済諸現象の考察は前面から卻けていいということは、まったく自明だと僕は思っています。しかしマルクスは、「社会の下部構造が上部構造を規定しているというのは、自分の定式だ」と述べているわけだから、それにたいしてはいちおう言わずもがなの断りをしなきゃいけないんじゃないかなと思って、そういったんですけど。それらを層に分離してしまったことのなかに、社会の下部構造の問題はおのずから入っちゃってますから、それはそれでいいんだというのが僕の考え方です。

それから、これは人によって見方がちがうかもしれないけれど、マルクスは『資本論』をなぜ書いたのか。彼はどう考えて、社会のなかの経済的構成の考察・分析をしたのか。動物ではなく人間がつくる社会を自然史と同じように扱える領域があるとすれば、自然法則と同じような法則があるものとして扱える問題、あるいは部分があるとすれば、それは経済的な範疇なんじゃないか。マルクスはたとえば『資本論』で、現実社会である資本主義社会を歴史的現実の概念でもって緻密に分析していった。何が起こるのか、人間が何をどうしでかすのかわからないように見える社会のなかで、自然史的な法則が通用しそうなところは経済社会的な構成だと考え、あの経済的な考察をしたと思うんです。

マルクスはそういう位置づけをしているわけだから、ヘーゲルがやった国家論・宗教論・道徳論・法律論などといった領域も全部もっているわけです。そのうえで、いちおう経済的な考察をするところはここだと位置づけ、かつそれは歴史の中心であるとした。人間の社会の歴史を法則的に扱えるかどうかを考えていくばあい、少なくともこれは第一義的に中心なんだと考えた。マルクスはそういうふうに位置づけたうえで、やっていると思います。あるいは経済社会的構成というようなものを考えて、やっていると思います。そういう意味あいで経済社会的な範疇を考察するばあい、国家・宗教・自己意識・道徳の問題を考えに入れないでやっていい。マルクスはそう考えたと思います。それをほんのちょっとだけ通俗的にしてしまえば、エンゲルスが考えたようになっていきますから、そこはそうじゃないんだ、むしろマルクスが始末しなかったヘーゲルの意志論を領域として扱うには、どうすればいいか。僕はそれを問題としていっていると思いますね。

それから、共同幻想のなかには個人の幻想が逆さまに入っていくということなんですけどね。共同のメンバーのなかで、個人のメンバーはどういうものとして存在しているか。非常に具体的にいえば、まず共同体がありますね。大は国家から小は文学・哲学研究会みたいなサークルでもいいんですけど、そこに共同の意志としての規約・行動、あるいは習慣的、不文律的な法律があるとすれば、個々のメンバーはそれを実行したり推進したりする個人の意志として存在している。ですから、その人が男であるか女であるか、背が高いか低いか、好男子であるか美女であるかという身体的な意味での個人というのは、そこのなかではべつに問われない。もちろんそれがなきゃ、なんにもないわけですけど、メンバーとして美人であるか美人でないか、背が高いか低いかということが問われるのではなく、共同の意志であるサークルの意志を実行したり推進したりするかどうかが問われる。そういう意味あいで、その人はメンバーであると考えることができると思うんです。

そのばあい、共同体のなかの個人にとっては、意志や観念のほうがいわば肉体みたいなものであって。具体的な肉体はそれを担っているわけですが、その人の背が高いか低いか、顔が丸いか四角いかというようなことは問題にならないという意味あいでは、それはまるで肉体ではない。「そこでは個人の幻想が逆さまになってるじゃないか」といいたいわけだし、そういっていると思うんです。

だから国家なら国家、憲法などの法律のもとにいる個々の国民は、憲法あるいは個々の具体的な刑法・民法などを実行するかどうか、それに従うか従わないか、約束を守るかどうかという意志として問題となる。その人が十歳であるか二十五歳であるか、職業に就いているのかどうかということは、たかだか国家が税法に基づいて税金を取り立てるばあいにのみ問題になるのであって、そんなことは関係ない。国民として問題になるのは、その国家の法律すなわち国家の意志を実行する意志があるかないかということだけです。そのばあいでも、個々の国民という概念は、その国家の共同意志たる法律にたいしては意志・観念として機能する。それが肉体なんですから。個々の国民が年寄りであるか壮年であるか、職業に就いているかどうかということは、たかだか健康保険法や厚生年金法、税法などにとって問題になるだけです。だから、ほんとうの肉体ではなく、意志が肉体でありさえすれば、少なくともそれで本質的な部分は済んでしまう。そういう意味あいでも、そこでは逆さまになるんじゃないか。観念と肉体が逆さまになってはじめて、個人はその共同体のなかのメンバーと考えられるのではないか。そういうことをいいたいんだと思うんですよ。

質問者5　僕らの研究会でも、いつもそこが問題になるんです（会場笑）。つまり、個々の人間関係がありますよね。個人の観念形態をこう考えてもいいし、逆に考えてもいいですよね。そうすると吉本さんの理屈では、こういうふうに分離されているわけでしょう。国家を規範として、いちおうサークル活動を含めてもいろいろ共同幻想はあるだろうなと。（板書を示しながら）この図がいいか悪いかは別にしまして。そうすると、個人幻想、個人としての観念というのはひとつの幻想のラインに位置するわけでしょう。対幻想は真ん中だから、いちおうここにあります。これはこういうかたちで分裂するのか、それとも三人でも四人でもいいけど、こういうかたちで分裂するのか。個人を離れて存在するけれども、共同観念の共同性と個人幻想との関連性は個人を離れては存在しない。ですから結局こういうかたちで公表するのか、それともこういうかたちで（以下、フェードアウト）

個人の観念を個人が担っているという意味あいでは、個人のもっている共同観念ということになりますね。だけど極端な理屈をいえば、それは最初の方がいわれたのとまったく同じじゃないでしょうか。だって、おれらは今日も明日もご飯を食べるために稼ぐ。稼ぐ過程でさまざまな葛藤があったりして、精神がガーッとなっていく。個人としての観念と共同観念はべつだといわれたって、そんなものは分離できるわけがないじゃないか。共同観念を抱こうと抱くまいと、個人はそういう観念をもっているわけだから。たかだか個人にできるのは、そのことにたいして自覚的であることです。個人のことを考えようが生活のことを考えようが喰うことを考えようが、あるいは壮大な社会変革を考えようが、それはすべておれが考えていることなんだ。しかしここでは、あくまで個人として考えている。ですから、たかだか個人にできるのは、共同の問題について自覚的であるということだけかも知れない。

そのことにたいして自覚的であれば、観念つまり中途半端な倫理から解放される。ほんとうは個人の喰うか喰わないかということからくる倫理的判断にしかすぎないのに、社会的な倫理性であるかのごとくいってみたりする――これはあくまで社会・国家の問題で、個人が良心的であるかどうかということとはかかわりない。おれが月給一万円でおまえが月給二万円だったばあい、おれはおまえにたいして「ちくしょう」と思って憎悪を抱く。でも今度は、月給五千円の人がおれにたいして憎悪を抱くんじゃ、かなわねえよ、それはちょっと正当化できないよ、ということがあるでしょう。個人として憎悪を抱くかも知れないけど、そのことと社会的な倫理、政治的な倫理、意識、変革とは何の関係もないんですよね。

そのことにたいして自覚的であることによって、中途半端にあるいは混乱して出てくる倫理性から解除される。できることは、そういうことかも知れません。だから、あなたがおっしゃることはそういうことだと思うんです。だけど、そんなことは当り前というか。個々の人間によってしか、どんな観念も生み出されないわけだし。だから、そんなことは当然なんですよ。社会のどんなメカニズムでも、個々の人間が、「彼らがいうことをだれかがやる」と思うことによってできているに決まっているわけだから。それも個々の人間の総和に決まっているんですよ。

だけど、そうじゃなくて、そうして出てくる共同観念と対なる観念、個人の観念は分離する。(板書を示しながら)縦に書いても横に書いてもいいんですよ。個人の観念をこう書いて、対になる観念と共同観念をこう書いたらどうなるか。そういうふうに分離し、関連づけることによって、個々の人間に起こってくる倫理的な矛盾、混乱からは解除される。個人の意志・観念と共同の観念には、どういう関係があるのか。何が人間の社会の歴史を動かしていくのか。そういう考察にたいして、今度は逆にすさまじい省略、捨象のしかたをしたために、現実のありかたとの狂いを生じてしまう――そういう理念じゃなくて、まさに現実の法則がそうであるのと同じ意味あいで観念の法則は成り立つんだ。現実の歴史、社会の歴史が位置づけられていく法則性と同じ意味で、観念の法則性を成り立たせることは可能なんだ。要するに、そういう法則性を一歩でも二歩でも詰められるかということが問題なんじゃないですか。僕は詰められたと思ったから、ひとつのモチーフからそうしたということなんですよ。

個人は自己についての観念も抱きますし、他者についての観念も抱きますし、社会的な観念、国家にたいする観念も抱きますから、それは個々の人間の観念の世界のなかにあることは歴然としている。それらが個々の人間の観念のなかにあるかぎりは、なにも層をなして分離しているわけじゃないということも歴然としているわけです。それがいっしょに出て、同在しているわけですから。同在しているかたちでしか出てこないですから。あるいは、同じところから出てくるだけですからね。それはなにも層をなして分離しているわけじゃないけれども、個人が自己観念のなかで共同の観念について対象的、自覚的でありえれば、下手な倫理、混乱した倫理からは解除される。それだけのことじゃないですか。だからあなたの「どっちだろう」という混乱は、僕はちょっとわからないな。

質問者5　まあ、どっちでもいいんですけれど（会場笑）。

そうそう。そういう気がしますけどね。

質問者6　□□□についてはそうなのかも知れないし、「そんなのわかんないよ」っていわれたらそれまでなんですけど。（『共同幻想論』に）「共同幻想が消滅することが人間存在にとって根本的な課題である」という言葉が出てきますが、それは僕たちにはちょっと考えづらい。共同幻想が消滅したとき、共同体はいったいどうなるんだろう。そういうところがちょっとわからないんですが。

そうですか。じゃあ、僕が理想的だと思っている社会についていえばわかりますかね。非常に単純明快にいってしまえば、「なんでもない人のなかに権力が移行しちゃう社会」が理想的だと思うんです。それも詮索されればまたべつなんですけど。たとえばエンゲルスは、その原型として何を描いたか。アルファからオメガまでというばあい、そのアルファとして何を考えたか。彼は原始共産制を原型として描いている。共同でいろいろなものをつくったりして、全員に平等に分けちゃう。そういう未開な時代があったと（音源中断）

そういうことがほんとうにあったかどうかは、よくわからない。ほんとうの未開状態としてあるかということも知りがたい。いまいいましたように、僕はなんでもない人のなかに権力が移行してしまう社会を理想と考えている。そのばあい、共同の問題というのは義務、当番として存在すればいい。つまり「おまえ、当番だからやれ」という感じで存在すればいいと考える。
それじゃあ個々の人間の意識は、どうあったら理想的なのか。「おれは集団で労働・生産して、みんなに平等に分けるのがいい」と思うんだったらやりゃあいい。それとは逆に、「いや、そんなのはいやだ。人からもらって食っていくなんて冗談じゃない」と思えばそうするだろうし。あるいは「おれは一夫一婦制がいい」と思うやつはそうすればいいし、「おれは乱婚でいいんだ」と思うやつはそうすりゃいい（会場笑）。しかも、それは無矛盾なんですよ。意識的にも社会的にも無矛盾なのが、理想だと思っているわけです。それが全部可能かどうかはべつとして、そうだと思っているわけです。
もし階級や国家が微小でもあるならば、それは無矛盾じゃないんですよ。もちろん地域的には、ある意味では可能なんです。つまり「おれは人民公社に行く」「おれはそんなのはいやだから、資本主義に行く」という態度が併存するのは可能なんですが、無矛盾じゃないんですよ。それは経済機構、メカニズムとしてのみ無矛盾じゃないのではない。だいたい、個々の人間が無矛盾じゃないんですから。たとえば片方はかならず、「おまえ、人民公社を認めないというのはけしからんじゃないか」と思う。もう片方は「それじゃあ自由がない。そんなばかなことができるか」と思う。（音源中断）
そこまで行くかどうかはべつとして、かならず「けしからん、あのやろう」と思うわけです。

それは、そのままでいいんじゃないかと。あっちは人民公社に行って、こっちは資本主義でやってる。両方ともそれでいいと思ってるんだから、それでいいじゃないか。そういえばなにごとも起こらないわけですけど、実際には起こっちゃうわけですよ。だいたい「おれの考え方のほうが優位性がある」「いや、そうじゃない」という争いが起こります。もっと極端なばあい、べつにどういったってなんにもならないのに、「けしからんじゃないか、ああいう考え方は」と思っている。少なくとも、思うぐらいはだれでも思ってる。それは免れがたいですね。いわば階級的な社会では、そんなことはかならず起こる。無階級じゃないかぎり、絶対そうなんです。だから併存できないんですよ。

僕は少なくともエンゲルス的に原始共産制的なものがあって、それが理想の原型だなんて思っていない。僕が思ってるのはそうじゃない。原始共産制を理想だと思っている人は思っているようにやって、思わない人は思わないようにやって、それで無矛盾だというような社会、共同体が実現できれば、それがおそらく理想じゃないか。そこのところでちがっちゃうし、僕なら僕の言い方が出てくるんじゃないかなと思うんです。

質問者6　ということは、国家を認めるかどうかですか。

いや、国家なんて全然なくなっちゃいますよ。

質問者6　なくなった後の話ですか。

ええ、もうなくなっちゃう。これはどう考えたって、そんなに長持ちしないと思いますよ（会場笑)。

質問者6　だって、いろんな人が生きてるわけじゃないですか。

たとえば一種の世界連邦的な管理機構をつくり、法的に個々の国家より優位性をもたせようと思っているやつもいるわけですから。今の社会主義体制みたいなのを拡大して、民族国家を拡大して、やがてそういうふうにしちゃおうと思ってるやつもいるわけだし。それはいろんなやつがいますよね。

しかし少なくとも今ある理念だったらば、どちらから行ってもさしてかわりばえのしないようなかたちで、国家よりも上位の共同性の概念ができる日はそんなに遠くないんじゃないでしょうか。

だけど、ほんとうの意味での、国家の共同幻想が階級というものを保持している最大のチャンピオンだという意味あいでの国家は、そうとうたいへんなものなんじゃないですかね。そうじゃなくて、機関として上位概念を設けることによって、現在、機関として存在する国家を管理しちゃえということならば、そんなに遠くないんじゃないでしょうか。どういう考え方でそれを実現するようにいくのかということとはかかわりなくいえば、それはそんなに遠くないんじゃないかなと思いますけどね。ただ国家意志、共同幻想としての国家を消滅せしめるというんだったら、階級を消滅せしめることと同義になると思いますけどね。それはちょっとやそっとじゃできるわけがないし、これは可能なのかどうかということをいうのもちょっと問題だということになるんじゃないでしょうか。

質問者7　そういう共同体を考える具体的な個人の思想、考えが、吉本さんがおっしゃるところの「自立」と考えていいんでしょうか。

いいんですよ。僕はずいぶん前にサド裁判（六〇年代初めにマルキ・ド・サド著・渋沢龍彦訳『悪徳の栄え・続』が猥褻文書として摘発されたことによって起こった裁判）の証人として出廷したとき、突然ですけどね、「八百長はやめようじゃないか」といったんです。あのとき、埴谷雄高さんが特別弁護人をやっていたんですが、次のようなことを訊かれた。まず、「サドの小説みたいなものは、社会主義の国家でも認められると思うか」と質問されたんですが、僕は「そう思わない。社会主義国家じゃ認められないいんじゃないかと思う」と答えました。すると今度は、「それじゃあ、あなたは何が善であり何が悪であると考えますか」と訊かれたんですが、そこで、「さて」と考えて、レーニンはきわめて明晰に、「プロレタリアートに役立つものが善で、役立たないものが悪だ」といった。エンゲルスも「社会を進展させ、歴史を推進していく動力は悪である」といっている。つまり人間の邪悪な意志こそが、社会や歴史を推進させる動力なんだと。その国家・社会・時代にとって善であると考えられるものにたいして、邪悪な意志というものが社会を変えていき、歴史を推進させる。エンゲルスもそういう言葉でいっています。

だけど僕は、その結果がこの体たらくかと思っているわけです。僕はそこのところを詰めなおしたいと思うわけ。僕はそのとき、「レーニンはそういったけれども、自分はそうじゃないと思う」と答えました。「個々の生産手段および分配にかんして共産制による共同性が理想だと思うやつはそうするし、そう思わないやつはそうしないということが無矛盾である――そういうふうに志向することが善だと思う」――そのとき、そういうことをいったんですけど。僕は今のところ、そう思っています。

「この社会は気に喰わんじゃないか。変えなくちゃいけないじゃないか」という考え方にたいして、具体的、現象的にもっとも敵対的に現われるのは、そういうことに無関心な人かも知れないですね。無関心な人は自分の日常の生活過程で起こることや、そこでの利潤、利害にしか関心をもたない。後のことは知ったこっちゃない。もし自分が考えている日常の利害に抵触するようなことをやられたばあい、おっかない人には抵抗しないだろうけど、たとえばそれが学生であれば、「そんなやつはみんなつまみ出しちゃえ」という。そういうふうに、現象的にはもっとも敵対的に出てくる人がいるでしょう。要するに庶民というのがいるでしょう。庶民は現在の政治的、公的な課題にたいしてもっとも敵対的に出てくるかも知れないし、あるいは無関心として出てくるかも知れない。

これはなんとなく、権力というものが最終的に移行すべき理想の当体であるような気がするんです。自分の日常性にしか関心をもたない庶民のなかに、そういう二重の態度が具現されているんだろうなと考える。そういう極端な矛盾を含んでいるのが庶民です。そして僕はかなり、そういう人が重要だと考えているわけです。

そうすると、「それはマルクス主義からの逸脱だ」とか、「そんなのは庶民主義だ」とか、あるいは、「ほんとうに鋭く階級的矛盾を考えてないんだ」とかいろいろいわれますが、僕はそうとう重要だと考えています。どうしてもそうなる。僕はそう思いますね。そういう無矛盾ということを思うんですね。おそらく個人の意志というのは、無矛盾なものとして並び立つのではないかと。

たとえば空想社会主義者の系統にある人は、個々の人が自由意志で生活していながら無矛盾であるというイメージを抱いたわけです。クロポトキンやウィリアム・モリス、ジョン・ラスキン、あるいは宮沢賢治などといった人たちがいるでしょう。ああいう人はたぶん、そう考えてたんですよ。個々の人間がそれぞれ自分の意志を発現し、それを具現しても並び立って相侵《あいおか》さない世界みたいなものを、わりあいに理想のイメージとして描いたと思うんです。だけどそれはたぶん、逆な意味で、あまり理想の世界じゃないんじゃないかなと思うんですよね。

質問者7　現実にはうまくいかないと。

そう思いますね。原初形態としての共同作業を理想として生産手段を共産制にし、生産物の分配も共同にする。それを理想とする人はそうして、そうじゃない人はそうしなくても無矛盾であればいい。僕がさしあたりイメージをもつとすれば、そういうふうになっちゃいますけど。

ところが現状では、絶対にそうならないんですよ。「そうやってるんだからいいじゃないの」と思えばいいんですけれど、やっぱり見ると面白くないわけですね。「あのやろう!」ってことになっちゃって、あいつは右翼だとか、左翼だとか（会場笑）、資本主義がどうとかいってるけど、勝手にしろっていえばいいのに、やっぱりそう思っちゃうんですよ。自分がそう思っちゃうだけじゃなくて、原因はもっとべつなところにあるんですよね。思わせられちゃうんですよ。無矛盾にはならない。つまり並び立たなくて、平和的に共存しないんです。ただ、暴力までは行かないというだけで。心のなかでどう思っているかというところまで行けば、面白くないということになっちゃうんですよね。

質問者8　全然関係ない話なんですけど（会場笑）、文学の評価についておうかがいします。『言語にとって美とはなにか』を読んでいきますと、言語には自己意識を表出するという価値があると書かれている。ところが、それだけでは文学の価値ははかれない。そこに構成の問題としての言語があり、書いたときに新鮮さや広がりをもつ。その作品のなかに、人間のあり方の普遍性がどれだけ定着しているか。そういうことも含めて、文学の価値があるとおっしゃっていると思うんですが、その文学がどれぐらいの価値をもっているのかをはかる尺度があるのかなと。感想がぱっと出ちゃうことはないと思うんですけど、吉本さんが文学の価値をはかる基準はどういうところにあるのかなと。吉本さんの近松論や漱石の『道草』論では、むしろ構成のほうにウェイトを置いていますが、そうじゃないばあいもあるんでしょうか。そのへんについてはどうですか。

先ほどから提起されている問題は、そこでも生じると思うんです。たとえば、一人の作家の作品を見てもいいですし、あるいは二人の作家を較べてもいいです。たとえば、「おまえは漱石の

『坊っちゃん』と『彼岸過迄』のどっちを評価するんだ」と訊かれて、僕が「『彼岸過迄』のほうが、より価値ある作品だと思う」といったとしましょう。そしてその人がAさんという人に、同じことをたずねたとします。Aさんに「『彼岸過迄』と『坊っちゃん』のどっちを評価するか」と訊いたとする。そうするとAさんは、「『坊っちゃん』のほうが価値ある作品だと思う」というかも知れない。その答えは百人いれば百様だと思います。僕は、「『彼岸過迄』のほうが文学作品として価値があると思う」といい、Aさんは、「『坊っちゃん』のほうがいい」という。文学作品の評価のしかたは、百人いれば百通りあると思います。

ですからそういう次元でいえば、「それじゃあ、どの作品に価値があるかということはいえないじゃないか」ということになるわけですが、ここには二つの意味が含まれていると思うんです。まず評価のなかにはその人の好みがあり、個人の自己形成の歴史があるわけですが、それはもう個人個人でちがうわけです。生活の状態もちがうし、受けた教育もちがうから、好みもちがう。そうだとすれば、百人百通りの評価の違いになるのは当然じゃないかと。そういう意味でちがってくるわけです。そして、「どちらの作品に価値があると思うか」といわれたばあい、僕の自己意識があるところに足を据える。Aさんは Aさんなりの自己意識があるところに足を据え、Cさんは Cさんなりの自己意識があるところに足を据える。そういうふうに足を据えているから、百人いれば百通りの評価の相異があらわれてくる。そういう意味あいも含むと思います。

でもその作品をつくったのは、僕でもAさんでもないし、それを読んだ百人でもない。それはただ一人の、漱石なら漱石という人がつくったわけです。それならば、先ほどいいましたように、漱石のもっている内的意識、内的世界の表現として、『彼岸過迄』や『坊っちゃん』があることになる。個々の人が作品を読んで評価する場所があり、漱石という人間がいる。その人の言語表現として、『彼岸過迄』という作品があり、『坊っちゃん』という作品がある。それは漱石がここにいて表現した作品として存在している。そういう場所にある作品と、個々の人が作品を評価する場所がある。そこで何回も交換が行われたとすれば、次のようなことがいえます。漱石という人間の内的世界があり、そのなんらかの意味での価値表現が、『彼岸過迄』『坊っちゃん』などといった作品でなされている。それを作品として表現した人の表現的価値にたいして、百人なら百人のそれぞれちがった評価のしかたをする人たちは、何回も何回もそれを読んでいけば、少なくとも無限に近く読み込んでいけば、漱石自体の表現的価値というものにみんな近づいていくだろうと考えられるわけです。

では、百人の人たちの評価のしかたはどこに収斂していくのか。文学作品の価値の基準、原点はどこに行くだろうか。環境・立場・好みのちがう百人百様の人たちが、個々別々な文学的価値の評価のしかたからどんどん無限に近づいていき、収斂していく場所は、たぶんそこ以外にない。漱石にとって、『坊っちゃん』あるいは『彼岸過迄』にはどれだけの表現価値があったのか。漱石を基準とする価値に、百人の人の評価のしかたは無限に近づいていくだろうと考えられます。

それが最後にピタッと一致するというのは、それこそエンゲルスのいう偶然と必然の関係、あるいは真理と誤謬の関係です。誤謬、誤差の無限の系列を通してしか真理というのは考えられないから、絶対的真理なんていうものは全然ないんだ——そういう言い方でいえば無限にそこに行っちゃうことはありえないにしても、これが絶対的価値だということはありえないにしても、どこに収斂していくかといったら、そこに収斂していく。作者の内的な世界があって、その表現として『彼岸過迄』『坊っちゃん』などといった作品がある。そうすると、表現的価値というのは作者と作品の間にあって、そこに無限に収斂していくだろうと考えられるわけです。そこでは個人の好みや環境、教育の違いなどといったものはすべて、どんどん捨象されていきます。そこでは、作者と表現された作品の間に考えられる表現的価値に収斂していくだろうと。

文学作品の価値を絶対的価値ということはできないんですけれども、個々の人間の好み、環境、体験、立場とはかかわりなくある普遍性をもった文学作品の価値というものを考えれば、それは基本的に表現的価値、つまり作者の内的な表現世界の表われである『彼岸過迄』『坊っちゃん』の価値に行くだろうと考える。それが文学の芸術的な価値の全部だよ、といえそうな気がしますけど。そういえるかいえないかを断定することはべつとして、たぶんそれは文学作品の価値の基本構造になるだろうと僕は考えるわけです。おそらく、そこへ行くだろうと。だからそれを文学作品の価値と考えても、さしあたって問題ないだろうと考えます。

じゃあ、それはどうしたら決められるのか。非常に面倒ですけれども、たとえば、『坊っちゃん』という作品はあるセンテンスから始まりますよね、そのセンテンスを初めから終りまでずっと読んでいく。先ほどの「二十エレの亜麻布は一着の上衣に値する」（講演で論じられたマルクス『資本論』第一章「商品」で価値形態の例として挙げられた文）という文章を一種の価値形態と考えるのと同じように、最初の一行をひとつの価値形態としてとにかく分析していく。僕はそれをちゃんとやってあります（会場笑）。個々の作品で表現的価値がもっとも高いところ、俗な言い方をすれば、作者がもっとも緊張して表現したにちがいないと思われるところをまず択びまして、僕はやってあります。それを『坊っちゃん』の一行目から最終行までやって、『彼岸過迄』の分析結果と較べればいいわけです。それはけっして数字にはならないけれど、かならず較べられるはずです。そうやって較べれば決まると思っています。それが絶対的な方法だとはいいませんけど、個々の鑑賞者の育ちや環境、好みや教育などの違いを捨象したところで、かなり普遍性のある評価を得られるだろうと僕は思っていますけどね。そういうことだと思います。それを丁寧にやればいい。

こんなことをいっていると、「そんなのできるか？」と思うかも知れないけれど、具体的にそういうふうに思いながら読んでごらんになれば、ちゃんとそれはわかりますよ、できますよ。そうすれば、「どっちの作品がいい」みたいなことをたぶんいえますよ。その人の好みなどを離れても、そういうことがいえると思います。ただ、非常に手間暇がかかるということはありますけど。それから、個々の具体的な誤差はありますよね。たとえば、「おれが分析してるとき、どうも調子が悪かったんだ。癪に障ってたんだ。漱石が好きだっていうやつがどうも気に喰わないんだ」とか（会場笑）。その時々の印象で、多少誤差は出てきますよね。いいはずなのに、よくないと評価しちゃうような誤差はありますけど、手続きとしてはそれでいいと思いますね。表現的価値イコールその作品の価値かといわれると、そこにはさまざまな問題、揺れがあるでしょうけど、基本的にはそれでいいんじゃないかなと思いますね。

質問者9　ひとつだけいいですか。さっきのテーマに戻るんですけれど、大衆という言葉がありますよね。先ほどから□□□いただいて、「大衆の原像」というのはひとつの視点ですよね。吉本さんがいわれているように、いわゆる「大衆の原像」からだれもが逸脱せざるをえない。社会的な集団でも政治的な集団でも、そういう「大衆の原像」をとりこまずにつくられた組織形態、団体はだめだと。そういうことをくり返していっておられるわけですけれども。なにかのところで、「逸脱のしかたそのものが問題なのであって、逸脱のしかたのなかに不可避性、必然性があるならば、私は肯定する」とおっしゃいましたよね。僕らは否定的なことでなにかあったとき、「あれはしゃあないな」ということもよくある。これは不可避性なのかなと思うこともあるし、「そうじゃねえじゃないか」と思うこともあるし。逸脱のしかたが不可避的、必然的であるという根拠は、どういうふうに考えたらいいんでしょうか。

個々の具体的なばあい、「それはしかたがねえや」と思うのはごまかしであるかも知れないし、諦めであるかも知れないし、逃避であるかも知れない。僕にとってもだれにとっても、不可避性はごまかしだといわれちゃうこともあるでしょうけど、そういうことを捨象していってしまいますと、こうだと思うんですよ。これは不可避であるか不可避でないか、こう行くべきかああ行くべきか。これは偶然だったのか、それとも必然だったのか。あるいはこれは善なのだろうか、悪なのだろうか。自分あるいは集団のなかで問題がそういうかたちで提起されるばあい、感覚的、感性的にはすぐわかる。そういうばあい、いつでもだれでも「どっちも気に喰わない」と思うんじゃないかと。

つまり問題がそういうふうに出てくる場所には、どこかに限界があるんじゃないかなと。そういう感じがいつもともなうわけです。非常に簡単な例でいえば、「人のものを盗《と》るのは悪いことですよ」という言われ方をされたばあい、「ほんとうにそうなのかな」という疑問がいつでも湧いてきますよね。「人のものを盗るのは悪いことですよ」という言われ方のなかには欺瞞があるんじゃないかという感じ方は、いつでもあるわけです。つまり「そんなことをいったって、そういうおまえは悪いことをしたことがないのか?」といいたくなることがいつでもあるわけです。いつでも、そういう感覚はあるでしょう。これは道徳だからどうということではなく、「これは不可避であるか、それとも不可避ではないか」「これは偶然だったのか、それとも必然だったのか」というかたちで問題が提起されるばあいには、どうしても納得しがたい、むりやり納得させられても、納得しがたいという感じがどうしてもともなうわけです。

おそらくそれをいっている人にはあまり責任、関係がないところで、なにかがそういわせているのではないかと。しかもそのいわせているなにかは、きわめて限定的なものであって、意志の発現にたいして自由というものをほんとうに提起できないで、いつでも限定し、制約していくものとしか表現させない。そういうなにかがどこかにあるという考え方は、だれでもとるんじゃないかなという気がしますけど。とにかく「善か悪か」「これは道徳か反道徳か」「これは必然か偶然か」という問われ方で出てくる問題意識のところから脱出していく――なにか知らないけど制約、限定された現実や、限定しようとするなにかから出てきたものですから、そういう考え方、言われ方が出てくる根本のところから抜け出ていく――概念として出ていき、なおかつ実際的、実質的、実行的、実践的にも出ていくなかにきっと、ほんとうの解決の道があると考えるのが妥当なんじゃないかなと。

倫理的なことをいわれたとき、あるいは逆に偽悪的なことをいわれたときに感覚的な反撥が起こるとすれば、「おまえは善か悪か」といわれたら、「おれはどっちでもねえよ」といいたくなるような感覚がだれにでもあるとすれば、「おまえは善か悪か」という言われ方で出てくる問題意識そのものが、なんらかの制約、限定、桎梏であるという考え方が脱出口になるんじゃないか。たぶん、だれでもそう考えるんじゃないかと思うんです。僕はそこから抜け出ていく道筋として、「これは不可避だからそうしたんだよ」といいたい。僕はそういう意味あいで、不可避性という言葉を使いたいわけなんです。

「おまえは善か悪か」といわれたばあい、具体的、現実的にはどちらかを択ばなきゃならんでしょう。だけど自分を脱出する意志、方向性としては「どちらでもないのも不可避なんだ。不可避のところを択びたいんだ。それを択ぶのはいいだろう」と思いたいわけです。では、なぜそう思うのが正しいのか。「善か悪か、これをとるかあれをとるか、どちらかにせい」という問われ方が出てくることじたい、もはやなんらかの制約があるわけです。なんらかの桎梏があるからこそ、そういう言われ方が出てくるわけで。その桎梏の本《もと》こそが問題なんだから、そういう言われ方じたいから脱出することが不可避の道なんだ。そういう考え方をとりたいわけです。そういうことで僕は、不可避性という言葉を使っていると思いますけどね。

質問者10　ちょっと話は変わるんですけど、天皇制についてお訊きしたいと思います。吉本さんは『丸山真男論』の中で、天皇制というものはもう復活しないと書いておられる。これ以降、僕たちのなかで研究課題として問題になることはあっても、現実的な課題として問題になることはないであろうといっておられる。僕自身の実感をどんなにたどってみても、天皇制が共同性に反応したりするという実感は全然なくて。ですから、実感としてそのことはわかるし、そうだろうといえる気がするんですけど。でも一方では、明治から戦前までの天皇制のありかたこそが、日本の天皇制の歴史のなかではむしろ例外的なかたちだった。ですから逆に、今のような象徴天皇制、つまり国家権力に□□するような存在としての天皇のありかたこそが、天皇制の本来的なありかたであるような気もするわけです。そういうことを考えてみると、天皇制というのはもう現実の問題として存在しないと断定してしまうことに、ちょっとためらいを感じてしまうところがあって。これをどう考えればいいのか。

僕もそう思いますけどね。あなたのおっしゃるようなことがいえる可能性がありうると僕が考えるとすれば、それは唯一こういう意味あいにおいてだと思います。

僕は先ほど、ヘーゲルの意志論の領域について考えたばあい、経済社会構成の問題は卻けて考えていいといいましたが、この言い方をいわば逆向きにしてみますと、高度な経済社会構成の上にどんなに未開的な共同観念が乗っかっても、理論上は無矛盾だと思うんです。つまり可能だと思うんです。二十一世紀の日本の経済社会構成がどうなっているのか知らないけど、そこに古代天皇制みたいなものがそっくりそのまま上に乗っかるということは、僕の考え方からすれば理論的には可能なはずなんですよ。観念構造、つまり政治、国家などについて考えるばあいには、経済社会構成の問題を卻けてもいいんだから、非常に高度かつ超現代的な経済社会構成の基盤の上に古代とそっくりそのままの観念を復元し、共同意志の体系をつくることも理論的には可能です。みんながつくるといってつくれば、つくって乗っければそれは可能だと理論的に考えているんです。

だから、そういう意味では可能だと思います。つまり、どういうかたちでも可能なんじゃないでしょうか。復活することも可能ですし、もっともっと逆戻りすることも可能なんじゃないでしょうか。

だけれども、経済社会構成の領域と観念の領域の中間でどんな関係の連鎖をたどるかはそれぞれでありうるけど、かならず構造的に関連する。そういう意味あいでは、やっぱり復元するということはないんじゃないでしょうか。資本主義的な経済社会構成のもとでは、近代資本主義的な観念形態が多数を占めるのが当然ですから、そこで天皇制が政治権力をもつことはありえない。それはまったく当然だということになると思います。資本主義的な観念形態が権力をもつことはありえても、天皇制的な観念形態が権力をもつことはありえない。あるいは天皇制が権力として出てくるのであれば、資本主義権力としてしか出てこられないよと。具体的には大きな地所、空き地を持っているとか日本銀行に株券がいくらあるとか、そういうものとしてしか出てこられないよと（会場笑）。ひとつの観念形態の一端をとれば、そういうことになりますね。

だけど、論理的にのみいえば、どんな超現代的な経済社会構成のもとであっても、その上に古代そっくりの法律と古代そっくりの権力をもった天皇制をぽんと置くことは可能である。多数の人が共同意志の発現たる法律をそう制定すれば、それは論理的には可能である。そういう意味あいでは、あなたがおっしゃるように天皇制が復活する可能性はあるといっても間違いではないわけです。でもよほど偶然が重ならないかぎり、まずそういうことはありえないよなと（会場笑）。偶然の積み重なりのみでできあがった必然がなければ、その可能性はないんじゃないでしょうか。でも論理的にだけいえば、可能じゃないでしょうか。僕は論理的にだけでなく、全部可能だといいたいわけですよ。「政治形態、観念の形態なんていうのは下部構造の反映だ」っていうやつが多いからさ（会場笑）。勝手につくっちゃえばできちゃうんですよ。つくるには多数の意志が要りますけど、論理的には可能なんですよ。ただつくれば、できますからね。どんな下部構造だろうと関係なしに、つくって経済社会構成の上にちゃんと乗ってれば、できますから。理論的には、それはできるんだよといいたいですね。だけども具体的、現実的には、ちょっとそれは考えられないんじゃないかなと僕は思ってますけどね。そういう考えでいいんじゃないでしょうかね。

天皇制復活論者が投票でたくさん出てきて、法律をつくって古代天皇制にしちゃう。そういう可能性はかなり低いと思います。偶然と偶然がそうとうたくさん積み重なって必然をつくらないと、そうはならないような気がしますけどね。

質問者11　それに関連しているかどうかわからないんですけど、吉本さんは次のようなことをいわれていますよね。社会問題と政治問題は厳密に区別すべきである。日本みたいな特殊な国家では、社会問題を政治的にしか解決できない土壌があると。それは結局、原理的にはどういうことなんですか。

結局、――どういったらいいでしょうね。観念の政治形態というのがあるでしょう。もっと抽象的にいえば、観念の共同形態なんだけど。成り立ちの起源まで行っちゃうと、観念の共同形態というのは最小限に見積もっても、すべてのメンバーによって承認されうるものだと思うんです。それから最大限に見積もれば、すべての人間にとって非常に利益であることですね。例外なく利益である。最小限に見積もれば、少なくともすべての人間にとって不都合でないと承認できるようなものが、共同観念として政治的形態、制度的形態をとった。起源のところでは、これでまず間違いないと思うんですよね。

ところがそれにもかかわらず、だんだん時代を経ていくにつれて、そのことじたいが桎梏になっちゃった。つまり、それが個々の人間にとって制約になっちゃった。もともとは全部のメンバーの生活過程、社会過程における必要性、利益性が政治的な観念形態をつくったにちがいないんだけれども、できちゃったものが歴史を経ていくにつれて、それぞれの生活過程、社会過程にたいして一種の桎梏になっていった。そういう矛盾した性格がひとつの要因だと思うんです。最初は社会過程、生活過程的なものから出てきたにもかかわらず、歴史を経ていくにつれて、母胎である社会過程、生活過程にたいして桎梏になるまでにそれじたいが成長してしまった。政治形態、制度形態がもつそういった二重の矛盾が、根本的な理由じゃないでしょうか。その性格が原因じゃないでしょうか。

生活権・社会権のほうが政治・制度・国家などといった観念形態よりもはるかに広大であるにもかかわらず、政治形態というのが桎梏の具体性としていちばんストレートにあらわれている。本来であれば、観念形態というのは、具体的な生活過程・社会過程よりもはるかに小さい規模のはずです。観念形態は生活過程・社会過程から生まれたものであるにもかかわらず、母胎よりも重さ、桎梏が大きくなっちゃって、すでに個々の生活過程じたい、社会過程じたいにとって桎梏になっている。とにかくなにか知らないけれども、どうすることもできない独立の生き物みたいなかたちで運営されたり、運行しちゃったりしている。

それじゃあ、まず初めにどういう桎梏〔発言のママ〕が可能なのかといえば、まず初めに総体れが根本にあるんじゃないでしょうか。それが根本の性格なんじゃないですかね。

い。そういう性格が出てきちゃった。そこに最初の起源の矛盾があるんじゃないでしょうか。そな修正、改良を加えたって、観念形態である政治形態の改良とか、ひっくり返すことにはならなの桎梏である共同の観念形態をどうにかする以外にないんですが、個々の小さな範囲にどのよう

質問者11　では、観念の共同形態ではなくなって、社会形態の内部でいろいろな社会問題として解決していけばいいということですか。

そうですね。それは地域的に解決される問題と、もともと国家・社会の問題にならない問題とに分かれると思います。もともと国家・社会の問題にならない問題というのは、実際には混同してあらわれるわけですが、簡単にいえば、氏族制・部族制や親族・家族から出てくる問題ですね。たとえば、部落問題というのは、本質的にはそうだと思いますけれども。

古代において氏族制というのがあるでしょう。あるいはもっと前だったら、親族集団というのがあるでしょう。婚姻可能な集団と婚姻不可能な集団に分かれたりする親族集団というのがありますよね。たとえば、氏族集団に、婚姻可能な氏族と婚姻可能でない氏族とがあるとします。そのばあいにアジア的形態ではそうなんですが、せいぜい氏族で、極端まで行っても部族ですね。そうもっと狭い範囲でいえば親族ですし、さらに小さな単位であれば家族になりますね。そういう集団の分離は、なんとなく身分制の分離みたいなものとくっついちゃってるわけですよ。

たとえばトーテムがちがえば婚姻可能でないとか、そういう決まりがあるでしょう。トーテム

がちがうと婚姻可能ではないというのは、初めは婚姻の必要上の決まりだったんだけど、それになんとなく身分的概念がくっついちゃう。それはごく普通のことなんです。もっと極端になれば、インドのカーストみたいに氏族・親族でも職業的集団として違いがあるということになってしまう。このように、集団の分離が社会階級的な違いにまで引き延ばされちゃうということがあるでしょう。そこまで行かなくても、トーテムの違いで婚姻可能集団と婚姻不可能集団に分けたばあい、そこになんとなく身分制的な概念がくっついちゃうことがあるんですよね。

そういった身分制的な概念が強烈に残っていて、徳川時代なら徳川時代に制度にまで引き延ばされちゃった。そういうところで部落問題というのはあるわけですよ。本来的、本質的にのみいえば、部落問題というのは社会問題にもならないし、政治問題にもならないんですよ。本来的にいえば、それは混合すべからざることなんですよね。そこの問題をよく解ければ、部落問題というのはわかるんですよ。いい考え方を出せるはずなんですよね。それは混合して出てくるから混合して考えられちゃうんだけど、ほんとうはそうじゃないんですよ。

そういうふうに、初めから社会問題・政治問題・国家問題にならない問題、それとは次元がちがう問題を、人間の社会はまだひきずっていますよね。これは、どんなに高度な社会でもひきずっています。たとえば、ヨーロッパにおけるユダヤ人問題なんていうのは、そうだと思いますけどね。そういう差別感情は、一種の観念にしかすぎないということがあるでしょう。

そういう観念がどこから出てきたかといったら、まず間違いなくその起源まで遡ってしまう。

国家以前の国家、社会以前の社会にある氏族・親族・家族に、ある固定観念がくっついちゃった。ただ婚姻可能かどうかということで分けられた集団に、なんとなく身分制や宗教的タブーみたいなものがくっついちゃった。それをまだ吹っ切れないことから来ている問題なんですね。それが本質的な問題だと思います。

このように、本来的に社会問題ないし国家問題にならない問題もあるんですよね。社会的な次元と国家的な次元、現代であれば市民社会的な次元でいえばそうだと思いますね。そういう問題になると思います。でも本来はそうならない問題というのも、ずいぶんあるんですよ。派生してあるんですよ。

（原題：共同幻想論のゆくえ／京都教育文化センター）

〔音源あり。文責・築山登美夫〕

【『修羅』同人主催】――1978年9月16日

思想詩

質問者　今日お話を聞いていちばん感じたのは、良寛は曹洞宗の修行に挫折したことにより、本然からの文化、自然を見つめる世界に入っていく。良寛はいつどこで、そういう観念を身につけたのか。なぜ彼はそういうことをやったのか。そのへんはいちばん興味のあることなんですが。

最初に申し上げましたとおり、良寛にとって、そんなことはちっとも自覚的なことじゃなかったと思うんです。良寛は青年期に曹洞宗の直系的なところで修行して、道元の衣鉢を継ぐ偉い坊さんになろうと思ったけど、実際にはなれなかった。これは良寛自身がわりに自覚した挫折、転換じゃないでしょうか。しかしこれはあくまで僕がそう思うのであって、良寛自身にとってはなんら対象的でもないし、自覚的でもなかった。良寛はただ自分なりに精一杯生きて、詩に表現したということじゃないでしょうか。「自分はまっとうに坊さんになれない」というところだけは、はっきりいっているいろんな作品もありますから、そこだけは確実に自分でそう思ったんでしょうね。でもそれ以外のことにかんしては、近代というものを経過して僕らが考えているような意味では自覚的ではなかったのではないかと。僕はそう思いますけど。

質問者　良寛は詩のなかで、僧侶を根本的に批判していますよね。おのれ自身の信念があったからこそ、そういう批判ができたのではないかと。だから挫折というと、あまりにも冷たく感じるんですけど。

おそらくそれは、時代風潮に影響された部分もあったのではないでしょうか。良寛は二十二歳の時、備中玉島の円通寺の国仙和尚を生涯の師と定め、以後十二年間にわたって師事する。その後期、備前・備中・備後で農民一揆が起こっている。幕府はことあるごとに農民の一揆を禁じ、農民が農村を離れて江戸へ出稼ぎに行くことも禁じた。良寛の故郷である越後・出雲崎近辺でも一度、小さい一揆があったんですよ。当時の時代風潮はそうとう沸騰していたから、良寛も影響をうけたのではないか。大水や地震があった時も、詩を書いていますしね。災害によって人心が弛緩し、どうしようもなくなっている。役人たちはなんとかしてくれないと困るじゃないか。そういう歌をつくっています。

当時の社会でもさまざまな事件が起こり、良寛の身辺はそうとう沸騰していた。良寛が自らの青年期を直進していくためには、そういう時代風潮に耐えていかねばならなかった。社会で起きていることを見て自分の倫理観・正義感を動かされながら、信じた道を進んでいく。良寛はたえずそういう葛藤をせずにはいられなかった。時代的にもそうせざるをえなかったし、良寛自身もそういう資質をもっていたのではないかと思うんですけどね。

質問者　（聴き取り不能）

良寛の弟なんか、京都で、朝廷出入りの儒学者になったりしているでしょう。親父は俳諧をやっていて、そういう文化的な逸民みたいに、例えば、天明俳壇の何人といわれている暁台なんかがこっちのほうへ来たときには、一緒に俳句をつくったりしているでしょう。つまり、身近にそういうことはね、全部、その雰囲気も知っているし、それから素養もないことはないしね。ということは、それはそうなんじゃないでしょうかね。

べつに、だから、そこのところは、あなたのおっしゃることというのは、あり得ることじゃないでしょうか。ただ、尊皇ということは、それ自体は近代的な思想ではなくて、それは古代的な思想ですよね。だから、古代の思想ですよね。それが、近代に、さまざま都合はあったわけです。それはスローガンとすればいいんだというあれもあります。それから、学問的に、進歩的な学者というのが、近世の学者というのは国学者に集中したということもありますし、それで国学者は尊皇ということをひとりでに強調するみたいなことがあったとか、さまざまな理由がありますけど、尊皇ということ自体は近代的ではないですよね。古代的なものです。それは、近代的な制度、それから法律の中で、明治以降、蘇らせられたということであるのだけど。だけども、そういう雰囲気というのは、どうも良寛の親とか兄弟とかを見ていますとね、もう身近にちゃんとあったというふうにはいえるのではないですかね。

質問者　良寛は漢詩も和歌も長歌も□□□先ほどの、手まりの歌のところで、それが□□□どういうときに漢詩になるのか、どういうときに和歌を書いたのか、良寛の中で、漢詩と和歌と長歌というのは、どういうふうに区別されているのか、そういうところをもう少し詳しく□□□。

もう一点ですが、良寛は、毎日、漢詩にしろ、和歌にしろ、長歌にしろ書いていた。かなり意識的に書いていたと、そういうふうなものが見受けられるのですが、それは良寛の中でどういうことなのか□□□。

その源泉といいますか、漢詩という場合、詩経というのがいいといっているのですね。詩経っていうのはつまり、中国の、最初の詩の古典ですよね。詩経というのがいいぜということをいっていたと思うんですよ。だから、それは一生懸命読んでいるんですよ。詩経って何かというと、要するに、古代の民謡ですよね。つまり、アジア的民謡ですよね。古代の民謡なんですよ。それからその民謡のうちで変形、編成された、例えば魯の国なら魯の国の朝廷がそれを編成して、朝廷で何か祝い事があると、朝廷付きの楽士みたいなのがあれして、それを歌って舞ってというね、そういう民謡と、それから民謡音楽から朝廷が召し上げて、そこに朝廷直属の音楽府みたいなのがあって、そこでもって何かというとそれが演奏されたり、歌われたりという、その二つが入っているのが詩経なんですよ。

だから、つまり日本でいえば、古代歌謡、つまり『古事記』『日本書紀』の中にある歌謡みたいなものと考えればいいんですけどね。良寛がそれはいいといっているのですよ。それはたぶん、良寛の漢詩の発想の根源の中にあると思います。つまり、良寛の発想の漢詩の中で、わりあいに俗っぽいことをいっている。つまり、非常にやさしいことをいっているのがあるでしょう。そういうのはたぶん詩経の影響じゃないでしょうか。

それからもう一つあると思うのは、これも良寛のあれの中にあるけれども、仏教の偈《げ》というのがあるんですよね。つまり、いろんな偈のかたちというのがありますけどね、お経というのは散文でいったことを、韻文に直していうんですね。またそれを要約したのを韻文でいうという、そういう一つの形式があるんですけどね、その韻文でいった部分を偈というんですけどね。偈というのから本《もと》を取っているんではないでしょうか。道元なんかもありますけどね、『正法眼蔵』の中にも偈というのはあります。

要するに、仏教、お経の中の韻文というのがありますね。それを偈というわけで、その偈から着想を得ているのではないでしょうか。つまり、その二つが漢詩の、良寛の漢詩の、非常に根本にあるものではないでしょうか。僕は専門家ではないので、専門家はもっと詳細に研究しているはずですよ。これはここから影響を受けているとか、これは『楚辞』から影響を受けているとか、これは杜甫から影響を受けているとかね、これは白楽天からとか、もっとやっていると思う。だけど、僕は非常に大ざっぱに、僕が見たかぎりで思いつきでいうけれども、その二つが、良寛の漢詩の源泉じゃないでしょうか。

それから、歌と長歌ですけどね、歌については、これはやっぱり何を読んだらいいんだと人に聞かれて、良寛は『万葉集』を読めというわけですよ。『万葉集』を読めといって、その聞いた人は、『万葉集』は難しくて全部分からないといったら、良寛は、分かるだけでいいんだと、こういうふうにいったというところがありましてね。『古今集』はまだいい。しかし、それ以降のやつは問題にならないというふうにいったというのがありますよ。だから、やっぱり『万葉集』じゃないでしょうか。もっとあれだといったら『古事記』『日本書紀』ですね。そういうものの中の歌謡、それが良寛の和歌と長歌の源泉じゃないでしょうか。

つまり、それは良寛が生きていた時代に、例えば、本居宣長が『古事記伝』を完成していますけどね、つまり、ちょっとした教養がある当時の人たちは、『古事記』とか『日本書紀』とか、そういうのを読むのは、わりに軽かったと思うんですね。そういう意味合いで読んでいたでしょうしね。歌のあれとしては『万葉集』がいいと。『万葉集』をよく読んでいる人など、『万葉集』から本歌を取った歌もあります。露骨に取った歌もありますけどね。だけど、良寛の歌自体は、これは『古今集』ですよね。基盤は『古今集』ですよ。古今的感性ですよね。それで、個人のあれとして、『万葉集』をよく読んだということはあると思いますね。だけど、全般的には、古今的和歌の全般の中に埋めることはできる。これは『古今集』的な感性が元になっていると思いますね。そういうのが、あれじゃないでしょうか。

良寛というのは、どの方面でもきっと、僕は断定することはできないけれども、漢詩でも、長歌でも、和歌でも、近世の中で一、二を争うぐらい優秀なのをつくっていると思いますけどね。ただ、僕は長歌が一番いいと思う。つまり、特に近代性がいい。これは意図したかどうかは別なんですけどね、それがいいと思います。まねようがあるとすれば、ひとつだけ考えられるんですよ。

というのは、例えば、大田南畝なんていう狂歌をつくる人がいるでしょう。大田南畝なんていうのは同時代ですよね。江戸にいたわけです。大田南畝なんかをやって分かりますけどね、こういう試みは、当時、わりに普遍的なんですよ。つまり、良寛、この近辺で、この近所で、そういう地方でやられたかどうかは別としてね、つまり、江戸とか、長崎は、そういうことはわりに平気だった。大田南畝なんか、例えば、俳句を漢詩にするんですよね。漢詩の一行にする、翻訳する。今度は、漢詩の一行を俳句にしてつくるというようなことをやっているの、盛んに。

それから、例えば、長崎なら長崎というのは、これは、中国と当時、交通を開いているわけですね。すると長崎なんかでは、中国人の通訳が、例えば、日本の歌といっても俗謡ですね、民謡みたいな俗謡をね、漢詩に直して、そういうようなことをやっている。つまり、近世文学の常識で考えるよりはるかによく、はるかにそういう試みはなされているのね。わりあいに自在に、漢詩を俳句に直したり、和歌を漢詩にしたり、それから民謡を漢詩にしたり、そういうことはかなり、一部の好事家だといえばそうだけど、かなりな部分では、それはわりに自在にやられているんですよ。つまり、そういう試みの背景というものが、やっぱりあるにはあったんです。

だから、そういう意味じゃ、そういうところから、雰囲気としてもそういう素養というのは、良寛の中にあったというふうに考えたって、別段、不思議はないと思います。同時代的にそういうのはあったと。つまり、良寛の中で、頭の中で、漢詩で表現すればこうなる、それを歌にしたらこうなるんじゃないかとか、これを長歌にしたらこうなるんじゃないかというようなことが、良寛の中ではね、かなり自在にやられたのではないかなというふうに考える基盤はあるんです。良寛が本当にそれをやったかどうかは知りません。しかし、同時代を僕は少し調べて書いたことがあるの。

つまり、「新体詩まで」という僕の評論を見ると分かるけどね。「新体詩まで」に、相当そういう、俳句を漢詩にしているとかね、漢詩を歌にしたり、民謡を漢詩にしたり、江戸および京都および長崎、そこではかなりそういうことをやっているのね。それは、中国人も交じって、そういうことをやっているんです。だから、そういう背景はあって、それを直接良寛が知っていたかどうかとか、それから直接そうやったかどうかというのは別として、そういう、いわば文化としての基盤というのはあったんではないでしょうか。

それにもかかわらず、誰も同時代で、良寛の持っている異様な、鋭い内面性と、詩の自由さ、自由なニュアンスといいましょうか、起伏といいましょうか、そういうのはどこにもないわけ。それはもう、良寛自身に求める以外にないですね。良寛自身に、内面的なあれに求める以外にないと思いますね。それで、それは、べつに良寛が意図したんじゃないかもしれないのだから、また、望んだり、理想としたのではないのかもしれないから、良寛の意図に反して生まれ出てきたのかもしれないけれども、それは良寛の個人、個性に求める以外に、僕はないと思いますね。そういうことじゃないでしょうかね。僕の知っている範囲でいえることは、そういうことだと思いますけどね。

質問者　私自体が良寛に憧れております。というのは、われわれはドロップアウトしたくてもドロップアウトできない、体制にがんじがらめにされて、ドロップアウトしたら□□□ドロップアウトした良寛というのに憧れているのですが、そこで、大変荒っぽい、目下研究中なのですが、荒っぽい筋書きを申しますと、まず子ども時代に大森子陽から漢学を学んだということがまず先になっている。そのときに□□□あったでしょう。それから、□□□あったろうと思うのですが、それはまだはっきり私は分かりませんが、それがまず下敷きになっていて、やがて□□□失敗をした、そのあいだに□□□あったでしょう。そういったことから、寺に入ったということは、即出家ではなくて、修行をしようと思って、光照寺へ駆け込んだというのが実際なのではないかという、私の考え方なのです。そこでたまたま国仙に出会って僧になろうと決心した。で、国仙について玉島へ行って、一生懸命学んで、□□□帰ってきてみたら、突然死んでしまったと。その国仙が死んだ途端に、体制化されようとしていたために、その反体制としてドロップアウトしてしまって、最終的には良寛□□そこに書いてあるような良寛がそこに生まれたと。まさにドロップアウトした良寛に私は憧れているんです。そう解釈したらどうでしょうか。今日のお話とはちょっとずれるかもしれません。

いや、僕は、いまお話を聞いていて、いいんじゃないでしょうか。その構想でいいんじゃないでしょうか。僕なんか、付け加えるようなことがあるとすれば、なぜドロップアウトしたかということについては、良寛の自己評価の詩というのはかなり数があるから、それを検討されるとね、もう少しそこいらへんは、あれができるんじゃないかなという。つまり、国仙が死んじゃったので、体制化してというところがね、もう少し、そこの複雑なニュアンスというのがつかまえられるんじゃないかなという気がするんですけどね。それ以外はべつに、その構想で僕はいいんじゃないかと思いますけど。

質問者　体制化されたというのは円通寺の次の□□が□□寺へ。

いっちゃうんだといっているのですね。国仙の弟子だったら。つまり、だから。

質問者　そこらへんでもって、□□□そのものが体制の中に組み込まれようとして、逆に良寛はドロップアウト（聞き取れず）。

あなたのおっしゃることに該当するような詩を見ますと、自分はね、つまり、高跳《こうちょう》する、高飛びする性格があって、つまり修行していたことというのが、詩で修行していたことというのが、道元の思想に照らして、こうじゃねえって思ったら、もう自分は、曹洞宗の□□といいますか、組織というようなものから、またすぐ飛んでいっちゃって、そういうような自分というのが、出世の機から自分を外してしまったみたいなふうにいっているところがありますから、そこいらへんのニュアンスを踏まえられて、あれされればよろしいのではないでしょうか。僕は、あなたのいまの構想を聞いて、それは違うというふうには、ちっとも感じるところがないですけどね。

質問者　人間の性質を分裂質と□□□場合に、良寛はまさに分裂質に当たるというふうにいってこられた□□□先生かと思ったらそうじゃなかったのです□□□最近、出た本なのですけど、□□□かなり重症の分裂質であると考えて、いま先生がおっしゃった、二面性があって、どちらか分からないというようなことが、分裂質として捉えた場合、分かるような気がするんですが。

分裂質というのはね、そういうことじゃないんですよ。分裂質って、分裂症ないし、分裂気質にしてもいいんだけどね、どこで捉えるかというふうに、どこでいったらいいかというとね、あれなんですよ、作為ということがないと駄目なんですよ。作為体験というのがないとね、分裂質ですよとはいえないんですよね。つまり、作為体験というのは何かといいますとね、幻想なんですけどね、妄想なんですけどね、何かから自分が指図されてこうされているとかね。何かが自分に絶えず指図しているとかね、している幻聴があるとかね。

つまり、不特定のものでいいんですけどね、誰それからこうされているという感じ方というのがないとね、それがないとあまり、そういうことをいっちゃいけないと思うんですね。そして、それをね、そういうことと、そういう状態がもしかするとあったのかもしれないという空想を許す唯一の箇所は、近藤万丈のエッセイだけなんですけどね。つまり、痩せて、青白い顔をした僧侶が、一人ぽつんと小屋の中に、囲炉裏の端にいてね、いくら話しかけても、泊めてくれといったら、雨宿りさせてくれといったら、それはいいですといったけれども、そのあとは一言も口をきかないで、何をしゃべりかけても全然口をきかないのでね、超人じゃないかというふうに思ったと書いてあります。四国です、ええ。

だから、そのときの、良寛の陥っていたその精神状態みたいなのね、そういうことでもしそれに推測を加えれば、そういうことがいえるのかもしれないですけどね。いえるのかもしれないし、またそういうふうに、そういう観点から、一人の詩人なり、思想家なりを解剖していくという、そういう病跡学の分野というのもあるんですから、それはそれでよろしいわけでしょうけどね。でも、それはべつに、本筋でも何でもないのではないでしょうか。

質問者 (聞き取り不能)

いや、あまりもっともらしいことをいうとかえっておかしいから、要するに、非常に熱心に『修羅』の同人の人があらゆるお膳立てをして、あれして勧めてくれたんですよ。それで、こうなんですよ、たぶんその根底にあるのは、僕はわりに古典詩人を論ずるということは、僕の主要なテーマになっていましてね、実朝について論じたり、西行について論じたりしたものを公開したりしてるわけ。そうだったら、当然、良寛についてもいうべきことがあるはずなんだというところで、それを勧められて。僕は古典詩人を論じて、近世にいきますと、近世における詩というのは、漢詩とか和歌にいかなくて、俳句にいくんですよね。

だから、芭蕉とか蕪村とかを論ずるのがむしろ本筋なんですよ。近世における詩というもののあれをするには、それが本筋なんですけどね、僕は、それで、僕自身の勉強にもなるしなという、勉強にもなるという意味合いはね、良寛について、僕が知識を得るとか得ないとかということは、それほど大したことではないんですけれども、良寛が読んだところのものというものを僕が読むことによって、アジア的ということについて、僕はいろんなことを学べるに違いないというような、いわば僕のほうも得してやろうという感じがありましてね、それで、そういうこともあって引き受けたんですけどね。

おかげさまで、アジア的ということについての、そのイメージはね、だいぶはっきりしてきたような気がしているんですけどね。だから、僕のほうもそれをだしにして、少し、どういったらいいでしょうね、得したという、そういうことなんですけどね。あまり、それ以上の意味がつくかどうか、分からないですけどね。

司会者　時間ですので、□□□ここで□□□いただきます。三回の連続講演会□□□にご協力いただきまして、感謝いたします。

（原題：良寛詩の思想／新潟県長岡市中越婦人会館一階大ホール）

〔音源あり。文責・築山、一九五頁三行目以降、菅原〕

【京都精華短期大学主催】——1978年10月19日

芥川・堀・立原の話

質問者1（聞きとれず）芥川・堀・立原にはやはり共通性・同時性があるのではないか。あるいは、やっぱり別のものであるのか。これについては、どういうふうに理解すればいいんでしょうか。それについていっていただければ、ありがたいんですけど。僕も講演を聞いてあらかた分かりましたけど、そのあたりについて少しお話しいただければと思います。

あの、いくつかいえると思うんですけどね。この三人全体のことじゃないんだけど、このことは非常に重要だと思う。つまり、この人たちは天才ですよね。天才っていう意味は、どこから来るかっていうのが問題なんでしょうけど。技術がどうとか資質がどうとか、抱え込んでる課題がどうとかそういうことにかかわりなく、どうしてもあるものがあるんですね。それが第一に違うところだと思うんですね。そのことは、非常に重要であるような気がするんです。彼らのものが現在もたくさん読まれるのは、読者が無意識のうちにその天才性みたいなものを感じ取っているからではないでしょうか。それは非常に重要だと思うんです。

それから、彼らは同じような課題を抱えてると思うんです。でもこれらの人よりも、僕のほうが依然としてよく闘ってると思います。つまり僕のほうがたくさんのことを抱え込んで、今も闘ってると思いますね。僕はそのことをよく知ってる。この人たちは、どこでどういうふうに駄目になっちゃったのか。駄目になったといっても、決して文学として駄目になったということじゃないですよ。そうじゃなくて、この人たちはどこで課題をそらしたのか。これは時代の問題でもありますし、資質の問題でもあります。ある意味では、知識人と大衆の問題でもありますし。これにかんしては、いろんな言い方ができますよ。制度とか思想の問題が、どうしてこんなに落っこっちゃったのか。これらの人はどうして、それを落としちゃったのか。ここでは、さまざまな言い方ができるでしょうけど。依然として未解決で、どこにも出口がないと思いますけど、僕のほうがよくやってるよなと思いますよね（会場笑）。とにかく、そこが違うと思いますね。ただ僕は、天才じゃないですからね。そういう意味合いでは、まるで比較にはならんと考えていますけどね。とにかく、その二つのことが違うと思いますね。

質問者2　気分、あるいは匂いについての質問なんですけど。匂いには追憶というか、何か思い出すものがありますよね。人間にはそういうことが、気分的にあるでしょう。ぼーっとしたとき、□□になるでしょう。気分性について、どのように考えておられるんでしょうか。

気分っていうのは、こうなんですよ。何でも知ってるような言い方をして悪いんですけど（会場笑）。気分っていうのは何でもいいんですよ。対象は自分自身でもいいし、他の風景でも人でもいいんですけど。そういうものにたいして何か感じるのは知覚じゃなくて、情緒だと思うんです。

気分とは、情緒的に感じたものを時間的に保存しないことだと思うんです。つまり、感じたものをすぐにどこかに返してる。絶えず返してると思うんです。それを感じたら、自分から絶えずどこかに放つ。どこかに返していること、それが気分だと思うんです。それを自分の中に時間的に繰り込んで、時間的に溜めて理解してしまいますと、気分というのはもっと具象的になる。たとえば機嫌とか不機嫌とか気難しい男とか、かなり性格として規定できるような固定したかたちになってしまうと思うんです。だけど気分という限りは、そうじゃなくて。対象が何であれ、それが心情的に感じられたとき、その理解をすぐに自分から放してしまう。それがたぶん、気分ということの本質的な問題のように思いますね。それを溜めてしまったら「気難しいやつだ」とか「不機嫌なやつだ」とか、「あいつは今機嫌がいい」とかそういうことになる。あるいは、それをもっと時代的に考えて「不機嫌の時代」とかいう人もいますけどね（会場笑）。時間的に溜めてしまえば、そういうふうに固定した把握ができるところまで行ってしまう。そういうことじゃないでしょうか。

質問者2（ほとんど聞き取れず）

それは、精神病理学者・医学者が「プレコックス・ゲフュール」っていってるやつじゃない？それは、やってる人がいうんじゃないでしょうか。作品評価の問題として、あなたがそれをやられればいいんじゃないでしょうか（会場笑）。そうじゃないかなと思うんです。そういうことはありますもんね。気分とかその人が持ってる雰囲気とか、そういうものでヒュッと分かっちゃう。詩でもそうですよね。言葉の表現の意味のほかに、にじみ出てくるものがあるでしょう。僕らはいちおう「それは言葉の価値なんだ」といってしまうけど、価値といってしまうと身も蓋もないということがありますよね。それ自体として追求したり、展開したりする問題っていうのはあなた自身の問題に属するわけで。「基本的にはこういうことじゃないかな」というくらいのことはいえるけど、それ以上のことは僕にはいえない。それは分かりませんけどね。

質問者3　先ほど三人の特徴として、下町ということを挙げられました。周りの人が自分の手の内を全部知っていて、家の中のことも知っている。それは慰安でも重荷でもあると。僕なんかも田舎の出身ですので、村なんかでも同じようなことがあると思うんですね。村出身の文学者っていうのはたくさんいる。そういう人たちと下町出身の文学者を分けるとすれば、どうなるのか。そのあたりについてお願いします。

ひと口に東京の下町といっても、今はそうじゃないところもありますけどね。ようするに壁ひとつで隣っていう意味合いで、よく分かっちゃってる。江戸時代の三軒長屋の延長線に展開されてるのが、下町ですからね。自然に囲まれてて、家が離れたところに点々とある。だけど囲まれてるところはひとつの閉鎖地域だから、村のことは、噂から噂ですぐに分かっちゃう。親戚づきあいで分かっちゃう。これと下町とは違うと思いますね。地縁的な共同体の要素はないんですけど、今の具体的な生活としては隣のことをよく知っている。こっちにお米がなければ「ちょっと貸してくれませんか」っていう感じで。それができるっていう意味合いで、村の共同体とは違う。

それからだいたい、自然がないんですよね。閉鎖地域だからそうなってるというよりも、同じ貧しいところに固まってるからそういう付き合いがある。そういう意味合いのほうが強いんじゃないでしょうか。地縁が一緒に住まわせてるとか、血縁が似てるから一緒のところに住んで村をつくってるとか、そういう意味合いはないんですね。土地にたいする思い入れやつながりは、そんなにないと思います。ただ江戸時代からの延長で、そうなってると思いますね。そういうところが違うんじゃないでしょうか。

それから、下町には何代もいないと駄目で。そういう意味では、僕らにもよく分からないところがあるんだけど。下町っていうのは東京地方ですよね。つまり何々地方っていうのと同じで、東京地方なんですよ。だからそこで使われてる言葉も、わりに東京方言なんですよ。東京方言っていうのがあるんですよね。堀辰雄やこの人たちの作品の中にも、方言がありますよ。僕は見つけることができます。「これは東京の方言だな」っていうのがありますけどね。とにかく下町っていうのは、東京地方なんですね。

「京都地方の人はこういう人で、こういう傾向がある」っていうのと同じように、東京地方のやつにも特有の傾向があると思うんです。やっぱり、江戸時代からの傾向があると思うんです。たとえば、ひとつは、おつりをよこさないところがあるんじゃないかなと（会場笑）。僕は、そういうところが癪に障るからね。僕の両親は九州出身で、お腹の中にいる時に東京に来た。一代あるかないかだから、そういうことをされると「ちきしょう」と思うんですよね。つまり、そういうところの感受性が違うんです。

たとえば駄菓子屋さんに行って、五十円で駄菓子をひとつ買った。五十円で買ったっていうのはまずいか。まぁ、それでもいいや（会場笑）。そこで百円玉を払ったとするでしょう。そうすると駄菓子屋さんのおじいさんとかおばあさんがいますよね。江戸時代、あるいは明治初年の頃からそこに住んでて、隣近所のことをよく知ってるんじゃないかと思われるおじいさん・おばあさんがいるとする。そこで五十円の駄菓子を買って、百円玉を払うでしょう。おじいさん・おばあさんだから、そこで「別につりはいらねえよなぁ」と思うんですよね。でも普通、百円玉を出したらおつりが要りますよね。だから、これはまずい喩えなんですけど（会場笑）。

あるいは九十円の駄菓子を買って、百円玉払ったとする。すると駄菓子屋のおじいさん・おばあさんは「まあ、つりは要らねえよなぁ」っていう感じでさ。こっちは十円おつりを出してきたら「いいよ、おじいさん」っていおうと思うわけですよね（会場笑）。ところがその前に、おつりを出さないわけですよ（会場笑）。そうすると釈然としないわけですね。「まあいいよ。こっちはおつりを取ろうと思ってないんだから」って思うんだけど、向こうは全然よこさないんですよね。そうすると「ちょっと違うよ」っていう感じになって（会場笑）。僕は、そういう食い違いを感じますね。

僕は一代の東京ですけど、何代もそうだっていう人たちの感受性とはそういうところで食い違うような気がするんです。東京的感性からいうと「お前はくどいんだ。あくが強いんだ」っていうことになるんだけど、僕はそうじゃないと思う。やはり、感受性のタイプが違うと思うんです。こちらは、やろうと思ってるわけですよ。おじいさんがヨチヨチしながらやってる駄菓子屋さんで九十円の駄菓子を買って百円出したら、「十円取ろうとは思わんな。あげてもいいな」と思ってる。その時点では、同じなんですけどね。いったんおつりをくれたら「おつりはいいよ」っていおうと思ってるんだけど、その前に出さないわけですよ（会場笑）。そうすると、ちょっと釈然としないということになるでしょう。

僕はそういう食い違いを感じますね。江戸っていうものに、そういう食い違いを感じます。これは近世後期の江戸文化になるわけですけど、その中に一種の感性の違いを感じます。下町というのはやっぱり、東京地方なんだと思いますね。東京弁っていうのは、東京語っていうのはある意味で標準語になってますけど、標準語っていうことにはあまり意味がないんですよね。では、何が標準語なのか。たとえば、奈良朝時代の標準語っていうのは九州弁なんですよ。九州弁が標準語なんですよ。その時代時代の文化・政治の中心だと思われているところの言葉が、その時代の標準語になる。だから平安朝時代になると、今度は京都弁みたいなのが、近畿弁みたいなのが標準語になるんですよ。そして明治以降になると、江戸弁・関東弁みたいなのが標準語になる。もちろん標準語になるまでには、いろいろな洗練や変化を受けますけど。方言・言葉っていうのは地域的な違いであると同時に、時間的な違いでもある。だから、古典語を古い昔の言葉としてだけ考えたら間違うんです。古典語っていうのは方言なんです。その時代の文化的な中心地の方言なんです。それと同じように、東京方言っていうのがあります。それから東京地方人っていうのもいます。そういうことじゃないでしょうか。そこが違うんじゃないでしょうか。それぞれのものを背負っていろいろなところから来て、文化に携わっている人と下町育ちの人では、そこが違うんじゃないでしょうか。

みなさんも、おつりをよこさないっていう要素が三者三様にあることをすぐに発見しますよ。「この人たちはおつりをよこさない人だな」っていうところが、非常によく分かる。俺は分かると信じますね。そういうのがあると思いますね。

質問者4　先ほど、匂いのほうが近代的な欠陥とおっしゃいましたけど、そこのところでちょっと疑問がありまして。（聞きとれず）身体的・生理的な弱さと詩とのつながりについて、お聞きしたいんですが。

資質といいましょうか、生理的・身体的な宿命でもいいんですけど、それにまつわる課題を、たいへん高度な文学的課題に持っていった。そういう意味においては、非常に大きな達成といえるんじゃないでしょうか。しかし「そんな問題に固執したって、文学の主要な課題はすっぽ抜けちゃって、ないじゃないですか」という意味合いからいえば、そこは回避された、よけられたという評価になっていっちゃうんじゃないでしょうか。それは評価する人の仕方で、いくらでもニュアンスが変わってくるんじゃないかなと思うんですけどね。僕はそういう問題を、投げ出せればいいと思ってるんですけどね。ただ文章でやれば、もう少しうまくやれるような気がするんですけど。うまくやれたかどうかは別なんですけど、ただ投げ出せばいいんじゃないかと。

質問者4 芥川の自殺については、どう□□□。

ああ、そうか。僕はそれを書いたことがあるので(会場笑)、見てくださるといちばんありがたいんですけど。

質問者5 漱石のほうは生涯、課題を追求して果てたというか、そういうところがありますよね。一方で芥川とか堀とか立原は、全体的に課題からそれていっちゃったところがあると思うんです。漱石と芥川・堀・立原の関係はどうなっているのか。それからもうひとつ、高村光太郎との比較についてもお話しいただければと。

漱石の文学的課題にはいろんな集約の仕方とか論じ方があるんだけど、ひと言で最もうまく集約できるつかみ方は三角関係なんですよ。漱石の文学の特徴は、三角関係の表現なんですね。それが主要な課題です。その三角関係にはもちろん、現実の男女の三角関係という意味合いもあります。それはいわば、不可能な課題ですよね。三角関係という不可能な課題に執着するという資質ですよ。これが漱石の文学の特徴なんですけど、そのことの中には文明的・時代的な意味があるわけです。漱石は無意識のうちに、三角関係の一角は西欧文明の象徴なんですよ。つまりそれは、ヨーロッパ近代の象徴なんですよ。ヨーロッパ近代にたいするアンビバレンツなといいましょうか、二律背反的な格闘、つまり内的意識の自律性との格闘みたいなもの、それを引き戻そうとする日本的感性とか日本的自然感性との葛藤ですね。漱石は文学の中で三角関係に執拗にこだわりますけど、そのこだわり方の中にはそういう意味合いも同時に象徴されています。だからひと口につかむと、そこが主題なんですよね。

芥川は漱石の弟子でかなりの人ですから、『開化の殺人』『開化の良人』などのいくつかの作品の中でやっぱり三角関係に固執しています。漱石は『行人』でも『門』でも三角関係に固執したわけですが、その中には文明の問題があるということを芥川はよく見抜いていた。でも見抜いてるとはいえ、もっと小規模ですよね。作品としても小規模だけど。あえて『開化の殺人』『開化の良人』っていう、つまり「開化」という題名をつけて、まさに文明の問題として三角関係の問題を追求しています。

では近代的自我の独立性、西欧文化・西欧近代との関連における確立性はどこで可能か、あるいは不可能か。おそらくこれは漱石にとって、ひと言でいえる重大な課題だったと思うんです。芥川は、それをやっています。小規模で課題をそらしながらでも、それをやっています。しかし、堀辰雄にはそれはありません。だけど芥川が取り組んだそういう問題は、堀辰雄の小説の中によく描かれています。つまり芥川が現実にやった三角関係みたいなものをそばから、後ろから見ていて、作品の中で描写している。たとえば『菜穂子』に出てくる森於菟彦、『聖家族』に出てくる九鬼は芥川のことです。つまり、モデルとして考えられてるのは芥川です。それから『菜穂子』に出てくる夫人は、菜穂子の母親ですけど、その母親は片山広子がモデルになっている。芥川の後ろ姿から、そのことをよく見ていると思います。そういう意味合いでは、堀辰雄の中にはそういう問題がまったくないとはいえない。その課題が皆無とはいえないけど、そこではもう文明的あるいは思想的な意味合いは全然すっぽ抜けていると僕は思います。堀辰雄の感受性の問題、心理の問題として、そういうことがあると思います。立原道造の場合、それは完全にありませんね。その問題はありません。だから、そういうふうになってるんじゃないでしょうか。

僕は高村光太郎についても書いてますが、そこではわりによくやってる、よくでもないけど（会場笑）、やってるような気がするんです。そんな気がしますけどね。

（京都精華短期大学講堂）

〔音源あり。文責・菅原則生〕

【詩誌『無限』発行所　無限事業部主催】――1979年3月7日

現代詩の思想

質問者1　今日の講演では、小林秀雄をダシに使って、詩について述べられたような感じでした。小林秀雄の『考えるヒント』の中に、「青年と老年」という短い文章があります。それを読みますと、堀江謙一の『太平洋ひとりぼっち』について書かれている。そして『徒然草』からは、次のようなところが引用されていて。みんな、死は向こうからこちらへやってくるものと思っているけれども、本当はそうではなく、実は背後からやってくる。みんな、沖の干潟《ひがた》にいつ潮が満ちるかと眺めているけれども、実は潮は磯のほうから満ちるものだと。そして。私には若い頃、楽しみがいっぱいあった。しかし年を取り、楽しみを苦労して探さなくてはならなくなってから、初めて私は人生を歩みだしたような気がする。堀江謙一の『太平洋ひとりぼっち』がベストセラーになったけれども、青年っていうのはみんな面白い。自分の力で自分の若さをしっかりつかんでいる青年は、もっと面白いはずではないか。そういうことが書かれているんですけど。そんなふうにいわれると、なんだか心にビンビン来て、非常に面白く読めたんですが。だからあんまり小林秀雄をダシに使って、そういうことをいうのはいかがなものかと（会場笑）。

僕は小林秀雄をあれに挙げたでしょう。小林秀雄には『本居宣長』という、わりあい近年に書かれた本があります。僕はそれが念頭にあったから、「あーあ」と思ったんです（会場笑）。僕はあなたが今いってくれた小林秀雄の言い方に真理がない、あるいは老いっていうものにたいする自覚がないとはいわない。いわないんだけど、つまりこうなんですよ。

年を取るにつれて何を失っていくかというと、制度を失っていくんですよ。制度というのは、政治制度や社会制度に象徴させてもいいんですけど。年を取ってきて、少なくとも心の中では老いというものが第一義的な問題になっていきますと、制度にたいする考察を失っていく。これが一般的なパターンなんですよ。年を取っていくにつれて、制度にたいする考察を失っていくのはどうしてか。老いを自覚してくると、自分の正義の衰え、若いときとの認識の相違がいちばんの関心事になってくる。かつては何らかのかたちで、制度にたいする考察がなされていた。年を取るとそのことがいかにもあほらしいこと、遠くにあるどうでもいいことのように思われてくる。日本だったら、特にそうなんです。それはなぜかというと、自然というものが制度の代用をしているところがあるからです。だから制度にたいする考察というのはものすごくまだるっこいというか、どうでもいいことのように思われてくる。「若いときには、よくあんなことに血道を上げたものだな」と思うようになっていくのが、一般的なパターンなんですよ。つまり制度にたいする考察、あるいは姿勢とか態度を失っていく。

少なくとも日本の文学とか思想の場合、それは老いの自覚の第一義的なパターンなんです。本居宣長は「おのづから」という一種の自然思想を提示したわけですが、小林秀雄はそういうものに現代的な意味合いをつけていく。僕はやりきれないですね。たとえば三島さんの晩年の思想にも、そういうところがあるんだけど。「天皇様！」っていう天皇制が自然制度、つまり自然を制度化したものと同じように見えてくるんですね。これが政治制度とか思想制度というよりもむしろ自然制度のように見えてきて、しまいには「肯定されるべきものだ」という。もう、あからさまにそうなっていくんですね。感性がこれを肯定されるべきものとして受け入れていくと、今度は逆にそれを裏付けるための論理をつくろうとする。小林秀雄なんかは特にそうで、後から論理をつくろうとするわけですよ。そうすると、「国民の大多数が承認してるんだ。昔からそれを承認したんだ」ということをいいだすわけです。でも、それは嘘じゃないですか。それは歴史にたいする無知じゃないですか。日本的な制度、あるいはアジア的な制度にたいする無知じゃないですか。

古代の政治思想、つまり天皇制の成立期における政治思想にとっての国民と考えられたのは、自分たちの共同体の中の使いっぱしりなんですよね。小林秀雄のいう国民っていう概念は、そこでしか成り立たない。数百人の共同体にくっついてた使いっぱしりの人たちを除いた、地域でいえば近畿地方の京都盆地・奈良盆地のごく周辺以外のところに住んでいた人たちは国民と考えられていなかった。つまり九割九分九厘の大多数の人たちは、国民と考えられてなかったわけです。でも、そういう人たちは「そんなのは別にどうってことない。全然関係ない」と思って暮らしていた。自分たちで村落の長老を選んだり、お祭りをどうしようとか、穀物をどうつくってどう分けようかとか、彼らにとって、それは非常に重要かつ切実なことだったけど、その上にいる知らない人のことなんか全然関係ないと思って生きて、かつ死んでたんですよね。つまり農耕したり、お祭りをやったりして死んでいた。だから彼らは、自分のことを国民だなんて全然思ってない。

老いというものは最初、感覚的に自然的制度を承認する。年を取っていくにつれて、制度思想というものを失っていきますから。小林秀雄にはもともとそういうものはないんですけど、老いたらなおさら失っていきますからね。老いによって「天皇制みたいなのは自然制度であり、自然と同じなんだから肯定的なんだよ」というふうに、感覚的に受け入れちゃっておく。それで批評家ですから、後から論理をつくろうとするわけですよ。つまり本居宣長をダシにして、論理をつくるわけですよ。そうしたらその論理はまるで駄目で、めちゃくちゃだっていうことになるんですよ。いい年して、それは無知じゃないですかと（会場笑）。今度はそういうふうになっちゃうんですよね。そこが小林秀雄の問題で。

僕は、それが頭にあってね。みんなそうなんですよ。制度にたいする思想はもともとないんだけど、年を取ってくるとなおさらなくなってくるんですよ。若いときの小林秀雄は「自意識こそが文学だ」というところにいた。そこにいること自体が社会の常識にたいする異和感であったり、反発・反抗であり得たんですけどね。そのときは社会において拗《す》ね者であり得たんだけど、そういう存在自体がなくなっていった。そして老いが自然制度を承認するということになり、後から論理をくっつける。でも、その論理はまるででたらめで。「それは一丁前の批評家がいうべきことじゃないですよ。それを知らなかったら問題にならないでしょう」ということになってくる。しかし、日本の批評家の場合、それ相当であるほどそうなっていくという厳然たる事実がありますね。そのことはものすごくたいへんで、おっかないことのような気がするんです。つまり、それは非常に大切なことのような気がするんです。

僕はいつでも、それが念頭にあってね。あなたがいうことは、達人の認識だと思うんです。あなたがおっしゃるように、「老いというものにたいする、一種の達人の認識だよな」という意味合いでは、小林秀雄がいってることは面白くないことはないですよね。「おお、感心するよ」とは思わないけど（会場笑）。しかし制度にたいする思想、あるいは存在自体が制度にたいする異議申し立てであるという態度を失っていった場合にどうなるか。老いの自覚がそれを失わせた場合にどうなっていくかといえば、そのコースは決まってるじゃないかと。僕は小林秀雄を見るとき、いつもそのことが念頭にあるんですけどね。

僕はまだその年齢じゃないですからね。「お前、今、偉そうなこといってるけど、どうなるか分からんぜ」っていわれると、それこそ分からないけどね。しかし僕はいつだって「俺はそうはなりたくないね」と思いますね。いつだって僕は、「ああはなりたくないね」って思うわけです

（会場笑）。

質問者1　あの、制度っていうのがよく分からないんですけど。『本居宣長』の荻生徂徠について触れているところで、次のようなことが書かれています。「人は悲しみのうちにいて、喜びを求める事は出来ないが、悲しみをととのえる事は出来る。悲しみのうちにあって、悲しみを救う工夫が礼である、即ち一種の歌である」。そういう考え方で詩をつくれば、自分の内なるひずみみたいなものを整えて、感動を表現することができるのかなと。そういわれてみればそうだなと思って。現代詩の中で制度というのは、どういうかたちで出てくるのかなと思って。

「この制度はけしからん」ということを主題にしている詩だと分かりやすいから、それは置いておくとしまして、そういうふうに直接性じゃないとすれば、制度というのはどういうふうに出てくるか。それにはふたつぐらいあると思うんですけど。

まず、制度というのは、詩のリズムの中に出てくるような気がするんです。その人の内面にある、制度にたいする無意識の成り立ちというのはリズムの中に出てくると思うんです。緻密に見ていけば、そこに制度を見いだすことができるんじゃないかと思います。七五調みたいなのは分かりやすすぎますから、それは別にしておきますけど。見れば分かりますけど、現代詩といえども内面のリズムをちゃんと持っている。一見すると散文の行分けみたいに見えても、ちゃんとリズムがある。散文詩っていうのもありますよね。谷川俊太郎や天沢退二郎の詩は散文詩で、別に行分けしてないですけど、リズムがある。そのリズムを非常によく考えますと、その人の制度にたいする姿勢とか態度とか感性が分かる。僕はまずそう思います。リズムっていう意味合いを広くいえば、それでいいわけですけど。

もうひとつは、表現の論理性――もちろん詩ですから、論理性は感覚や心理、意識の流れなどに裏打ちされているわけですが――詩の表現の論理性の中に、その人は制度にたいしてどういう考えや態度をもっているか、無意識の感性をもっているか、非常に緻密に見ていけば、それが分かるように思います。

あなたは荻生徂徠とかいうでしょう。年取ってわび・さびとかいうようになっていったら、どうして悪いのかと思うでしょう。別に悪いってことはないんですよ。それはその通りだから、そうなった。だから、別に悪いっていうことはないっていうことになるんです。でも「これはやりきれないよ」っていう観点が出てくるのは、現代っていうものの世界像なんですよ。世界像っていうのは、世界についてのイメージとかヴィジョンとか、どういう言い方をしてもいいんですよ。あるいは、もっと内面的なものとして理解してもいいんだけど、そういうヴィジョンは何なのかということに照らして考える。目に見えないヴィジョンやイメージを基準にしたとき、「それじゃやりきれないよ」と思う。それだったら、まだ、サルトルのほうが正しい態度だよ。そっちのほうが価値があるよ。サルトルの老い方のほうがいいんだよ。そういう言い方が出てくるのはなぜか。何をもって世界ヴィジョン、世界のイメージとするか。あるいはそのイメージの価値をどこに置き、どこに思い描くか。そういうことをもとにして「これじゃ駄目だよ」「これじゃやりきれないよ」っていうことが出てくるわけですよ。
荻生徂徠の思想っていうのは、近世において江戸幕府が採用した制度の思想、儒学の思想、いわば中国の古代思想ですよね。それは明瞭に、制度イコール自然という思想なわけですよ。制度っていうのは自然である。だから政治支配というのは自然であり、自然秩序なんだ。天然自然、天地山河の運行、つまり自然の運行にいちばん近いところにいるのが天子なんだ。天の道、運命・宿命にいちばん近いところにいるのが天子なんだと。

質問者1　荻生徂徠はなんとなく分かるんですけど。本居宣長は『源氏物語』を□□□□。

いや、そうか、いいですよ。それなら自然詠、つまりストレートに自然を詠み歌っている『古今集』なら『古今集』の性格を見ていけばいいわけですよ。その中で制度というのは、リズムと論理のふたつに現れる。『古今集』に収められた詩歌に、制度はどのようなかたちで現れているか。連中が制度思想を持ってたとしても、そんなにたいして持ってたはずはないんですよ。持ってたとしても、せいぜい仏教の思想や儒教の思想しかないはずですよ。だから、思想として取り出されるようなものはないんですけど、感覚的にはあるわけですよ。
では、思想・制度というのはどこに現れるか。『源氏物語』や『古今集』にとって自然を主題にし、どう考えるかということは主題自体なんですから、それを探ったってしょうがない。それじゃあ、たいした探り方はできないでしょう。本当の意味でそれを探りたいなら、詩歌のリズムのあり方、表現の論理のあり方を見るべきです。そうすれば、『源氏物語』の作者や『古今集』

の詩人たちが持っていた制度についての考え方、それが無意識に何であったかを見いだすことができると思います。もちろん見いだすことが批評ではありませんし、鑑賞の第一義でもないんですけど。しかし、あなたがそれを見いだしてみたいならば、そういうふうに見いだことができると思います。

僕だって別に、小林秀雄が書くものに感心しないわけじゃないですよ。分からんちんじゃないから分かるさ。でも、もうやりきれんじゃないですか。日本の文学者とか思想家とかが行き着く先は、みんな同じじゃないですか。それは当然といえば当然だけど、やりきれないじゃないですか。それを肯定するなら、どうして初めから肯定しないんですかと。そういうことになってくるわけですね。初めはそうじゃなかったのに、どうしてそうなっちゃうんですか。もう、やりきれないじゃないですか。人間はオギャーと生まれて、年取って死にます。そういってるだけじゃないですか。そんなこと、お前にいってもらうまでもなく誰だってそうしてるんだから。そういうことになるわけでしょうが。

僕は、そういうことをいいたいんですよ。それがどこから出てくるか、分からないんですけどね。ある未知の世界像は、そこから出てくるんですよ。そこから出てきて、そういうことを言い得るわけです。「そんなものがなくたって、詩は書けるじゃないか」っていうのはその通りです。「そんなことは別にいいじゃないですか」っていわれたら、「うん、そうですよ」っていうしかない。ひとり対ひとりのときは、「個々の詩人はこうせんならん。お前はこうせんならん。これがないのはけしからんぞ」っていいたいわけですけど。でも、一般論としては、そんなことはいいたくない。そんなことはどうでもいいさと。詩っていうのは、その詩人にとって最も切実に関心のあることが表現される。それだけのことですよ。それ以上の意味合いはないですよね。主題にもモチーフにも、それ以上の意味合いはないですよ。芸術・文学には一般的に、そういうものはないですよ。だから、それでいいわけですよ。

僕がいいたいのはそうじゃなくて。もしその詩人が「現在って何?」「現代って何?」「思想って何?」っていうことに、いささかでも関心を持ち、何かいいたい気になってきたら初めて、僕が今日いったようなこととひっかかりが生ずる。僕はそう思いますね。だけど、そんなことにならなくたっていいんですよ。ならないから悪いとか、そんなことは絶対にないんですよ。ならなくてもいいんですよ。そんなことは何でもないんですよ。芸術とか文学では、こうあらねばならないということは何にもないんですよ。「ねばならない」っていったって、いい芸術ができるわけがないんですから。できるときもありますけど、だいたいにおいてはできるわけがない。その人にとって、最も意識的・無意識的に切実なるモチーフ、切実なる主題が表現され、歌われる。それだけのことです。それは誰にも覆すことも、変えることもできない。それ以外のことは誰もしないし、できないわけです。それはもう一巻の終わりで、それでいいということです。

ただ現代とか現在とか思想って「なんだい」っていうことに、詩を書く人があるときとらわれないとはかぎらない。とらわれたときに初めて、僕がいったようなこととの引っかかりが生じる。

そこで初めて、「野郎がいってることは、こういうことだったのか」ということを実感として出てくるのではないかと。でもそんなのは出遇いの問題ですし、そんなものがなくたって詩は書けます。それでもいっこう差し支えないですし。それは倫理的な価値判断の問題でも何でもないから、それはそれでいいんですけどね。

小林秀雄は、制度自体を喪失したならば、制度について何もいわなきゃいいんですよ。何もいわなきゃいいのに、「天皇制っていうのはいいんだ、いいんだ」っていうでしょう。つまりそこで、ちゃんというんですよ。宣長の本を書いて、宣長の言葉を借りつつ自分の論理を使ってそういうことをいうわけですよ。いわなきゃいいんですよね（会場笑）。いわなきゃ何でもないわけですよ。制度を失ったっていいですけどね、そんなことをいわなきゃいいじゃないですか。だけど、そういう人は必ずいうんだから。必ずいうんだよ（会場笑）。

質問者1　『本居宣長』の中で、制度についていってるわけですね。

いってますよ。明瞭にいってますよ。もう、かなわないですよ。やりきれないですよ（会場笑）。それにたいしてつける論理がまったく無知蒙昧で、やりきれないですよ（会場笑）。そんなの、考えたことがないならいわなきゃいいのに。制度を失ったら失ったで、別にいいんだから。「俺には老いと若さについての考え方しかない」っていうんだったら、それはそれでいい。だったらいわなきゃいいのに、そういう人は必ずちゃんというんだから。必ずそうなんですよ。三島さんだって、そんなことはもういわなきゃいいんだよ（会場笑）。日本の文化についていうんだったら、ただ花鳥風月っていえばいい。そこで天皇のことなんかいわなきゃいいんですけど、やっぱりいうんですよね。江藤淳さんだって同じだよ（会場笑）。あまり関心がないのに、いうんだもんね。政治とか制度とか、そういうことをいうんだから。

制度がないのはいいんだけど、制度について考察するかどうかということは、その人の恣意的な問題ですね。文学・芸術にとっては、そんなことはどうでもいいことなんだけど。それは、芸術の価値の問題でも何でもないいんですけどね。だから、持たなきゃいけないということでもないんですけど。でもそれだったら、やっぱりいわないほうがいいですよね。だけど、ああいう人たちは、必ずいうんですよ。いうと必ず、自然的な制度として必ずそれが現じてくる。儒教・儒学思想、徂徠や仁斎の思想は自然制度の思想ですよね。アジア的思想っていうのはそうなんですけど。これは制度と自然が結ばれるところでできあがってる思想で、ともすると原理になり得る。だから、そういうことの問題じゃないと思うんですけど。（中断）

質問者2　今日のお話は思想としての身体□□□□□。身体には当然、行為というものが出てくると思うんです。言葉と行為の関係は心的現象の面からつかまえられるという観点から、言葉と行為の関係についてちょっとお話しいただきたいんですが。

僕は自分で言葉について考えたり、感じたりしたんですけどね。その場合、僕の根本的な考え方のモチーフになったのは、言葉の構造と行為の構造をどう結ぶかということよりも、言葉が言葉にとって自己表現であるということは何なのか、そういうところに非常に大きな重点を置いて、言葉の問題を考えたと思うんですよ。

行為の構造と言葉の構造を結びつける場合、媒介になる概念は意味だと思うんです。行為することは意味を求める。たとえばこの眼鏡を取ってここに置くという行為は、ここにある眼鏡を取ってここに移したという行為です。では、その行為の意味は何なのか。ここからここへ移す意味が、行為の意味になるんですけど。何らかの意味があってここにある眼鏡をこっちに移したか、あるいは何の意味もなしにここにある眼鏡をこっちに移したか。意味という概念と言葉の概念を結びつけると、何らかの言葉が発せられたとき、それには何か意味があると見なされる。何か意味があることを相手に伝えたい、あるいは自分自身にはっきり伝えたい。行為の意味をはっきりさせるために、言葉は表現される。そう考えれば、言葉が表現される構造と行動・行為の構造は意味論として結び付いていく。あるいは、そこには意味論として追求できる基盤があると思います。メルロー＝ポンティもそうなんだけど、ヨーロッパの言語学にはわりあいにそういうところがあるんですね。近代・現代において言語を考察する場合には、わりあいにそういうところがあるんですよ。だけど、僕が言葉について考察するいちばん大きな動機になったのは、そうじゃなくて、言葉っていうのは言葉の自己表現なんですよ。そういうことがいちばん問題なんですよ。それは何に結びつくかというと、価値っていう……（中断）。

（明治神宮外苑絵画館文化教室）

〔音源あり。文責・菅原則生〕

【富士学園労働組合主催】――――――――１９７９年３月17日

障害者問題と心的現象論

男性　いま、目の前で□□□して、□□□それで今日□□□いろいろな□□□精神状態□□□ですね。正直、だから、一時的なものじゃなくて□□□どういうふうなかたちの、やっぱり□□□抑圧されているというか、そういうのが□□□そういう□□□そういうところ受け□□□僕は美意識みたいなものだと思うのですね。□□□その美意識というのは□□□その美意識の変化は□□□僕らが例えば（数分つづく。聞き取れず）。

いいですか。あまりよく聞こえなかったんですけど。あれじゃないでしょうか。違う例を挙げますけどね。聖書なんかを見るとさ、キリストがさ、悪鬼を追い出したんだというようなあれがあるでしょう。それだから、あなたのおっしゃるように、永続的な精神障害というものがあったんじゃないでしょうか。

それからね、これは、そのあれによって違うんだけれども、だいたいそれじゃ、どうして一時的な精神障害者でね、しかも、神のお告げみたいなのをやるやつをどうやって見つけるかという場合、いろんなやり方というのがあったんでしょうけど、例えば、ひとつのやり方というのは、そういう素質のあるやつを、そういう素因が何となくある人間を、子どもを、例えば、部落の中から探してきて、それをとにかく一定のところに閉じ込めておいて、そこでつまり、部族の伝承とか、こういうことはしていいんだとか、こういうことはして悪いんだということを、とにかく教え込むということがひとつと、そういう人間をとにかく飢餓状態において、つまり人工的に精神がおかしくなる状態に、例えば、食料も何も与えずに、野原なら野原に追っ払ってしまう。

それで、追っ払われた人間が飢えたりしながら野原をさまようみたいな。何が正常であるか、何が異常であるかということは、自分でも分からないようにしちゃって、なっちゃって、それでそのまま飢えて死んじゃうやつもいるし、それを試練だとすれば、そういう試練に耐えて、帰ってきたら初めて、そいつのいったことは神のお告げだというふうに部落全体が承認するみたいに、そういうふうにした場合もありますから、あなたのおっしゃるように、永続的におかしかった、精神障害を持った人も、一時的な障害の人も、それから障害をつくられた人も、つくるという過程を経た人もいたと思いますね。古代において、いたと思います。そのとおりだと思いますね。

ただ、要するに、それをどう尊重するか。例えば、永続的に障害を持っている人でも、先ほど、僕らも子どものころそうだったというのがありましたけど、いまの人の、そういう人に対する待遇の仕方と、まるで違うんですよ。つまり、もっと牧歌的なわけですよ。つまり、相互扶助というのはね、行き届いているんですよね。それはたぶん、古代の社会を実験したわけじゃないですけれども、つまりそれは理論的に考えられる限りは、その相互扶助の中で、いま、非常にある長い期間精神障害である人が受けている待遇よりも、はるかにいい待遇と、いいコミュニケーションみたいなものを受けていただろうということは、僕は言えると思うの。それが答えになっているかどうか。

それから、もうひとつは、あなたのおっしゃるとおり、人間、そこを美意識といったのか、ただ意識といったのか、よく分からないんだけれども、つまりあなたのいっていることはものすごく難しいことなの。つまり、例えば、ほかの条件が全部同じだと仮定するんですよね。それで、例えば、ある肉体労働の職場で、ほかの条件も能力も全部同じだと。だけど、例えば、Aという人は片腕がなかったんだと。Bという人はあったんだと。そういう場合、その二人の人が、ほかの能力は全部同じ、能力とかほかの条件が全部同じと仮定してそうだったときに、どちらをとるかといったら、両方ある人をとるというふうになるでしょう。なぜそうなるのかということがあるでしょう。なぜそうなんだろうかということはあるでしょう。

それから、もっと、あなたのいったことをね、美意識というふうにいったのかなとも思うんだけれども、美意識という問題でいってもいいんですよ。例えば、ここに、女の人をいうとまずいからさ、男にしようか。つまり、一人の女の人がいて、ほかのことは全部同じ、能力も同じ、根性もひねくれてないと、ひねくれている度合いも同じだという二人の男がいた。例えばここに、僕みたいな醜男と、あなたみたいな好男子とがいたとする。女の人はどっちと結婚しようかといったら、あなたのほう、好男子のほうと結婚しようというんだよ（会場笑）。ごく一般的に、ほかの条件が全部同じなんですよ。そうだったら、そうなるんですよ。

それはなぜだろうか、それは美意識の問題だよね。なぜだろうかということなので、その問題は、一見すると、ものすごくやさしいようで、本当はものすごく難しいことなんですよ。非常に難しいことが、その中に含まれているんですよ。それで、もしその問題、美意識の問題、あなたは美意識といったと仮定していうんだけど、美意識の問題として、このことをつまり、ごまかしなしにこのことに対処できる人というのは、存在し得ないんだよ。つまり、現存し得ないんだよ。

つまり、人間というのは、人類の歴史というのは、そこまでいってないんですよ。つまり、ほかの条件は全部同じ、それから、俺は醜男、あなたは醜男じゃないとね。そんなことは問題にならないんだというように人間がなるということはね、たぶん俺は最後に残るだろうというふうに思うの。つまり、これに対するさまざまな解釈の仕方は可能だしね、それから個々の人はそれぞれ解決しますよ。解決しますよ。個々の人は、こんなことを一般的にいったら失礼なわけでさ。

女の人だってそうじゃないの。醜男のほうが好きなんだという人はいるからね、個々の人の好みというのがありますからね、そういうふうに適当にやっているんだけど、そういうことを俺はいおうとしているのではなくて、非常に普遍的なことをいえばそうなるんですよ。ほかの条件が全部同じだったら、どっちが好きといったら、醜男よりもそうじゃないほうがいいというに決まっているんですよ。その問題はね、つまり普遍的な問題としてね、非常に難しい問題なんですよ。つまり、そのことをごまかさずにあれすることは非常に難しい問題なんですよ。

身体障害という問題もね、その難しさがあるんですよ。その難しさに対して、答えることができないんですよ。少なくとも僕はできないんですよ。つまり、僕は相当ものを考える人間だと思っているけれども、しかし答えることができないですね。これは、たぶん俺は最後まで残るという、相当難しい問題だ。だから、身体ということ、あるいは身体というのは何なのかとか、障害というのは何なのかということは、相当大変な問題なんだよというふうに考えてくださいといっていることは、それなんですけどね。

だから、あなたはやっぱり大変難しいことをいっているんだよ。僕は再三再四それをいっているんだよ。そんなこと、俺には分からんよということをいっている（会場笑）。そうなんですよ。だから、それが分からんというのは、たぶん相当いい答え方なのではないかというのは、僕のあれです。

男性　僕が聞いたのは、もちろんそういう□□□いうのは□□□難しいということは分かっていて聞いて□□□ただ、僕が一つ□□□本当にそれが□□□なり得るだろうかと思うのです（聞き取れず）。

こうなんですよ。そんなものは希望になり得るかというと、僕は、ちっとも希望にはなり得ないと思うんです。つまり、ただ、糸口だと思うんですよね。例えば、あなたは生産ということをいうから、生産ってさ、働きがいとか、働く能力とかいうことになる、同じことなのだから、いまの例で押し切ってしまいますとね、一人の女の人が、あなたは好男子で、俺はそうじゃないからって、あなたのほうを選ぶに決まっているわけですよ。

だけども、要するに女の人はさ、あからさまにはいえないじゃないの、それがまあ、希望の糸口だよと（会場笑）。つまりさ、そういうことなんですよ。だから、それ言わないで、ほかの理由をつけたりさ、あるいは建前上は、べつに、顔があれだから引かれたわけじゃないみたいなことを、建前上はいわざるを得ないとかさ。つまり、あからさまにいえないでしょう。つまり、人間すべてみんな平等であるみたいな、一種の、つまり何ていいますかね、通念がさ、近代市民社会も成熟してきますので、その通念が流布されるわけですよね。

その通念に反することは、保守主義者であろうと、革命主義者であろうと、それは、その通念に反することは、あからさまにはしないんですよ。本音をいわせれば、みんな本音はあるんだけどさ、あからさまにはいえないという、建前上はそこはいえないんだよということがあるでしょう。そのことは、建前上も本音もね、働く能力がなければ駄目だって、こういう近代資本主義社会になったときに、興隆期にはそうだったわけですけどね。そういうものを、いまも惰性でそういうことがあるんですけど、それは、徐々にその惰性も通用しなくなっているよということだと思うんですけどね。

その建前としては、人間はみんな平等なんだということが流布されていて、それは政治理念のいかんにかかわらず、そのことは、あからさまには誰もいうことはできないというふうになっていることは、いわば人間の歴史の観念というのは、少しずつは変わっていくじゃないかということの、それを糸口といえば、あるいは希望といえば、希望の糸口みたいなものではあるんではないでしょうかって、それだけのことなんですけどね。

男性　人間の見た目に関しては□□□それと□□□人間はいいかげんですから。

いいかげんだよね。いいかげんなんですよ。つまり、やっぱりね、限りなくいいかげんなんですよ。だけれどもね、こういうことだけは確かなんですよ。人間の、例えば、思想とか、思考とかね、文化とか、知識とかね、そういうものがつくり上げてきた歴史があるでしょう。つまり、何千年なら何千年、もっと何万年なら何万年という歴史があるでしょう。その歴史がつくり上げてきたそのものというのはね、例えば、無視することもできるし、そんなのは全部なしにすませて、それでいいかげんにすることもできますしね、生きかつ死ぬこともできますけどね。

生きかつそういうふうにして死んだと、生きかつ死んだって、個々の人間がそういうふうにしたって、どうしたって、そのいったんつくり上げてしまった、いったん獲得してしまった、そういう人間の、さまざまな観念の産物とか、実際に手を動かし、足を動かしてつくり上げてしまったもの、そのものというのは、たとえ見ないふりをしていても、そのものはなかったというふうにすることはできないのですね。つまり、必ずそれはあったものとして、つまりあるものとして、それを見ないで、生きかつ死ぬことはできるけど、それはないものとしてしまうことはできないということはいえるんですね。

だから、どんなにいいかげんにもできますしね、それからどんなに深刻にも、人間は生きることができるわけですよ。だから、つまりどんないいかげん、どんな深刻、その両方に挟まれたあいだでもって、たぶん人間というのは生きていくのだと思います。しかし、それだからといって、いったん獲得してしまった人間の歴史というものの重さというのは、それが重荷であろうと、桎梏であろうと、圧力であろうと、それはもう、あってしまったものは、圧力としてそれは、感じない人もいますし、感ずる人をなくすこともまたできないということがあるんですね。だから、そういうふうに考える以外にないんじゃないでしょうかね。

それで、大なり小なり、いいかげんにすますところと、そうじゃないところでやっているということ。そのいいかげんという概念は、僕はあまり好きじゃないんだけれども、自分もいいかげんにしているところがありますけどね、いいかげんという概念は好きじゃないので、何ていったらいいでしょうね、中性という概念をとりたいんですよね。つまり、善とか悪とかというのではなくね、いいか、悪いかとか、倫理に反するか、道徳的であるかというのではなくてね、そうじゃないんだと、中性ということがあるんだよと。その中性ということの中には、かなり重要なことがあるというふうに考えたいんですけどね。そういうことなんですけどね。

男性　□□□。

司会　どうもありがとうございました。まだ□□□ご質問を□□□どうぞ前へ出てください。

男性　（くるしげな声が数分つづく。聞き取り不能）

（沈んだ声で）あなた分かる？　通訳してくれないか、いまの質問。

男性　（くるしげな声が数分つづく。聞き取り不能）

（沈んだ声で）分かる人、教えてよ。

男性　（誰かが「男性」にマイクを渡したもよう。くるしげな声で）私のいうことは分かりにくいと思いますけど、□□□先ほど吉本さんは、みんな障害者も□□□生きる可能性があるといった□□□障害ある人もない人も、人間□□□ないといっておられましたけれど、□□□現実はそうじゃないわけで、現実的□□□抑圧を受けており、親、きょうだいによって□□□考えておられるか、お伺い□□□いうことを□□□考えておられるのかお聞きしたいと□□□。

分かりますか。分かる人、教えて。

女性　吉本さんが、ヨコタさんの話をね、彼の話がどうしても聞き取れないということですよね。初めてなわけでしょう。言語障害のある人と話されるのは。そうすると、彼は一生懸命訴えているし、この中で分かるかたはいるはずですね。だけれども、分からないわけで、質問には答えたいと思っているわけですね。そうしたら、どうします？　どうしても分からない。

だから、分かる人は、あなたは分かるんでしょう？　分かるんだったら、通訳してください。

女性　ヨコタさんは、自分で伝えたいといっているわけですね。私というより、彼と一緒に来られたかたも答えをね、欲しいから、代わりに一緒にいた、しばらく一緒にいる人たちにしたら、分かる人は□□□。吉本さんから、ヨコタさんにお願いしてもらえませんか。

何をですか。

女性　結局、通訳していただかないと、吉本さんは答えられないというのでしょう?

分からない。

女性　質問の内容が分からないから。

分かりますか。教えてください。

女性　ヨコタさんが。

ごめんなさい、何もいじわるしているのではないから、誤解しないで。

女性　実は、私□□□十七歳のときに□□□かかったのですけど、それでほとんどそのあいだ社会生活がなくて、□□□しているに近くて、そして、ヨコタさん、□□□のヨコタさんが□□□けれども、□□□取り組んでいらっしゃるかたで、そして、現に私自身も障害者のかたたちが自殺、自死していったり、隔離されたり、そして自分の願いというものは当然、□□□そして、その実現というか□□□も、それが本当の願いではないし、本当のこと□□□来てくれない、それが事実なのです。それを、例えば、障害者になったとか、□□□しまったということ、自然であり、不条理であるという観点と、その不条理自体を真摯に受けているものって、やはり大局的な位置に□□□でも、生半可な、それこそ中途半端な理解では、私は吉本さんの理解のほうが好きだというのは、□

□□生産第一主義、働かないといけない、そういうふうになるので、その国の価値観と違った人は排除されていますね。それは、あくまで□□□しか□□□ないものですし、知り得ないのですけれども、そうした場合、私自身は□□□幸いに□□□のか、結婚はできましたけれども、それだけで解決するのではないなと思うのですね。いまでも、うつになりますし（聞き取れず）。

男性　通訳というのは、同じ人間で、なぜ同じ日本人で、日本語をしゃべれるのに、なぜ通訳しなきゃならないんだ。それはおかしいわけです、本当は。

そんなのおかしくないいんだよ。あのね、同じ日本人□□□。

男性　じゃあ、なぜ。僕は、なぜヨコタさんの言葉が分かって、なぜ吉本さんが分からないか、それは、吉本さんが初めてこうした言語障害を持った人と話されることがあるでしょう。いままで経験がなかった、知らなかったわけですし、そういった健全者の歴史があるでしょう、そういうのはおかしいというふうにいってくれとヨコタさんは□□□。

もう一回、何を。

男性　だから、僕はまだ二十歳ちょっと過ぎの若造です。それが、話が分かって、あなたが分からない、そういった事実があるでしょう。耳は同じように聞こえるのに。だから、□□□そういうのはおかしいと。□□□おかしいでしょう。いままで一度も、そういう話をしてきた歴史がないというのは。

おかしくないと思いますね。どうして。

男性　本来、なぜ。

それはおかしい。あなたはそんなこと、考えすぎだよ、ものすごく。考えすぎだと思う。そんなこと、いくらでもあるんだ。

男性　なぜ通訳したらおかしいかというのがある。

おかしいですよ。それはおかしいですよ。

男性　おかしいですよ。

いや、おかしくないですよ。そんなこと、ただの機能の問題だよ、君。そんなことには意味がないんだよ。あなたはおかしいんだよ。そんなことには何の意味もないんだよ。何の意味もないのよ。冗談じゃないですよ。ばかじゃないですか。そんなことは、ただの機能の問題だよ。そんなのおかしいよ。あなた、間違っているよ。（場内、騒然となる）

男性　あなたじゃなくて、通訳してくれっていったでしょう。だから、僕は出てきたんですよ。

いいじゃないの、だから。通訳すればいいじゃない。

男性　ヨコタさんが、いま、そういうふうにいってくれといったから□□□。

おかしくはないですよ。

男性　だって、通訳に怒って。

そんなのただのことよ。なんでもない。

男性　だから、僕はそういうふうにいいます。とにかく□□□。

いいよ、分かったよ。

男性　結局、ヨコタさんにいったら、だんだん□□□概念的にもそういうふうに、障害者と健全者というかたちで、だんだん近づいてきているといっているけど、実際は、障害児は親によって殺されている現実があるしね、ますます、そういうふうに殺されているという点で、全然変わっていないですね。

だけど、あなた、分からないけど、俺は最初から手を上げているんだよ、こういうことに対して。手を上げているんだよ。

（会場のあちこちから「吉本さん、もう帰っていいよ」の声）

男性　僕は全然、□□□そういうのじゃないですよ。僕は批判できることじゃないですよ。

冗談じゃないよ。同じじゃないの、いくら話してやったって。つまり、あなたに□□□俺が今日話したことに意味がないじゃないの。あなた何も分かってないじゃない。冗談じゃないよ。

男性　□□□分かってくれって□□□。

いや、分かってないじゃないの。分かってないよ。そんなんじゃ駄目だよ。

男性　そんなことをいっていたらね、日々□□□。

問題にならないよ。冗談じゃないですよ。何がおかしいんですか。どうして通訳するというのがおかしいんですか。分からないことは、分かるようにしてくれれば答えられるっていっているんだよ。どうしておかしいんですか、それが。

男性　そういうふうに健全者が、障害者に代わってね、やってあげる、やってあげるでね、いままでね、障害者を、僕らが抹殺してきたという歴史がある。それがあるから。

抹殺しているんじゃないいんだよ。

男性　いや、違うんですよ。吉本さん□□□分かっている。

何でもないいんだよ。冗談じゃないよ。

男性　通訳しきれないでしょう□□□ヨコタさん□□□健全者□□□障害者□□□。

そんなのおかしいの、あなたがいうの。もっと機能的に考えればいいのよ。そんなんで、この人になれといっているんじゃないのよ、あなたに。俺もなれないいんだよ。そんなことは分かりきっている。いいんだよ、そんなこと分かっているんだよ。

女性　□□□いう必要ないから。

そんなこと分かっているんだよ。あなた、□□□あんたに分からないいんだよ。誰にも分からないのよ。誰にでも同じ、障害者であろうと、なかろうと、人の心なんて分からないのよ。そんなだから、いいのよ、歴史的に見て喧嘩しちゃいけないのよ。あなたが興味ないから□□□冗談じゃないよ。

男性　そういうのを踏まえた上で、それでもまだ□□□。

あなたが□□□いけない。

男性　それでもまだあるといっている。

自己欺瞞をしちゃいけないということなんですよ。自己欺瞞を通過させちゃいけないという□□□話にならないよ。

男性　でもね、健全者が障害者のね、代弁をして結局ね、健全者が勝手に、いいようにやって、その結果、何をやったかというとね、この子はこうだから、一緒に自殺しますってね、子どもを殺して母親も死ぬみたいな、そういうことをやってきた□□□。

そんなこと、あなたの責任じゃないのよ、そんなこと。あなたはどうしてそんな責任を負うのよ。それがいけないのよ。あなたはあなたの責任を負えばいいのよ。冗談じゃないよ。だから、駄目なんだよ。

女性　どうぞ長生きしてくださいね。

いや、分からない。

おい、司会者、駄目だぞ、おまえ。なってないぞ。おまえ、何もできてないじゃないか。そんなんでおまえ、そうだよ、おまえ、そんなんで。何をいっているんだよ。そんなんで人を呼ぶ資格なんかないよ。□□□。（場内騒然。吉本を非難する声と支持する声が入り乱れる）

男性　司会者のせいにしているな。

女性　ヨコタさんは、私に対して、ちょっと待って□□□。

男性　ヨコタさんの声を聞かない。

聞かないって、聞こうとしているから、教えて□□□。

男性　□□□それが当然のように□□□しょう。いままでこういうふうに聞く耳を持たなかった□□□自分の生き方みたいな□□□批判□□□。それで分からなかったら□□□。

それは反対、あなたのいうこと反対なんだ、俺は。あなた。

女性　（吉本を非難するアジテーション。聞き取れず）

男性　この人は現場で□□□。

いや、いいんだ、現場であろうと、現場でなくても□□□この人のいうことは反対ですよ、俺は。

男性　違うよ。

反対だよ。

男性　□□□。

反対だよ。冗談じゃないよ、そんなこと。反対ですよ、そんなの。そんなことというのはおかしいよ、あなたは。

男性　□□□おかしいことはないですよ。

あなたおかしいよ。

男性　何をいっているんですか、あなた。

あなたのことをいっているんじゃないの。あなた、おかしいと思わない？

女性　私？

うん。

男性　全然おかしくないですよ。当然ですよ。

俺は簡単なことをいっているんですよ。要するに、質問するというから質問を受けたんだ。そして、その言葉が分からないから教えてくださいっていうでしょう。それだけのことなんです。分かるようにしてくれれば。それ以上のことは何もないのよ。

男性　だから、いまはね、原則を踏まえてほしいというんですよ。

何もないのよ。そんな、あなたはね、あなたは分かるのなら、素直に教えればいいのよ、俺に。

男性　悪意があって教えないんじゃないんですよ。

答えられることは答える。答えられなかったら答えない。

男性　そういうふうに、障害者の声を代弁することによって、障害者がいままで抑圧されてきたんじゃないですか。

いいですか、それができなきゃ駄目だよ。

男性　健全者もね、結局、障害者のためだ、ためだといってね、そういうふうにやってきたのが、障害者抹殺の歴史じゃないですか。

そんなことない。全然間違っているよ。間違っているよ。

女性　ヨコタさん、ヨコタさんが□□□もう一回いってください。

（聞き取り不能）

□□□もういうことはないですよ。俺を呼ぶのは間違いですよ。

（聞き取り不能）

（場内騒然。吉本を非難する怒号がとびかう）

男性　□□□すみません。□□□流れている一人の□□□ですけれど、いま起きている問題は、正直いって吉本さんと□□□問題といろんなかたちでいわれている□□□ですとか、障害者と健全者の問題といわれているとか、そういう意味において、基本的な問題を投げかけているだろう思うわけ。だから、それは、吉本さん□□□この問題に対して自分は、先ほどの□□□話の中で、自分なりに□□□も含めて（音声切れ）。

（東京・小金井公会堂）

〔音源あり。文責・菅原則生〕

【『親鸞塾』主催】――1979年4月27日

宗教と思想のはざま

男性　そこのところ、もう一度お願いしたいと思います。

言葉としてはね、つまり行者、行者というのは修行者ですね。行者が計らいをしているとね、要するに阿弥陀仏というのはね、自ずから来訪するといっているんですね。そういう人を摂取して連れていくのだということなんですね。言葉としてはそういうことなんですけどね。それをどうやって理解するんだという問題だと思うんですね。僕は、だから、そういうふうに理解、つまり、善をしようとか、悪をしようとか、救われるだろうかとかというようなことをあれして、必ず絶対的に摂取されるということを前提としている。何の計らいもなしに、念仏した場合に限って、そういうときだけ、なんか知らないけど、深いところにいる仏みたいなものが、そのときだけ降りてくる。計らわなければ降りてくるし、計らえば降りてこない。つまり、求めよさらば与えられんというところが普通ならばなるわけですが、そうじゃなくて、求めなければ、計らわなければ向こうが降りて、計らったら降りてこないというふうに理解するんだけど。□□□は分かんない。それが正当かどうか分かんないですね。

男性　お話の中で、法然と親鸞の違いをいわれました。法然というのは、すごい民衆というか。道元ですね。

男性　□□□というのは、逆に□□□と申されましたけれど、それを親鸞では自分の思想というものを考える場合に、こういう思想があって、それを現実の中で、もう一度□□□その自分の思想というものを□□□を鍛えていったって、そういうふうに考えてよろしいのでしょうか。

たぶんそうだと思います。その過程がなければどうしようもないわけだから、たぶんその過程があってね、それで、それはべつにいうことではないかなということで、自分は信仰者だからということで、それはべつに、それほど、ひょっひょっと出てきますから。確実にはいってないけどね、その過程がもう□□□。

男性　それと同じ□□□で、宮沢賢治が創作活動のほかに、いろいろ□□□がありますね。その□□□というのも□□□。

宮沢賢治というのは、日蓮宗でしょう。そうするとね、つまり法華経なら法華経のさ、基本的な理念というのはさ、菩薩に□□□ってね、これを□□のが菩薩になるとかね、そういう理念だからさ、それは根本的な、日蓮宗の経典でしょう。宮沢賢治というのは、要するに、自分を、身を殺して人のために尽くすと菩薩になれると法華経に書いてあるんですけどね。宮沢賢治はそういうようにしようとしたのではないか。するとね、俺はもう俺を捨てて、□□□人のためにやっちゃおうと思ったのではないか。つまり、自分は菩薩になろうと思ったのではないでしょうか。親鸞の中には、それはないんですけれど。自分は菩薩になろうというのはない。親鸞は自分を煩悩具足の凡夫だっていっているんでね。自分は菩薩になろうというのはないんですね。宮沢賢治の場合は自分を菩薩にして殺しちゃうと。

男性　そうですね。宮沢賢治というのは、法華経の理念というのから離れられなかったというか、その中でとらえられて□□□。

そうだと思います。とらえられていたという。それも実践しようと思って、生涯をつぶしてきたんだと思いますね。

男性　吉本さん、ヒューマニズムということをいわれたと思うんですけれど。

うん。

男性　僕は、吉本さんが書いた本って、そんなに多く読んでないんですけど、読んだかぎりでは、そういう言葉にぶつかったことはないと思うんですけれど。吉本さんの中に、われわれの持っている、一番小さな単位で、そして力強いものがヒューマニズムだという考え方というのは、ずっと昔から内部にあったんでしょうか。

わりに自然にあったのではないでしょうかね。それで、いまもきっと自然ならそれが一番なんじゃないでしょうかね。言葉は知りませんよ。言葉は知らないけど。

男性　『最後の親鸞』を出されたときにですね、磯田光一さんが、たしか、□□□ということで、先生の本に対する感想を述べておられると思うのですけれど。今日、先生が述べられたことの中でですね、親鸞がその当時の平均年齢三十五、六で、八十いくつまで生きているのですね。（聞き取れず）最後には、きついんじゃないかと。非常にきついなというふうな印象を持ったというふうに書かれておられるのですが。そういう、先生がやられていること自体に対してですね、先生自身はどのように自分がしたことをお考えですか。

その、やってきたことということではね、例えば、全部意識して仮にやったとしても、もう意識しないというのは出てきちゃいますしね。それから、そんなに意識してね、これこれこうしよう、こうしようというふうにやってきたというわけではないですよね。むしろ、思い込みたいところでいえばね、つまり、こうはやりたくなかったとか、こうはなりたくなかったんだけども、なっちゃったというかね。思いこみたいところでは、そういうふうに思いたいですけどね。だから、あんまり、そんなにね、意識してできるものではないしね。それから、意識するものでもないというふうに僕は思っていますけどね。分からないですけどね、よく。ただ、本当をいうと、そんなにね、意識してこうしようと思ったことでね、あんまりできた試しがないですけどね。

つまり、それはいろんな要素があるでしょう。意志が弱いとか、こうこうこうで、事情がこうだったとか、さまざまな理由を数えることができましょうけどね。だから、そういう条件を持たない人がいたら、それは意思したことは必ずやった、実現するというふうにできるのかもしれないから、あんまり断言はできないけど、しかし僕は自分のあれからいえば、あんまり意思して、そのとおりできたとかね、思ってやったらできたということは、僕の経験の範囲ではないですけどね。たいていはできねえという。意思どおりにはできなかったということになってきたように思いますけどね。

ただね、人間、こうなんですよ。これは西欧流の考え方だとね、そこが厳しいんだと思うんですけどね。意思というのは、人間の意思、つまり僕なら僕の意思とかね、あなたはあなたの意思というのはね、非常に本質的な部分というか、本質的な部分というのはね、もう何からも規定されないと。つまり、俺がどう意思しようかとか、あなたがどう意思したっていうことはね、誰からも、どんな人からも妨げることができない。そういう考え方があるんですね。その意思が無規定だということはね、要するに自由ということは、そういうことなんだという考え方になりますね。

その中でね、それじゃ万人の、あなたの意思もね、無規定だと。誰からも規定されない。僕の意思も誰からも規定されない。誰の意思も、どの個人の意思もね、誰からも規定されるものではない。意思は意思で、ちゃんと制約なしに、表明できると。そういう意思の無規定性といいましょうか、誰からも妨げられないという意思の特質といいますか、性格みたいなね。それが、例えば、誰にとってもそうなのだというふうに考えた場合にさ、その一般性というものを抽出するとね、それは西欧の概念では、それは法とか国家とかね、そういうものになっちゃうんですよ。

一般意思というのがね、法律でありね、国家である、こうなるんですよ。ところが、われわれが、つまり日本人は特にそうですけれど、国家なんて考える場合に、非常に曖昧でしょう。普段はどこにでもね、あるかなと思ったら、税金取られるときだけ気になるとかね。例えば、国家を相手にね、訴えを起こしたとか、そういうね、公害の訴えを起こしたとかっていう場合に国家というのは意識にくるとかさ。いろんなレベル、さまざまありますけれども、あんまりシビアじゃないでしょう。シビアに感じないでしょう。だけど、そうじゃないのね。そこは違うところなのね。なかなか国家という概念を厳密にあれするってできないところなのね。理念では分かります、頭ではね。マルクスが国家という場合には、何を意味しているかということも理念では分かっているけど、実感でね、なかなかついていけないところがあるのね。

というのは、もう意思の一般性といいますか、自由性みたいなのがあるでしょう。その無規定性といいますかね。万人からそれを抽出していくとね、それが法になり、国家になるという考え方なんですよ。だから国家というのは、ものすごくシビアなんですよ。だから、逆にいうと、なんか、個々の人間の、なんといいますかね、骨の髄までといいますか、内臓の中までも規定しているみたいなね、そういうふうな感じ方というのが西欧にはあるんですよ。それも非常にシビアにですね。

われわれはそこまでね、国家って理念としては考えるんですけれども、普段は、それどこにあるんだ、どうでもいいじゃないかって。大平が国家の長になろうとさ、国家機関の長になろうとね、田中が長になろうとね、それ大して関係ねえって、大して変わりねえべとか、わりあいルーズに思えるところがあるでしょう。ところがそうじゃないのね。意思は自由なんだ、誰の意思も自由なんだっていうのがあるでしょう。そこからね、Aも自由、Bも自由、そういう一般性がね、出てきちゃったんですよ、国家とかね。道徳というのもそうなんですよ。そうやって出てきちゃうんですよ。だから、概念自体がものすごくシビアなんですよね。そういうところは違うところではないでしょうか。

意思の実現ということが、つまり、つまり問題になるわけね、歴史の問題であるし、これからどうなるんだということが問題になる、そういう思想的な問題になっている、制度の問題になっている。そういうところはものすごくシビアなのね。

われわれ、東洋が持っているね、そういう概念はルーズですよ。道徳と国家とが、なんか分離されていなかったりさ。異文化の考えですといったり。もう非常にそこは曖昧といえば曖昧だし、融合的と考えれば、非常に融合的ですよね。そういうあれというのは、あるんではないでしょうか。でも、厳密にいって、個人が意思したものが実現するかしないか、ということはね、意思することの自由さとはね、もう別なような気がしますけどね。

男性　さっき、例えば、宗教なら宗教で、先ほど親鸞は非常にヨーロッパ的だと。

そう、分かりやすい。

男性　□□□お伺いしたいのは、先ほどマルクスのですね、ユダヤ人問題だとか、□□□の序説のほうでですね、いわば宗教批判、ないしは資本主義批判をするわけですけど、その場合のマルクスの論理というのは、宗教を批判しながらですね、その実、市民社会を批判していると思うのですね。そのマルクスは、未完成の国家と完成した国家と、その中間の国家というかたちで、確か宗教に対する批判であると思うのですね。そう思うとですね、例えば、日本みたいなアジア的なところの国家とですね、ヨーロッパ的なマルクスがいったことは、非常に僕らには分かりにくい□□□があると思うのですね。そこをたどっていくとですね、アジア的という言葉になるかどうか分からないですけど。何でそういうふうに分かれたのでしょうか。

あのね、もう一ついわなくちゃいけないのだけれども、こうなんですよ。西欧とか、アジアもそうなんですけれど、それは地域なんだよね。ヨーロッパ地域なんだよね。それからアジア地域なの。同時にね、時間なんですよ。ヨーロッパというのは時間なんですよ。ヨーロッパというのは時間だという場合にはね、ヨーロッパということはね、すなわち、もう世界性だと、あるいは世界普遍性だとね。ヨーロッパ的思考方法というのは、世界の人類がね、全部同じようにとるものなんだというふうにいえる時間の領域があるんですよね。それは、例えば、十八世紀以降、現代までというようにいっておきましょうか。つまり、いままではそうだったということだと思います。

つまり、いまというのはどう限定するかは、また別ですけどね。いままではね。そのあいだだけはヨーロッパは普遍性なんですよ。だから、ヨーロッパっていうことかね、ヨーロッパ的とかっていう場合には、確かに地域であるし、文明であるし、文化でありね、思考方法であり、思想であるけどね、同時にそれは時間なんですよ。だから、ヨーロッパ的というふうにいったときにはね、もちろん地域的にそれを指す場合にはそれでいいわけですけどね。もう一つ、ヨーロッパ的といったものが非常に普遍性であるとかね、誰でもそれをあれしなきゃいけないみたいなふうにいえるのはね、ほんの一、二世紀ですよね。非常に近来ですよ。それはもっと厳密にいって、十九世紀以降なら以降っていってもいいんですけどね。その期間をとってきたときだけが、ヨーロッパというのは普遍的なんですよ。つまり、世界的なんですよ。というふうに理解するわけ。その時間として理解する。

アジア的といった場合にはね、アジアが普遍性であったときがあるんですよ。人類の普遍性だった。それはね、原始時代とね、古代社会とね、その中間のときですよ。原始時代から古代社会みたいなね、その移行する中間の時期にはね、人類はすべてアジア的だったんですよ。その時間帯では、人類はすべてね、アジア的思考方法をとったんですよ。ところが、それが、例えばヨーロッパ地域ではね、すぐにその次の古代社会に移ってしまったんですよ。ところがアジア地域ではね、それは、いろんな理由があると思いますけどね、いろんな理由で非常に長いあいだね、その特質がね、残ってきたんですよ。

もちろん、残って特殊な発展の仕方をしたという意味合いと、それから同時にヨーロッパの影響を受けたりということもあるんですよ。だけど、非常に長い時間のあいだ、それが残ってきたということはあるんですよ。だから、アジア的という概念も、厳密にいう場合には、普遍性としていう場合には、ちょっと原始時代と古代との中間の時期としてそれをとってこないといけないんですよ。アジア的ということは普遍的だったんだ、つまり、人類はヨーロッパ人でもなんでも、みんなその過程をたどったんだよという意味合いでいう場合には、そこの時間帯をとってこないといけないですね。

だけど、ヨーロッパ的ということに普遍的な意味をつける場合には、もう十八世紀以降とかね、産業革命以降とかね、そういうふうにとってこないといけないですね。いや、分からないですけどね。そういうヨーロッパの、例えば、現在の思想家でも、つまり、ヨーロッパは行き詰まりつつあるというふうにいう人もいるくらいだからね。そのうちどうなるか分かんないから。ヨーロッパの普遍性というのも、このあたりで消えてしまうか分かりませんけどね。少なくとも、明瞭にいえることは、近代民族国家ですね。つまり、近代民族国家、あるいは社会的経済的にいえば、資本主義国家ですね。それの成立から、それの終焉までね。終焉というのは、まだ終焉しないんですけどね。いずれどうにかなるんでしょうからね。自然にか、急激にか、なると思いますけど。その終焉の時期までは、ヨーロッパは普遍性になるんじゃないでしょうか。それ以前は、ちっともヨーロッパは普遍性じゃないんですよ。

それから、アジアはもちろん普遍性じゃないですよね。アジアの普遍性があった時代というのは、非常に古い時期なんですよね。古い時期なのです。非常に広大な地域で、人口もあまり多くない原始時代をやっと離脱したというところの普遍的な思考方法といいましょうか、観念のとり方、働き方というものがアジア的なんですよね。それが普遍的なんですね。そういうふうに捉えるべきなんじゃないでしょうかね。だから、今度は逆にいうと、その区別をそんなに固定化したらいけないと思いますね。固定化したらいけないのでね、分からないことはないはずだって、こういうふうに考えたほうがいいと思います。

厳密に規定されたってね、それは分からんことはないよって、その実感も分かるよっていうふうに、分かるものなんだよとかね。ヨーロッパの近代以降、現代がアジアを理解するということはできるはずだよとかね。そういうふうに考えたほうがいいと思う。あまりに違いすぎるというふうに考えるのではなくて、固定化しないほうが僕はいいと思いますね。

男性　だから、親鸞がヨーロッパ的というよりも、むしろ普遍性があるということなのですか。わりにすごいですね。普遍性は□□□。

男性　そういう意味でしょうね。

ものすごく似ていますものね。普遍性がありますよね。しかも、倫理のとり方というのはさ、もうね、聖書、新約書がものすごくよく似ていますよね。倫理のとり方というのね。例えば、ほら、親鸞が唯円に、百人、千人殺してみろっていうところがあるでしょう。それで、わたしはとても殺せませんって。それだけ、殺すだけの器量もないしね、機縁もないからっていうと、そうだろうといって、おまえ、その前に俺のいうことを何でも聞くかっていっているんですよね。そういうときに、こういう質問をするでしょう。そうだろうって、だから、人間なんていうのは、殺そうと思ったたって機縁がなければね、一人だって殺せるわけはないし、また、機縁が生じちゃったらね、殺す意思がなくても殺すということだってあるんだよみたいなね。それは結局、造悪論といいますかね、進んで悪をして何が悪いのかみたいな、それに対して一つの解答になっている。

それ、なんか聖書の中にもあるでしょう。最後のところにさ、キリストが死ぬときにさ、おめえたちは、明日の明け方、ニワトリが三回鳴く前に、きっと俺のことを裏切るだろうっていうところがあるでしょう。否むだろう、否定するだろうというところがあるでしょう。それでキリストが捕まっちゃうとさ、わいわいみんなが集まってきてさ、弟子が隠れていて、すると、おまえはキリストの弟子だろうっていわれて、俺は知らねえ、知らねえっていうところがあるでしょう。つまり、なんていいますかね、倫理的な場面の動かし方といいますかね、ものすごくよく似ているんですね。似ているところがありますね。それは、相当よく人間の善悪とかね、倫理とか、非常に身近に、具体的に起こる、そういう問題に対して、非常によく考え込まれていったということを、僕は意味すると思いますけどね。

男性　□□□というのは分からなくなるのですね。

□□□って（会場笑）。

男性　□□□が分からなくなって、□□□しますと。例えば、先生は、確か『最後の親鸞』だと思うのですが。□□□に対して、何で先生が、先ほど内と外ということをおっしゃいましたけれど。

なぜ外なのかというと、□□□にごまかしがあると。そのごまかしというのは、人間は現実には相対的であるにもかかわらず、そういうふうな問題を抜きにですね、絶対的に□□□を通しちゃうね。そういうごまかしがあるから。それはもう、いま先生がおっしゃったように□□□ですけど。そういったキリストなり、□□□なり、親鸞がつくる場面がありますよね。先生がおっしゃっているごまかしといったらおかしいのですけど。そういうふうなものがなくなっちゃったといったらおかしいんですけど、ある意味では、宗教というのはそういうものがあるから宗教だと思うんですけど。逆に、それがなくなっちゃって□□□□。

うん、なくなっちゃっているから、僕、かなりそれが普遍性があるんじゃないかって思いますけどね。それから、そういうふうに、あなたみたいにいうとさ、今度宗教的なものみたいなふうになっちゃうんですよね。理念だってそうですよね。理念だってごまかしがありますよね。理念だって振る舞う場合、イデオロギーが振る舞う場合もごまかしがありますよね。そのことは、できるだけ排除したいと考えますね、そのごまかしというのは。排除したいなって、そういうあれがありますね。だけど、そういうことはさ、きめ細かくほんとはやらないといけないと思いますけどね。そのことは分かっているんだということになるんですね。なぜ、そういうごまかし、つまり、絶対的な□□みたいなものが、なぜ出てくるかというね、ごまかしみたいなのが出てくるかというさ、それは分かっているんだ、それはね、人間社会というかね、人類社会がさ、無階級社会にならないあいだは、絶対にそれはね、避けられないんだというね。そういうふうに、網をかぶせるようにさ、いっちゃうとさ、もういえちゃうわけよ、いうだけなら、いえちゃうわけなんですよ。

だけど、そのことは解決じゃないよね、そういったってね。そういうふうにいったって何も解決にならないですものね。だから、ねちねちと、何というんですかね、非常に細かく、きめ細かくやったほうがいいように思いますけどね。その問題っていうのね。考えたほうがいいのではないかという気がしますけどね。

男性　さっきいわれた、機縁というのは、業というのと同じなのですか。

それはもう、幸福というのは□□□ないですね。□□□とかさ、因果とかさ、縁とかさ、そういう厳密な使い方っていうのは、僕はできないですものね。

男性　さっき、普遍的な地域としてアジアというのがあって、あとヨーロッパがあったといわれましたけれど、そのあいだというのは何かあったわけですか。

あの、どうなるの？

男性　アジアというのが古代で、普遍的な地域といえる時期があって、ヨーロッパというのはだいたい産業革命とか言われましたね。そのあいだは？

ええ、あのね、こうなんですよ。そういう言い方をするときには、もう一つ前提があって。それは、場面を均等に見るわけですよ。つまり、世界という場面を均等に見る。場面を均等にするわけなんですよ。均等な場面にやってね、例えば、一つ、その場面を歴史的に考えるんなら歴史的に考えて、世界史というふうに考えるわけですね。その場面に登場してきたということだけを問題にするんですよ。そういうことになっちゃう。そういう、先に、前提にしておかないといけないです。もちろん、アフリカもありますしね。どこだってあるんですよ。だから、そうじゃなくて、世界というものの場面をね、均等の足場に想定してね、そして、その場面に登場する時間というふうに、そういうふうに考えるんですね。

なぜ、それで均等に、そんな場面というのはどうして設定できるかっていうふうになってきて、そんなのは嘘だろうってことになるのね。そんなことは、誰も設定できるわけはないじゃないのって、それぞれ勝手にね、世界が勝手に動いて、勝手にあれしているわけだからね。均等の場面に、世界っていう全体を持ってくるなんてできねえじゃねえか、できるわけないじゃないかということになるんですよ。確かにそのとおりなんです。ただ、その場合にも厳密さというのはありましてね。厳密さがあって、それは設定できるということは、一つだけある。

それは何かといいますとね、歴史とか世界の動き方のね、具体的にそういうふうに同じ足場のあれするということではなくてね。歴史というものを、歴史の歴史自体による表現行為としてね、そういうものが可能だという考え方をした。厳密にいうとね。どういう論理で可能かというとね、それは、否定の否定という論理を行使すれば、可能だという考え方なのです。つまり、要するに、あることがあるとするでしょう。否定しただけじゃ、要するにただの否定だとね。それは、これがあるということと、これがないということ、どちらかにしたい。

だけどね、それを否定しておいて、その否定したやつをもう一回否定すると、なんといいますかね、茶碗なら茶碗というものの自己表現ですよね、茶碗が茶碗であるという自己表現だけは絶対残ると。その残った自己表現の茶碗は、具体的、現実的なこの茶碗と厳密にいって関連があるのだというね、その一つの厳密な論理があるんですよ。それはつまり、ヨーロッパが最高になったとき、世界普遍性の場面に登場したときに、最高の考え方をしたんですよ。その最高の考え方によれば、現実にある事柄というのは、誰も厳密にそれを、例えば言葉とかね、表現を再現することができないはずなんだよ。

しかし、唯一できるということはあり得ると。それはどうしたらいいかというと、現実的、具体的に起こっていることの自己表現として、そのことの自己表現として必ず表現は可能だって。どういうふうに可能かといったら、現実に起こっている具体的なこのことを、否定して、打ち消したものから、また打ち消すことによって、残った、そういう言い方をするとね、骨組みというものを取り出すとね、それは、現実の自己表現になっている。だから、いかにも観念的なんだけど、しかしこれは、否定の否定を通して、具体的現実的な、歴史なら歴史の□□□絶対関係がある。つまり、関連付けられるのだと。そういう論理を、ヨーロッパは最高のときに生み出したんだと僕は思います。

だから、それがあるから、要するに同じ場面、同じ足場に世界全体を、置いてみてとか、思い浮かべてみてみたいなね、そういう言い方が可能なところがある。それが必ずしも嘘だ、それは具体的現実的じゃないじゃないかっていっても、確かにそのとおりなのだけど。それは具体的現実の自己表現としては、非常に確かなのだというふうにいえるところがあるのね。そういう意味で、ちょっと恐ろしいのですよ、ヨーロッパっていうのは。ヨーロッパが最高のときはね、非常に恐ろしいのね。

今度はアジアが最高のときに、仏教とか儒教もそうだけど、あれは、アジアが最高なときに生み出した思想なんですよ。だから、あれもちょっと怖いんですよ。仏教だってすごく怖いんですよ。ちょっとね、びっくりするほど怖いところがあるんですよ。どういうところが怖いかというと、具体的現実的な自然というものの、もっと太初というか初源といいますかね。太初というのは、もう唯一無二の実体があってね。それで、絶対ああいうものがね、みんなそこから出てきちゃった。だから、人間が生きたとか生まれたとか、そんなのは全部あとのほうだっていうので。それよりも、一つの形成力、唯一の実体があって、その形成力からね、出てきちゃったんだというね。だから、死んだとか、生きたとか、苦労したとか、悩んだとか、そんなの全部ね、そういうところから出てきちゃったんだって、こういうふうになるんですよ。ちょっと怖い考え方しているのね。

だから、いまだってさまざまな形態をとっているでしょうけどね、仏教は。さまざまなそういう事態の悩みを抱えているでしょうけどね、各種の。しかし、なぜそんなのが安全に存続しているのだというのはね、アジアがね、アジア的ということがね、人類の最高の段階になったんですよ。アジア的という、原始時代を離脱してね、古代社会に移行する中間なんですけどね。そのときに、人類は相当なことを考えちゃったんですよ。そのときに考えちゃったんですよ。だから、ちょっとこれはね、敵わんところがあるのね。

だからね、仏教というのはそうなんですよ。儒教もそうですよ。儒教もね、そういうときに考えている。だから、もちろんアジアで生まれた思想なんですけど、それは普遍性なんですよ。相当すごいことを考えちゃったのね。だから、最盛期というのは、相当すごいことを考えるのね。だから、いわゆる、否定の否定の論理というのはね、やっぱり、ヨーロッパのね、頂点で考えられたのね。もちろん、その具現者がいるわけです。それはヘーゲルなんですけどね。それをマルクスはあれしたと思いますね。そこらへんが最高のところでね、ヨーロッパ最高の段階にあったころですね。しかし、いずれにせよ、もう落ち目ですよね。ヨーロッパって落ち目だと思いますね。

だから、また違うでしょうけどね、でもアジアなんて、とうの昔、落ち目なのだから（会場笑）。そんなに、あまり自慢しちゃいけない。だから、そのね、何千年も前には、もう落ち目だったのだから、いまごろ、ヨーロッパの思想が行き詰まったからってね、少しアジア思想で、東洋のなんとかでって、そんなばかなことというやついるけどさ、全然そうじゃないですよ（会場笑）。そんなものは一緒くたに駄目だと思ったほうがいいのでね。何か知らないけど、一つの架空のフィルターがあってね、架空のフィルターを通して、それでなお残るものを、それだけがたぶん有効だっていいますかね。たぶん、いろんなわれわれの持っている不信というものに対してね、解答みたいなものを与えられる、そのことはそうじゃないかなって。それで人々はもう無意識のうちに、それを求めているんだろうなっていう気はしますけどね。僕はそう思いますね。そういう問題だと思いますけどね。

女性　私は先生の『最後の親鸞』で□□□ですけれど、読ませていただいたんですね。私は非常に素朴な疑問が湧いたんですけれど。私はどちらかというと親鸞をやってきたというほどじゃないけど、信仰の側から捉えてきたという経験があるものですから。どういう疑問なのかというと、結局どういう目的でね、先生はそういうことをやっていらっしゃるのかという。親鸞をまな板に載せて切り刻んでいるように見えるわけです。私なんかから見ると。ほかの宗教家だって、そんなふうにまな板に載せて切り刻んでいる。同じように、全部ね、切り刻むわけですね。先生は思想家で、こんな言葉で失礼ですけれど、職業にしていらっしゃるわけで、半面ね、切り刻むことが職業なのだからっていわれてしまえば、それですんじゃうような気がしますけれど。やっぱり、実像を持った一個の人間として生きているわけだから、そういう切り方じゃ解決できるわけがないわけでしょう。そう思うんですね、私は。切り刻んで、切り刻んで、次々と切り刻んで、何をイメージとして求めていらっしゃるのかということが、どうしても私は分からないのです。

ああ、そうか。

女性　それでね、『春秋』という雑誌のコピーをどこからか手に入れて、それも必死に読んだんですね。ほかのところに解答があるかもしれないけど。私はあまり本も読まないので。この中で先生が求められていらっしゃるのではないかなというイメージが一つ湧く文章があるのですね。それはどうなのかというと。

さっきからおっしゃっていますけど、外側と内側という表現がずっとありますけれどね。それに、橋を架けるというような表現をされているわけですよね。もっとちゃんといいますと、内側から□□□□どんな理念でも宗教的になるのはなぜだろうかと。もしそうならば、内側からつかまえたり、外側からつかまえたり□□□□同じだというふうにならなければ嘘じゃないかということがあったと思うのです。だから、そこに橋を架けざるを得ない。内側と外側でウェイトが違いすぎるのを、どちらから、どうつついても同じなんだという一つの像ができるとすれば、その像が求めているものなんだというようなのが解答じゃないかなというふうに私なりにとったんですけども。

それが、なんかすごく非常にむなしいね、なんか神話でありましたね。永久に担いで歩いていて、絶対到達しない、なんかそういうことをね、先生は非常にむなしい徒労をね、なんかなさっているのではないかって、なんか私はそういう感じでとれちゃうんですね。そこのところ、本当はそうじゃないと思うので、そこのところをどうしても今日は聞きたいのです。

あのね、そのね、むなしい徒労だっていうふうに思いますけどね。その思想的な□□というのは、みんなむなしい徒労だと思いますけどね。それはやっぱり、あれじゃないでしょうか。いまさっきの言い方の続きをしますね。結局、そのアジアも終焉している。次はヨーロッパも終焉するかもしれない。近代資本主義も終焉するかもしれないし、民族国家も終焉するかもしれない。

そういう問題がね、現在のそういう問題というのが、いわば、僕なら僕に、あなたのおっしゃる、あらゆるものを切り刻まざるを得ないという不信をね、不信とむなしさを僕の中に喚起しているとすればね、そのことをつかみたいのですね。それは何がそのむなしさを解くものかということをつかみたいのだと思います。

だから、あなたがいったのは、『春秋』という雑誌だと思いますけどね。その『春秋』という雑誌は、宗教について載せている雑誌ですしね。だから、僕は宗教について、それを答えているのですね。だから、宗教も信仰の内側と外側という場合には、僕はそれが非常に同一に見えるところで、その問題を解きたいんだと。そうすると、その宗教に対する僕の解き方としては、非常に求めているのはそこじゃないか。しかし、僕が本当にしていることは、べつに切り刻むことに自己目的があるわけじゃなくてね。何がそれじゃ、何がこの不信をね、僕なら僕の不信とむなしさがあって、何がこれを解くだろうっていうこと、それを解きたいんですよ。

もしも、例えば、自分の不信とか自分のむなしさというものに普遍性があるならば、つまり、僕もそうだけど、あなたは違う、あなたは信仰にあふれているかもしれないけど。

女性　いや、あふれてないですよ（笑）。

不信な人がね、僕のほかにもいるとすれば、僕の解き方というものがね、それじゃそういう人たちの解き方もね、同時に、あるいは解いているかもしれないしね、解いていないかもしれませんけれども。そういうことに、つまり、それもやっぱり内と外と同じでね。やっぱり僕が解けば、それを解けば、解き方に近づけばね、それはほかの誰かにとっても、それは解いたことになるのではないかという、そういう、いわば一つの願望というのがあるわけですよね。それもまた、むなしい願望かもしれないけれども、やっぱり、そういう願望があって。やっぱり、そこが、究極的に僕が、あるいは無意識的に目指しているところじゃないかと思うんですね。

だから、それはあなたがそういうとね、宗教の場に入ってしまうわけです。だけど僕がいう、僕は僕の場で、その宗教に対処しているわけですね。それは動かないんですよ。僕の場で対処しているんですよ。僕の場で事実に対処しているんですよ。それは動かないんですよ。だから、そうすると、今度は宗教の場から見ると、僕はそういうふうに見えるわけだし。また、僕はね、素人なんですよね。だから、そうじゃなくてね、例えば、僕が何であるかということをね、あなたが知るためにはね、知るためには、あなたが宗教の場から出なくちゃ駄目なんですよね。宗教の場から出て、僕の全体性の場にね、あなたが入ってこなければね、分からないんですよ。僕は分かるんです。部分で解くと、ああ、おまえは親鸞を刻んでいるぞってなるしね。

女性　ちょっと待ってください。宗教の場とか、自己の場とか、なんでそう分離するわけですか。

いやいや。

女性　私はべつに、信仰しているということではないし、私はあくまでも私の場で考えているという。

だけど、あなたがいうようなむなしさであるとかね、むなしさであり、切り刻んでいるというふうにいうからね。しかし、僕がむなしい、僕のやっていることがむなしいことであるか、そうでないかということをあれするにはね、僕のやっていること全体をね、全体に接近しなければ、あなたがものぐさをしないでね、やっぱり自分を乗り出してこなければね、それは駄目なんですよ。

それは難しいから駄目ということはないんですよ。難しいなんてことはないんですよ。僕のあれというのは。難しくはないんですよ。難しいことがあるとすればね、要するに、僕が自分で分からないところを表現しているところはね、確かに難しいんでしょうけれどね。僕が分かったところは絶対難しくないですよね。分かるはずなんですよね。だから、それはあなたが分からないとすれば、あなたのほうが怠惰なんですよ。要するに、あなたが自分の場所を出て来ようとしないからね。出て来ようとすればね、やっぱり僕の全体性というのが分かるんですよ。

全体性を見た場合に、僕が刻んでいるか、刻んでいないか。それで、親鸞を刻むことが、僕の全体性にとって、どういう位置になっているかということはね、それはもう分かるはずなんですよ。それは、それだけのことはね、そういうイメージで分かるはずなの。だけど、それを信仰のほうに引きずろうとしていったりね、仏教のほうに引きずろうとしていったら、それは。

女性　そのときに先生がおっしゃった信仰というのは、どういう。

男性　ちょっと待ってください。

そうじゃなくても、仏教でもいいんですよ。仏教的に、親鸞のところに引きずろうとしたって、それは僕は部分としてしか、僕の部分としてしか親鸞というのは実現しないですからね。だから、それは部分としてしか見えないですからね、それはもう刻まれているようにしか見えないかもしれないのだけど、しかし、それはそうじゃないですよね。その場合にはやっぱり、あれですよ、あなたの怠惰ということも、やっぱり許されないことなので。つまり、信仰の怠惰も許されないんですよ。不信の怠惰も許されないけども、信仰の怠惰も許されないということに、そこではなっていくわけですよね。僕はそういう問題だと思うな。

男性　もう少し話すと、僕はそういうふうに全然理解しないでね、一つの一貫性があってね。例えば『最後の親鸞』の場合だったら、知と非知の対話の問題ね。それから、『論註と喩』のたとえならば、信と不信とのね、同一性の問題ね。それを一貫して僕は思ってね。それはとっても大事なことだと、僕は。それは、僕の言葉で表現したら、□□□□ということにね、つながっていっているわけですね。

だから、そういうところからね、もう少し、みんな具体的にね、要するにヒューマニズムにある不信というものが、何であるかね、その正体はどこにあるかということを、もう少しやっていけばいいんじゃないかな。お互いに批判し合うんじゃなくてね。共有している課題にどこまで迫れるかということのほうが、もっと大事なことじゃない？　で、自分の立場を前提として、自分の立ち位置が合わないといったってね。それだけのことですよ、要するに。合わないんだから。だから、どこまで課題が鮮明になるかということじゃないですか。

いや、あなたがおっしゃることは非常に和解的なんだけどね。僕はそれほど和解的じゃないんですね。だからいいんですけどね。自己主張でも、違うあれといってもいいわけだしね。構わないのね、僕は一向に構わないんですけどね。そのことにやっぱり、そういったような問題の意識が出てきてもね、それに対して、やっぱり、答えられなければいけないし、今日答えられなければ、それはまた明日答えられるように、そのね、自分で自分の中にそれを問題として抱えていかなくちゃいけないし。そうすれば、何とか行けるのではないですかという感じだけなんですけどね。なかなか、そこはその、やっぱり、親鸞みたいにうまくいかないですよね。うまく答えられないですよね。やっぱり、例えば、いまのようなあれが出てきた場合に親鸞だったら「私もそういう不信を持っている。私もそうだ」って、そういうところから始めるわけでしょうと思うんだけど、なかなかそうはいかないんですね。（会場笑）

男性　□□□でやっていらっしゃる。

そうなんですよ。

男性　でも、僕がものすごく気になるのが、例えば、宗教というのでね、カントでね、□□□□と□□□□□の区別があるでしょう。ヘーゲルの場合だったら□□□□□と□□□□□□なんかのね、そういう□□□□□□のところと、□□□□□□ところとね、その理解でね、宗教とかなんか、もし、おっしゃっているとね、とても遅れちゃっていると思うの。

なるほどね。そうか、そこはもっと、もう少しあれしてください。あのね、僕はね、やっぱり、確かに遅れちゃっているんでしょうけどね。僕はさっきいいましたようにね、そのね、ヨーロッパがね、とにかく最高の段階にあったときにね、それは出てきた考え方だからね。もう、僕はそこはね、非常に重要だと思っているの。だからね、非常に重要な考え方がね、そのヘーゲルの前後したところにあるという、その考え方を捨てきれないんですね。だから、これはね、古いんだけどね、非常に重要なんだというふうに僕は思うんですけどね。

つまり、現在における信仰、あるいは信の現状はどうなっているんだとかね。そこでの、つまり人間の心理的なね、心の動きというのはどうなっているかということについては、全く僕はね、無知に等しいですね。僕はそう知らないんですよね。そこでの類推は、ただ自分の心の動きをもとにして類推するよりしかたがないみたいなところがありましてね。あんまりそこでは、うまく流動的に捉えられていないんですけどね。

男性　ただ、そこで問題になるのは、要するに、さっきのずっとテーマになっている普遍性の問題なんですよ。

ええ。

男性　僕は、カントを少しやったから。ああいう理解でいってね、要するに□□□□が最高にいくわけでしょう。結局、□□□□の□□□□でいくでしょう。それでつかまえるとかつかまえないとかというのが、元を返せば□□□□でしょう、先生がおっしゃっているのは。

ええ。

男性　それは、だけど、そこまでいってね、なぜそこからね、要するにそれはヘーゲルが元だけれども、要するにキルケゴールがなぜ生まれてこなければならなかったのか。片方、なぜマルクスは生まれてこなければならなかったのか。それで結局マルクスが生まれてきてですね、そういうものをさらに通過したところで、もういっぺん信仰を考えたときどうなるかってね。

だからさ、それが、例えばね、現代キリスト教でもさ、現代仏教でもさ、それぞれの、例えばね、もっと目新しい言い分があるだろうというふうに思いますよね。だから、そこの現状とか実情とかね、実態とか、それは、僕は知らないですよ。だけど僕はね、それじゃ、その思考方法はやっぱり起源のところでね、西欧的な思想というもの、思考方法が思考方法の発生のところでどうだったんだ。その発生のところで東洋っていうのはどうだったんだというところに、その問題は敷衍することができるか、やっぱり僕はそこのところで考えていいんだよというふうに思っているわけですけどね。そこで、そんなに間違いはないですよって。つまり、古いかもしれないけれど、それはたぶんそんなに間違ったところをつかんでないですよというふうに、僕はいえそうな気がしますけどね。

だけど、それこそきめ細かくいったら、現代キリスト教の実情ってこうなっているよとか、仏教のあれも、こうなっているということはあると思いますね。そのことは、僕はあまり、そんなことまで踏まえて内側だとか外側とかね、信だとか不信だとかっていっているわけではないですね。

男性　そうですよね。僕もそんな感じがしました。

だから、やっぱり、自分の糧としてその問題にね、信仰の問題とかね、糧としてこっちのほうに引き寄せるようにしているだけでね。実情のほうに、僕が入っていってというふうに、なかなか僕もいかないですね。いっていないですね。ただ、僕は、僕なりの一つの切実な関心があって、親鸞なら親鸞に、こうね、突っ込んでいくみたいなことでは、別段あれはないんですけどね。

だけど親鸞教の実情がどうなっているか。その手の信仰のね、それはどうなっているか。それは、その如実な姿というものに僕はかいくぐっていくというわけじゃないですよね。それはもうたしかですよね。

男性　同時に、しかしながらね、僕は思想という言葉がね、例えば、セオリーということでは全然なくてね。むしろ人間の生き方みたいなものが、実は思想であるというね、基本的了解があって、先生の中にね。先ほどからお聞きしていたらね。そういうところでね、親鸞というのは実に思想家であると、そういう意味でね。つまり、セオリーを立てるとか、道具をつくるという意味でなくてね、生き方ということがね。状況に対して非常にね。そこから出発していく。状況そのものから課題が来るというね。そういうところは非常にね、親鸞のね、それが彼のオリジナルだとね。だからこそ、逆に普遍性が出てくると。それが一定の距離が教義にぶら下がっておればね、それは一緒に、例えば、セクトになるなと。

そうですね。

男性　そのセクト性を破っていったとね。ある意味で個に徹していったということになるんですよ。

そうだと思いますね。

男性　個に徹していく方向はどういう、しかし、状況に対する敏感なね、□□□があってやっていくかというね。

ええ。

男性　そういう親鸞の、そういう□□□□□がね、□□□□□としての思想ですね。そういうものをね、僕は今日、話し合いがあったら僕はいいと思うな。とってもその点は、僕は不安。

うん。

男性　□□□、そのときの親鸞□□□ですけれども。□□□、そういう状況は、□□□、要するに救われるんだという□□□。

ええ。

男性　そのとき、悪人でも救われるのだったら、べつに信仰しなくてもいいんじゃないのというふうになってしまえば、当然そういう親鸞が救いを述べるというか、そういうこと自体も否定したら、□□□のかたちで親鸞を語ること自体が、宗教的な思想自体が□□□。そういうふうになったときに、じゃあ信仰というのを一体どこで保持すればいいのかというか、そのあたりを親鸞□□□ことを□□□。

あのね、親鸞はそこのところは、わりあいはっきりしていて、ほら、悪人でもね、悪人でも救われるというだけでなくて、もっと突き詰めていえば悪人のほうが救われるというふうにいっているんですね。悪人のほうが摂取されるんだ。悪人のほうに摂取の正機があるというふうな言い方をしているんです。

　それで、なぜかということについては、簡単にいっているんです。悪人のほうは、つまり自分でもってね、善いおこないをしようとかね、善行をしようとかね、善を意識したりというようなことを悪人のほうはしようとしないから、つまり、自ら自力で何かできるみたいなね、その幻想というのは悪人のほうは抱かないからね。だから、悪人のほうが摂取されやすいんだというように、悪人という概念を持っていると思うんですよね。

　それからもう一つ、親鸞の思想で明瞭なことは、つまり、それがさまざまな問題をかもしたわけだけれども、絶対摂取という、つまり、摂取ということはね、絶対的だということといっているんです。だから、絶対、悪人であろうが盗人であろうがね、絶対摂取される。そのことは、もう絶対疑いないんだと。間違いないんだということはね、わりに親鸞の場合にははっきりしているように思いますね。だから、はっきりしているものだから、いろんな問題が出てきて、初期の教団が分裂しているわけだしね。しかし、そこは非常に明瞭なように僕には受け取れますね。

　それから、もう一ついえることは、これまたその、なんといいますかね、ヨーロッパが最高の段階に達したときに出てきた考え方なんだけどね。悪人こそが正機なんだというのと似たことなんだけどね。似た言い方なんだけどね。つまり、もしも、世界の現状とか制度の現状とかね、そういう現状というもの、つまり、そういう世界悪というか、世界苦というか、そういうものを変えることができる、よく変えることができる考え方があるとすればね、それは倫理的にあるとすればね、それは一般的に現在の社会からは悪というふうに考えられている、その考え方というものが、その役割をするんじゃないかという、そういう考え方というのも、やっぱり生み出していますね。

その場合には、善悪という、倫理あるいは道徳という問題が、個人的な問題から一つ分離されて、制度の問題として転化された、そういうところで善悪というものを考えていますけどね。そういう考え方も出てきていますね。それは、親鸞はそこまではいっていないですね。つまり、やっぱり親鸞は人々、個人の内面的な問題ですよね。悪人こそは正機だというふうにいっていますね。それは絶対に自分で計らおうとしないからだ。善人というのは、あるいは、多少でもいいことをしてよくなろうとか、いいことをすればどうにかなるんじゃないかみたいなことを多少でも考えるから、やっぱり絶対他力になりきれない。絶対他力になりきれないかぎり、絶対的な摂取というのはあり得ないというふうになりますからね。だから□□□。

（原題：原題のむなしさと不信は越えられるか／板橋区常盤台・親鸞塾）

〔音源あり。文責・菅原則生〕

【梅光女学院大学主催】――1979年7月14日

シモーヌ・ヴェイユの意味

質問者　前回、僕にとって非常に興味深かったのは「最後の親鸞」というテーマでした。今日、先生のお話を聞きまして、「最後のシモーヌ・ヴェイユ」というものを教えていただいたと僕なりに解釈しています。「最後の親鸞」と「最後のシモーヌ・ヴェイユ」の共通点あるいは異なる点について、先生が考えておられることをちょっと教えていただければと思います。

親鸞でいえば、最後のほうに自然法爾という考え方が出てきますね。そして宮沢賢治の最後のほうでも、自然というものが救いになっています。彼は自然と交感する場所にいると、非常にほっとする。そういう描写はきらびやかで、華やかなんですね。それを書くことによって自分自身が解放され、なおかつ読む人にも解放感を与えるわけです。

ところで、親鸞が自然《じねん》ということをいうとき、やはり一種の解放があると思うんです。いくら突きつめていっても、最後にぽっと出てくるのはおのずから関わるものです。おのずから関わるものというのは、一種の解放感ですよね。僕は自然というのはやっぱり東洋ならではの考え方だと思うんですよ。ヨーロッパ、とくにキリスト教の伝統では人間の内面性を問題にしますが、それを突きつめていくのは非常にきついことです。結局のところ、個は内面の問題をどうすることもできない。東洋の思想を突きつめると、すぐに自然というものが出てくる。その自然と交感している時には、感覚的に解放されていく。これは東洋とヨーロッパの思想の到達点における根本的な違いであるように思います。

そのほかの点は、非常によく似ていると思います。浄土教の思想家に小さな思想家、群小の思想家がいて、彼らは非常にラディカルで、「この世はだめなんだから、消えちゃうんだ、死んで浄土に行くんだ」ということを□□□の思想として証明して、自分も野原に行って死んじゃうわけです。それで死体は、鳥かなにかにつつかせて食わせちゃう。そういう死に方をした小さな思想家がたくさんいます。これは死ぬことがもっともいいという考え方ですよね。ヨーロッパの思想は、それとよく似てるんです。

親鸞はそういう思想家にたいして、「それはちがう。死に急ぎだ」といっている。『歎異鈔』のなかで、親鸞は「娑婆にあるべき機縁も尽きて、力もなくなって、ひとりでに生の終りにきたときに、かの浄土へゆけばよろしいのだ」というような言い方をしている。そんなに死に急ぐことはない。それだけじゃなくてそれは嘘だというんですね。弟子の唯円が「念仏をとなえても踊りあがるような歓喜の心があまりわいてこないこと、またいちずに浄土へゆきたい心がおこらないのは、どうしたことでしょうか」とたずねると、親鸞は、それは当然のことで、苦悩に執着があるからそう思うんだ。むりに浄土へ行こうとしなくてもいい。力が尽きて終わった時に死ねばいいんですよと。親鸞は死の問題にたいして、そういっています。

ヴェイユはもう徹底的に、人間には死以外に、真の自由というものはない。それはあくまで、心の問題であると。そこに違いがあるんじゃないでしょうか。どちらの考え方がいいのかはわからないんですが、きつさがまるでちがう。われわれは西欧文化を主体として文化の方向を考えるでしょう。そうすると、非常にきつい内面性を突きつめていく考え方のほうがいいように思うんですね。しかし、現在のヨーロッパでは、カウンターカルチャー、大衆カルチャーを自動的に受け入れている。カルチャーが壊滅し、それに代わるカウンターカルチャーが擡頭《たいとう》してきている。ヨーロッパやアメリカではそうなってきているんですが、日本ではまだそういう風潮は巻き起こってはいないと思います。ヨーロッパの内面性を突きつめる思想に対応するのは、自然と交感する思想です。

現在のヨーロッパでは、カウンターカルチャーが擡頭している。日本でも若い人は受け入れるでしょうけど、これは日本固有の思想もしくはヨーロッパのきつい内面性の思想を放棄してもいいという理由にはちっともならない。その問題は依然として残っていると思いますね。その問題はあくまで、きちんと決着をつけなければいけない。今のカウンターカルチャーという世界的な風潮を身に浴びている人にそれを求めるのは、たぶんちがうような気がします。しかし古典的な文化、世界文化の洗礼を受けた人はしかたがないから、きつくてもとことんまでその問題を解かなきゃいけない。ヴェイユのやりかたというのは、性急で鋭敏に、それが拡大されたかたちのような気がしますけどね。親鸞や宮沢賢治には、もっと楽なところがありますよね。そこがちがうんじゃないでしょうかね。

（原題：シモーヌ・ヴェイユについて／梅光女学院大学二〇八号教室）

〔音源あり。文責・築山登美夫〕

【北九州市小倉・金榮堂主催】——1979年7月15日

〈アジア的〉ということ

質問者1　日本における自然の比喩化について、もう少し詳細に説明していただきたいんですけど。

あのね、それは一見するとものすごくおかしいでしょう。「長広舌でインドはこうだとかいってるけど、日本のことはちょっとしかいわないじゃないか」と思われるでしょう。だけどよく考えてみると、日本の文化っていうのはそうなのね。全部受け入れたのね。制度もそうで、全部人から真似したの。三世紀から四世紀頃、全部真似したの。それで真似したものをどうしたかというのは、腹具合の問題ですからね。腹具合がいいことを自慢したいなら、すればいいですけど（会場笑）。しかし、全部そうなのね。残念もなにもない。

僕が今日いった意味でのアジアというもののなかに日本が登場したのは、三世紀か四世紀頃なのね。それはもう、真似して登場したの。つまりインドから中国を通じて日本に来た。もちろん、朝鮮も通ったかも知れませんけど。日本がそういうふうにしてアジアの思想のなかに登場したのは、三世紀か四世紀なの。三世紀か四世紀ということは、今から千何百年前ですよね。ところがアジアが世界思想を生み出したのは、三千年から四千年前なの。じゃあ三、四千年前から千何百年前までどうしてたんだと（会場笑）。どうしてたって、日本は原始時代だったというだけでしょう。あるいはもっと未開だったかもしれないし、野蛮だったかもしれないけどさ。そうだったわけですから、しょうがないですよ。

日本が世界史におけるアジアの歴史に登場したのは三世紀か四世紀ですから、非常に遅れて登場してきたわけですよ。そこから急速に伸びたといえば伸びたわけだし、こなしたといえばこなしたわけですけど。だから情けないっていうけど、情けないということを認めなきゃいけないと思うんだけど、剝がしていったら、ないのよ（会場笑）。ないというのは、なんともいえないですけどね。とにかくそうなの。そういうことはね、一度がっかりしたほうがいいような気がするの（会場笑）。だからね、ものすごいですよ。三世紀か四世紀というのは、古代社会ですよ。つまり初期大和朝廷ですよね。今の天皇の祖先だといわれている勢力が、中央の大和盆地で国家を形成した、それ以前の日本の共同体はどういうふうになってたか。そこでの制度・権力はどういうかたちをとっていたか。そういうことは、なかば想像に属するわけです。

もちろん、想像の方法はそれぞれもっている。つまり、それは比喩なんですけど。自然の比喩的表現である歌などがあるでしょう。『万葉集』とか『古事記』とか、『日本書紀』とかあるでしょう。歌や神話に描かれている自然は、非常に比喩的なんですよね。自然現象は、全部神様の名前になっちゃう。そういう神話からはじまるわけですけど。そういうなかから自分なりの方法で撰り分けていかないと、それ以前に日本固有であるといわれるものって、何があるか――それを見つけることは、今でも非常に難かしい。だってやられてないんだから、それは難かしいんですよ。

「そんなことはとうにやられてなくちゃ、嘘じゃないか」と思われるかもしれないけど、そうじゃない。やられてるのはありますよ。たとえば津田左右吉《そうきち》とか、もっと前だと白鳥庫吉《くらきち》とかね。明治以来、東洋学者や日本の古典学者がさまざまやってるんですけど、みんな西欧の方法・概念でやっているんですよ。それでもってずいぶんはっきりしちゃったことは、たくさんあるの。途轍もない神がかりに較べれば、非常にはっきりしちゃったことはたくさんあるの。でもその一方で、はっきりしないことや嘘もたくさんあるの。アジア的な世界に日本が登場する以前に、どういう制度・権力があり、人々はどういうふうに暮していたか。そういうことをつかんでいくのは、これからのことに属するわけです。

だから要するに、我慢してくださいっていうことなの。いまいったことは僕が考えて推理したことで、ほかの人はだれもいってない。ただ、「そういうふうに考えましたよ」といってるだけなの。だから非常に貧しいことしかいえないけど、だれもいったことがないことをいったつもりです。だから、まだそういう段階なんですよ。それ以上の段階を知っている人がいたら、そういう人に聞かなければいけないです。そういう人の話を聞かなければいけないですね。それからその人の考えたもの、書かれたものを勉強しなきゃいけないと僕は思っていますけどね。これからなんですよ、そういう問題は。

質問者2　今の話とはべつに関係ないんですけど、私は吉本さんが書かれたものを読んでいて、これは詩情ではないかと感じたことがあるんですよ。吉本さんご自身はそういうことを感じたことがあるのかないのか。『最後の親鸞』を読んでみても、あんまりそういうことは書いていないような気がしたので、ちょっとお訊きしたいと思って。

シジョウじゃないかっていうのは、つまり自分の感情を移入してるじゃないかということですか。

質問者2　いや、詩情のなかにはひとつの世界観みたいなものがありますよね。たとえば『歎異鈔』を解説する人のなかには朝昼晩「南無阿弥陀仏」と称え、できあがった絶対的思想のなかで生活しながらそういうものを読んで、一種の教えとして人にさとす人もいる。吉本さんはどういう教え方なのか、おそらくさとすのではなくて、親鸞のなかにあるものを見ようという発想があったと思うんですよね。吉本さんが書かれている詩のなかにも、宇宙的詩情感があらわれている。これは読む人の勝手ですけど、そう感じたことがあるので。そういう意味では宇宙観的な詩情ではないかと感じたんですが。

そうか、シジョウというのはポエジーということですか。（会場爆笑）

質問者2　ええ、そうですね。

ああ（会場笑）。僕はそれを褒め言葉と受け取って、いい気持になるわけですけど（会場笑）。ほんとうはそれは弱点、欠点なのかも知れないですね。わからないところを、そういうことで流してしまっているのかも知れないんですよ。ほんとうは、もっとたくさんわかんなきゃいけないと思います。たくさんわかんなきゃいけないということの非常に基本的なことは、たとえばこういうことなんです。親鸞はふだんどういう恰好をして歩いてたのか。あるいは、どういうところに住んでいたのか。そういうイメージが非常にはっきりするまで、論じきれなければいけないように思うんです。

ところが、こういう恰好をして、こういうふうにしてたんじゃないか、こういうところに住んでたんじゃないか、という自分なりのイメージがありますけど、そのイメージがたしかだという確証、確信を得るまで自分は追求してないと思いますね。だから、流してるところがあるんじゃないかと。親鸞はもちろんお寺に寄寓してたけど、自分がアレしている時にはお寺なんかにいたはずはないと思っているわけですよ。それから、仏像なんていうのは飾っていたはずがないと僕は思うわけですね。それから頭は坊主刈りにしてたかなと（会場笑）。それはよくわかんないですね。それから袈裟をかけていたかも、よくわからないですね。いろんなことがわかんないです。つまり、具体的なイメージがわからないんです。『歎異鈔』や『教行信証』、あるいはいろんな手紙を追求していって、そのあげくに、「親鸞はこういうふうに生きていて、こういうことをいってたよ」ということが、少なくともイメージとして具体的にはっきり出てこなきゃいけないのに、どうしても最後のところがわからない。

それはなぜかといいますと、後世があまりにちがうからです。親鸞系統のお寺とか、そういうところはみんなちがうでしょう。あまりにちがうからね。ちがうけれども今あるんだから、どうしてもそれにイメージが引き寄せられていきますから、どうしてもはっきりしないところがありますね。僕はそういうところを流してるかも知れない。あなたはそれを詩情といってくれるから僕はいい気持なんだけど、ほんとうのイメージが定まらないものだから、一種の感情、情緒みたいなものでざあっと流してる、心情で流してるのかも知れないんですけどね。

質問者2　そのばあい、たとえば読み手というのが問題になりますよね。吉本さんぐらいの知性味のある人ならべつですけど、ふつうの人は自己の心情性を中心にして読むでしょう。暇を見つけて読むばあい、自己の心情性を中心にして読む。そこではやっぱり自己の心情性が重なるだけに、自分自身のなかに絶対感として映ってくる観念があるんですね。

吉本さんはさっき、意識下の問題についていわれましたね。たとえば共同体というものは制度とか、自分の精神構造のなかにはなくなっていても、その意識下のなかにある。仮りに人間のなかにある意識下の精神構造を私たちが見つけだそうとするばあい、ひとつひとつ見つけだしていくのが作業なのかもしれないけど、私はうんと学術書を読んでいるわけではないし、自分のことを恵まれているとは思っていませんけど、なんとかある手近かさだけは求めたい。

それがなかなか求められないとき、普通一般の私たちがたどり着いていく観念は諦念というか、諦めの念です。ものを諦めて感じる。それから極端にいえば、自然のなかに溶け込んだひとつの宇宙的感覚というんですかね。つまり、人間を小さく見てしまうというね。その到達理念みたいなものが、吉本さんがいわれた、「たくさん考えを変えていかにゃならん」という問題の難かしさにひっかかってくるんじゃないかと。話を聞いていて、そういうことを感じたんですが、その点はどんなふうに思われますか。

僕自身、そういう過程をどう考えているか。僕なんかは手本にならないんですけど、明治以降あるいは歴史を通して、日本でも手本になる人はたくさんいるわけですよ。なにかというと、この人はどうしたかな、この人はどう考えたかな、ということが気になる人は、歴史上にもいますし、それから、さまざまなことを書き遺したりしていますし、もちろん明治以降でもいますし、また現在生きている人でもいるんですけどね。そういう人たちをいちように見ていると、やっぱり共通にいえることがあると思うんですよ。彼らは最後のところでは、あなたがいまおっしゃったようなところにだいたい到達している。だいたいそういうところに行っている。行っちゃうという言い方をしてもいいし、行ってるという言い方をしてもいい。僕はあまり肯定的、否定的というふうにいいたくないものだから。とにかく見ていると、大抵はそういうところに行っちゃってるように思いますね。それが終着点であるように思うんです。どういったらいいんでしょう、偉い人ほどそうであるような気がしてしょうがないんです。

そこで今度は、僕の好き嫌いとか、自分はどうしようかという心構えも含めていいますと、やっぱり、「おれはそうなりたくない」といつでも思ってるわけなんです（会場笑）。つまり「おれはそうはなりたくないんだよ」って思ってるわけですよ。意地でもそうはなりたくないよと思うわけです。そうすると、牽引力とたえず無言のうちに格闘していることになりますね。僕もやっぱりアジア的ですから、ほっときゃそうなるに決まってる。だから、「おれは、それはいやだよ」という感じでいるわけです。

そうかといって今度は、あなたがおっしゃったようなことを否定する今までの観点を見てみるんですよ。そうすると、今度は限定しまして、近代における偉い人、「この人はどう考えてるかな」と手本になるような人は、若い時にはかならずといっていいぐらい、あなたのいったような到達点を否定している。そこで否定するばあいの拠りどころとなっているのは、西欧の近代思想なわけです。それを自分で身につけて、そこから否定してるんです。若い時は否定してる。これもまた、かならずといっていいほど、十人いたら十人そうだし、百人いたら百人そうです。近代以降の日本の偉い人が十人いたら、若い時はみんな否定してる。そのくせ、自分が年とったらそうなってる。それが偉い人、手本になる人のやってることです。

だから若い時、否定するのはだれでもできるわけ。今度は年とった時、否定するのもだれでもできるわけ。でも年とった時に否定するのに、西欧の近代思想そのものの場所から否定するんじゃない否定のしかたっていうのができるはずじゃないか。僕はそういうふうに思っているわけです。それは何なんだと、たえず思ってます。だけどほんとうに十人なら十人、百人なら百人にとってかならず、あなたのいわれたことが到達点だと思いますね。日本の思想の到達点だと思います。一人だにそれに違反する人はいないというぐらい、到達点だと思います。

親鸞というのはそのなかで、非常に特異でしてね。僕の独り合点かも知れないけど、ほとんどそれを免れようとしていると思います。七十いくつになっても、境地がどうだとか悟りがどうだとかいわない。そういうことはできるだけいわないようにして、そうとう頑張ったように思いますね。

でも、最後はやっぱり仏教ですからね。仏教というのは先ほどいいましたように、自然思想ですからね。つまり自然にどうやって合一するかということが根本ですから、仏教を放棄しないかぎりは、やっぱりどうしても自然についての思想は残りますよね。親鸞だって、自然法爾《じねんほうに》みたいな思想はどうしても残りますよね。でも能うかぎり、若い時も七十になっても、あんまり悟ったようなことをいわない人でしたよね。日本の歴史のなかで、そういう思想家はほとんどただ一人といっていいぐらい偉い人であって。偉くない人ではたくさんいるんですけど（会場笑）。偉くない人は、風土によってつくられる必然的思想に体じゅうガシャガシャッとひっかきまわされる経験がないうちに死んじゃえばいいわけですよ。だけど親鸞はそれにひっかきまわされて、なおかつそうはならなかった。そういう人はほとんどいないですね。

なにかというと、あの人はどう考えたかなというふうに顧みるような人は、あなたのおっしゃるとおりのものを最上のものとしてきていると思います。ただ、「おまえはどうだ」と聞かれると、僕は、今のところ精一杯たいへん抵抗しているわけです。抵抗に次ぐ抵抗でやっていますけど、しかし、年っていうのはわかんないですからね（会場笑）。それはちょっと、僕なんかには予測不可能なものをもっています。つまり生理的な老いというものが、思想にたいして必然的にあたえる領分というのがあるんですよ。

思想というものは思想として、理念として独立しているわけです。これはどんな肉体をもっているか、男であるか女であるかということは関係ないですよね。思想や理念というのはどこでも流通しますし、それは独立したものです。しかしそのなかには、どうしても人間の生理が入ってくる。もちろん、そこには風土やなんかも含めていいんだけど、思想というのはいちおう生理、人間の身体を通しますからね。生理が必然的にもたらす部分がかならずあるんです。その部分では、抗しきれないものがありますからね。その抗しきれないものの怖さというのは、僕にはまだよくわからない。少しわかっていて、こういうことだなと思っていることはありますけどね。つまり、年とるということは、こういうことだなと思ってるところはありますけどね。しかし、ほんとうにはわかってないですからね。どうなるかわかりませんけど、意識としては精一杯よけようとしていると思いますけどね。

司会者　時間もあまりないので、質問はあと一人にさせていただきます。女性の方、どうですか。女性の質問者って、なかなかないんですから。すみません、男性の方は女性の方に譲ってください。

先ほどお手を挙げてらっしゃった方、お立ちいただけますか。

質問者3　それでは、歴史の必然とは何かということについて教えていただきたいんですけど（会場笑）。

歴史の必然という概念と、歴史の偶然という概念がある。必然の反対は偶然なんですけど、歴史は偶然の積み重ねである、歴史は必然的な移行であるという概念自体が出てきたのは、僕はヘーゲルからだと思ってるわけ。十八世紀末とか十九世紀になってから、必然・偶然という概念が出てきた。「いや、歴史というのは必然じゃない。偶然の積み重なりでこうなってきたんだ」とか。このように、歴史の問題にかんしてはさまざまな賛成とか反対があるわけなんですよ。たとえば、ヘーゲルという人はその問題にたいして、「歴史は世界精神というものの具現であって、その意味では必然的に移行してしまうんだ」といった。歴史はそこでどういうふうに移行するかというと、世界精神が具現するように移行するんだと。では、世界精神というのは個々の人間のなかでどういうふうに必然化されているのか。人間の意識の内面の自由さの無限性を追求していく過程こそが必然である。個人に体現された歴史の必然というのは、そうなんだと考えたんですよ。それを歴史という全体に体現すると世界精神の必然的な移行、あるいは実現になる。つまり必然とは世界精神の実現であり、なおかつ自己実現であると考えたわけです。

ヘーゲル的な概念でいえば、人間は自然の状態では動物とほとんどちがわない生活をしていた。自然のものを採取して食べ、それを栽培してまた食べていた。そうやって自然のままにまかせて生活し、たとえば天候が悪くて食べられなくなれば、やせ細って死んじゃう。そういうふうに自然にやってきたところから、それとは独立に自分の内面の意識を生み出していく。そしてその内面というのも、限られた内面じゃなくて、内面というのはどこまでも無限に伸びていくものなんだ。人間の内面性、観念というのは無限に広がるものなんだ。そういう方向に歴史が行くことを、歴史の必然と考えたわけです。

マルクスは、そういうふうに考えなかったんです。マルクスは自然史という概念を考えた。人間以前から、あるいは無生物以前からの人間の自然の進化のしかたを考えた。そうすると、人間というのは何か。自然史という概念、つまり宇宙がこうできて、こうできてという自然史の流れから行くと、人間というのは自己意識をもった生物だと考えた。自己意識をもった生物というのはなぜ、自然の天候の必然のように移り行かないか。自己意識があるものだから、自己意識がつくりだしたものが自然の必然性を少しずつ狂わすだろう。つまり自然の必然性を変えてみたり、ちがうようにしてみたりするのは、人間が自己意識をもった生物だからだと考えた。その自己意識をもっていなければ、ふつうの生物と同じように自然史のままに生き死にするだろう。植物と同じように、動物と同じように生き死にするだろう。だけど人間はなぜだか知らないけど、自己意識をもった生物である。自己意識の部分だけがちがうものをつくって、それが自然の必然性を少しだけ妨げたり統御したり、偶然性に転化したりするだろうと考えたわけです。

その自己意識が実現したものは何かといったら、社会制度や政治制度、国家、文化ですね。そういうものが動物とはちがって、人間がつくったものだ。だからこのもののありかたが、歴史の必然性というものを狂わしていくだろう。そこでどういうふうに狂わしているか、いちいち考えてみないといけないということになったわけですよ。それは必然性にたいする一種の制御装置ですよね。マルクスはそれと同時に、その制御装置をもう少し突きつめていったんですよ。そして社会制度や国家制度、文化を無意識のままに放っておくよりも、こういうのが理想じゃないかという方向に、もしも各人が自分の意志をはたらかせ、意識してその方向に進んでいったら歴史はどうなるかと考えたわけです。

意志をはたらかせるとどうなるかということを加味した自然必然性みたいなもの、自然のなりゆきみたいなものに、人間が意識してこういうふうにはたらいたらどうだろうかということを加えた全体を、マルクスは歴史の必然性と考えたわけですよ。その必然性の大部分を、自然史的な部分が占める。人間が社会としてこしらえた部分のうちでも、近似値ではありますけれども、とくに自然性が通用する部分は何かといったら、たとえば経済制度や生産制度などは、わりあいに自然史と近い動き方をするんじゃないか。人間の社会のなかには、そういう部分があるということを発見したわけですよ。だけど、それでもって動くとはちっともいってないので、人間の意志が寄り集まったらどうなるだろうかということも含めて、ある必然性という概念をつくりあげたわけです。

ところで「それは他人《ひと》のことだろう。じゃあ、おまえはどう考えてるのか。おまえは何が問題だと思ってるのか」と訊かれたら、僕はやはり「意志の問題だ」と答えると思います。あなたはこういうふうにしたいと思っている。たとえば、今から一時間後、あなたが何をしたいと思ってることがあるでしょう。そして僕にも、一時間後にしたいと思ってることがあるでしょう。それから、ここにいる人たちにもそれぞれ、一時間後にしようと思ってることがあるでしょう。それらは全部ちがうはずですよね。そうしたら、それが寄り集まって必然性をつくれるだろうかと考えるわけですよ。まず、それはつくれないんじゃないかという考え方がありますよね。それはもう偶然で、バラバラじゃないかという考え方がひとつある。あるいは、そうじゃないんじゃないかと考える。ひとりひとりの人間の意志は一時間後に全部ちがうと考えているけれども、そのなかでもこいつらの意志を主に、近似値的に考えたならば、かなりの程度必然的な動きがわかる部分があるんじゃないか、というふうにひとつは考えるわけです。

それから、もうひとつ考えられます。それは考えるというよりも、わからないことです。歴史という概念には、よくわからないところがあるんです。個々の人が一時間後にどう意志し、どう行動するか。かならずしも歴史という概念を意識して動いているわけじゃないですよね。その人が歴史という概念を意識している時には、つまりその人が理想の社会を描いている時には、少なくとも無意識のうちに行動していない。そういう時には観念、考えとして行動している。観念、精神として行動している時、歴史という概念を描いているわけです。

そして、「理想社会というのはこうじゃなくちゃいけないんじゃないか」と考えている時、その人は観念として動いているのであって、現実に動いている時ではない。それも生活の一部分ですけれども、そういう時でしょう。そうしたらこれは観念の動きとしての歴史という概念じたいが、あるいはあなたのおっしゃる歴史の必然・偶然という考え方じたいがすでに、観念としての動きという大きな枠のなかにあるということを免れないんじゃないかなという疑問がひとつあるわけです。

そうだとすれば、人間の観念の動きの枠を免れない歴史の必然・偶然という考え方は、観念の動きじたいが現実の行動のしかたとよほど明晰な関連づけができなければいけないんじゃないか。そうでなければ、歴史の必然性という概念は成り立たないいんじゃないかという疑問があります。だから、そこのところは、もっと詳細に詰めなければいけないような気がします。

それじゃあ、マルクスやエンゲルスの時代、あるいはヘーゲルの時代にはなぜ、そういうことを考えないで済んだのか。それはよくわかりませんけど、当時はその考えの基盤になった西欧の文化・制度・社会が全体として上り坂にあったんだと思います。下り坂、つまり落ち目の時にはよく見えるんだけど、そうじゃない時には見えないことってあるんですよね。つまり、それじゃないかと思うんです。

だから、ちょっとたそがれてきたら、「ちょっとそこは問題だぜ」という問題が見つけられるんじゃないかなと思っています。だから、そこのところはわからないですけどね。そこは考えどころだなと思いますけど。そう思ってるから、もう少しくわしいことぐらいはいえそうだけど、わからないです。僕にはわからないけれども、大きな問題のひとつは、どうもそこにあるんじゃないかなと思っていますけどね。

だから、あなたの、「歴史の必然とは何ですか」という問いにはさまざまな回答のしかたがあるということなんですけどね。現在の段階で、「単一にこう考えたらいいんだ」と言い切るには、さまざまなことを考えなきゃいけないし、考え直さなきゃならないこともあるんじゃないかなと思います。もちろん現在の西欧のすぐれた思想家でも、「歴史の必然という概念自体が、もう成り立たないよ」といっている人はたくさんいます。それからたいへん偉い人でも、そういうことをいっている人はたくさんいます。そういう人にとっては、歴史の必然という概念自体が無意味ですし、それを提起することも無意味です。おそらく、「それを今さら否定するも肯定するもへちまもないよ。そんなものは成り立たんよ」と思っているのではないかと。だから、そういう問題としてあるのではないでしょうかね。あなたが訊かれたことは、そうだと思いますけども。

（小倉北区紺屋町・毎日会館九階ホール）

〔音源あり。文責・築山登美夫〕

きれぎれ――「『死霊』について」のことなど

菅原則生

1　「障害者問題と心的現象論」（一九七九年三月）について

この講演を、聞きに行ったおぼえがある。会場に入ったのは、終了まぎわのころだった。いきなり目に（耳に）飛びこんできたのは、吉本が、壇上で、「活動家」や車椅子の「障害者」から詰めよられ、聴衆の怒号がとびかい、吉本が憤って「活動家」や「障害者」と取っ組み合いを始めるかに見える一触即発の状態になっている情景だった。この画像だけを切り取れば、吉本は「障害者」に強い口調で叱責の言葉を浴びせているように見えた。吉本は「初めから、この場に俺を呼ぶべきじゃなかったんだ」と言っている。そして、たしかに聴衆のあいだからは「吉本帰れ」という怒号が起こっていたのである。

あたかも吉本は「障害者」を冷酷に虐げる悪の権化のようにみえ、吉本を糾弾する「活動家」や「障害者」が善の象徴のようにみえた。いわば「勧善懲悪」の図であって、百人なら百人がそう見えたと思える。わたしもまた、何が起こっているのかわからずにたじろいだのをおぼえている。もちろん、この勧善懲悪の図は、因果を逆にすれば、善を振りかざして糾弾する「障害者」の側が悪であり、糾弾される吉本が善へと一変しうる。

音源が残っているから、この場面をよく聞いてみると、車椅子の「ヨコタさん」が吉本になにごとかを訴えている。それが何か、わたしにも聞き取れない。「ヨコタさん」の周囲にいる人には、それが何かすぐにわかったのだろう。しかし吉本にはそれが聞き取れない。それで吉本が「ヨコタさん」を支援する「活動家」に「通訳してくれ」と言うのだが、それが火に油を注ぐことになっていく。つまり、「ヨコタさん」を支援する人たちからみれば、「ヨコタさん」の言っていることは即座にわかるのに、それが分からないのは吉本に人間性・倫理が欠けているからであり、初めから聞く気がないからだということなっていく。いっぽう、吉本からみれば、答える気持ちはあるのに、質問が聞き取れないから答えられない、分かる人がいたら「通訳してくれ」、他意はない、単に「機能の問題だ」、なぜそれが分からないのだということになる。余計な交通整理をすれば、そういうことになる。だが本当に、吉本にはヒューマニズム性・倫理性が欠けているのだろうか。もし、吉本にヒューマニズム・倫理性が欠落していないことになれば、逆に、「彼ら」は取り返しのつかないことをやっていることになる。

もっと簡略化できるのではないか。いま社会的な不平等によって虐げられている人のすぐそばで、ある個人が享楽にふけっているとして、その個人はヒューマニズム・倫理性が欠落しているのであろうか。もちろん、そんなことは言えない。社会的な不平等によって虐げられている人のすぐそばで、ある個人が安逸を貪っているというのは、これまで人々が長い時間をかけて築き上げてきた社会の現実であり、即座に否定することはできない。

吉本はこの本講演でも、質疑応答の冒頭でも、精神および身体の「障害」の差別の問題は、政治・社会の制度が革まれば解決する問題と、政治・社会制度が革まっても解決されない問題のふたつがあって、政治・社会の制度が革まっても解決しない差別は、人間が最後まで解決を残す問題であろうと何度も述べている。

その問題は、政治・社会の制度が革まって、社会保障と福祉が隅々までゆきわたって「理想社会」が出現しても改善することはない、それはたとえば「結婚」や「就職」ということに如実にあらわれるだろう。そして、他者はこの、最後まで人間が残すであろう問題についてどうすることもできないし、解決できるかのように言うことはむしろインチキであり、簡単に解決できないという言い方が今言える最善のギリギリの言い方だと、とくりかえし述べている。

「障害者」およびその支援者たちの誤謬は明瞭だ。それは、政治・社会の制度が革まっても解決しないで残されるであろう、人間が人間を差別するという問題を、あたかも政治・社会の制度が革まれば解決する問題であるかのように短絡・混同していることだ。そこに、「障害者」およびその支援者たちの、自分の自分（自分の孤立）に対する関係が切実であるがゆえの、言いようのない「共同性」への「甘え」が、あるいは、自分の自分（自分の孤立）に対する問いの「回避」がある。

政治・社会の制度が革まっても、その後に残される、人間が人間を差別することをどう超えるかという永続的な課題は、政治・社会の制度が革まっても解決することはない。だが、政治・社会の制度が革まらなければ、その永続的な課題が革まることはない。いいかえれば、政治・社会の制度が革まるということと、人間が人間を差別するという最後まで残る永続的な人間の課題は、まったく別次元のことだ。少なくとも、認識の問題としてはそういうことであり、かつ現実だ。そして次元と次元のあいだには「千里の径庭」があり、吉本の「おしゃべり」はその「径庭」に集中していく。

だが、この講演会に関わっている「障害者」とその支援者には吉本の「おしゃべり」が「健常者」の「訳のわからないおしゃべり」にしか聞こえない。そして「卑怯じゃないか」という共同の感情のほうに走っていくことを誰も止められない。

どこかに人間として万人が等価だという地平があるはずだ。

心的なおおくの現象が、それ自体としてあつかいうるという根拠は、ひとつには、どんな要因が想定できるとしても、心的現象がかならず個体をおとずれる点にもっとも簡単にもとめられる。いいかえれば、これこれの外界の出来ごとの結果であっても、あるいは自身の生理過程の結果であったとしても、個体はなお〈じぶんがいまこう心でおもっていることをたれも知らないし、また、たれも理解することはできない〉という心的状態になることができる。

（吉本隆明『心的現象論序説』一九六五年初出）

ここでいわれている「〈じぶんがいまこう心でおもっていることをたれも知らないし、また、たれも理解することはできない〉という心的状態」を自分で自分が捉え得たとき、万人が等価だという沈黙の状態が瞬間として出現していると、わたしは思う。現存の社会では、この観念の（観念の）地平でだけ万人は等価だ。

2　「『死霊』について」（一九七六年五月）～「情況の根源から」（一九七六年六月）について

埴谷雄高の「死霊」は、一九四六年から四九年にかけて『近代文学』に一章～四章が発表され、埴谷の病気などにより長いあいだ中断されていたものだ。その続篇「死霊　第五章」が七五年に雑誌『群像』に発表された。その刊行を記念して「『死霊』について」と題する講演会が七六年五月以降、北海道大、東北大、京都大、九州大学で連続して行われた。吉本は、主催者から、北大と東北大、京都大での講演を要請され、「わたしは『死霊』という作品への敬意と、作者埴谷雄高へのわたしなりの尊敬があり、病気をおして務めているこの作家への或る種の痛みのようなものが切実な実感としてあったので」（吉本隆明「情況への発言」一九七六年九月）これを引き受けた。だが、「『死霊』の思想的解説と現代性を客観的に述べる」という吉本の趣意とは違って、会場からの「質問」は吉本個人へ直接向かうものであった。「わたしは当惑と矛盾を覚え、そもそもこの集会へ参加したこと自体が、場ちがいなのではないかという疑念をもつようになり、この内部矛盾は、北海道から東北へ、東北から京都へと拡大するばかりだったのである」(同前)。

何が起こったのか。東北大では「処分反対闘争中」の学生が深夜二時すぎに宿に電話をかけてきて「これからわれわれに付き合ってほしい。本日の公演で吉本さんは二十万円もらったそうではないか。われわれに付き合うのは当然であろう」(同前)とその学生は言ったという。その学生は宿まで押しかけてきて、間に入った事なかれ主義の主催者が吉本に黙って帰ってもらったという。

京都大では「いよいよふざけたことになってきた」。「赤軍派の残党」が吉本(あるいは埴谷)は「わけのわからないオシャベリをやめよ」といって、会場に押しかけてきた。ここでも主催者は「善意の過保護」によって吉本と赤軍派残党との接触の回避を図ろうとした。


集会の主人公は、何の偏見もなく身銭を切って会場にやってきたただの聴衆であって、それ以外のものではない。ぶざまなのは会場に押しかけてきた赤軍派の残党か、「わけのわからないオシャベリ」をやらかす知識人吉本(あるいは埴谷)であるかは、気焔や遠吠えによってではなくて、まさに集会の主人公たる公衆の面前で決せられなければならないはずであった。(中略)もちろん京都の公衆が、どちらの光景を眼にすることになったかは、やってみなければわからない。だがやらせてみれば、その結果はどうであれ、聴衆が現在の政治思想的な情況の縮図を、もっとも切実に考える契機を把みえたことは疑われない。(中略)真の知識人とはなにか、それを独力で担うとはなにか。「わけのわからないオシャベリ」の怖ろしさを、腹の底までたたき込むためにも、かれら主催者は、赤軍派残党と妥協すべきではなかった。

(「情況への発言」一九七六年九月)

そして、京大での講演(一九七六年五月十五日)の翌月の六月十八日に三上治主催の「情況の根源から」と題する講演が東京・品川公会堂で行われた。ここで、北大、東北大、京大と続いて起こった「現在の政治思想的な情況の縮図」が既視現象のように出現したのである。

三上治に依頼されて六月十八日に、「情況の根源から」と題する講演に出かけた。わたしは依頼されればどこへでも喋言りに出かけるわけではない。三上治は、六〇年安保闘争以後に、公私ともによく孤立にたえて政治運動をつづけてきた、ほとんど唯一の知人であり、わたしはそういうのに依頼されると無条件に出かけてゆくことにしてきた。ところで、事は、三上治の属していた政治党派の内部で、充分に決着がつけてなかったらしく、講演会は叛旗派の面々の妨害によって、中断せざるを得ない混乱に終始した。わたしは、あまりに馬鹿馬鹿しいので、壇上に駈け上って騒いでいる連中には降壇してもらって、じぶんの喋言りたいと思って用意してきた情況論は、喋言ることにした。わたしのお喋言りを妨害する奴を、わたしは許さぬ、なぜならば、集会の主人公は、身銭を切って講演を聴きに来た公衆であり、それ以外の何者でもないという原則を持っていたからである。

（同前）

ここで触れられている「政治党派」「壇上に駈け上って騒いでいる連中」のなかにわたしもいた。戦時中に戦争に突き進み、礼賛した知識人と同じかどうかわからないが、わたしは、同じようになかったことにはできない「罪」を負っていると感じる。誰が誰に対しての「罪」であるよりも、自分の自分に対するそれであろう。そしてもし、その「罪」が解けるとしたら、「集会の主人公は、身銭を切って講演を聴きに来た公衆」であるという吉本の謎のような言葉を解くことと同じだと思う。そして、自分が公衆のひとりにまで降りてゆくことであり、また、そのことが何事であるかを理解するだと思う。

あるいはまた、あまりにも当然のことである「集会の主人公は、身銭を切って講演を聴きに来た公衆だ」という言葉が、謎としか受け取れなかったわたし（わたしたち）自身に慄然とするべきかもしれない。

この講演会に先立つ数カ月前、三上治は、神津陽と自身がつくった「共産主義者同盟叛旗派」から「離脱」していた。きっかけになったのは、ごく当たり前の私事で、三上の妻が「司法試験を受けている」ということだった（それを聞いたのは、二〇一〇年、吉本さんからだった）。そのことで三上が、党派の上層部数人のなかで詰問され、嫌気がさし「離脱」した。もちろん、それ以前に、新約聖書の主人公たちみたいに、個々人がお互いを猜疑し、敵を見つけようとし、党派全体が一触即発の状態になっていて、きっかけは何でもよかったのだ。遅れて、わたしたち下層には「三上は逃亡した」というように知らされた。「敵は三上だ」という被害妄想ともつかない共同観念に支配されるのは一瞬だった。

おそらく、事態の本質を見抜いていたのは吉本だけだった。吉本はそっと三上（の孤立）に手をさしのべたのである。三上が直面したのは、まさに「トロツキーをはじめとして古今東西、解決したことのない課題」だった。離脱直後の私怨と公怨が混濁したやり場のない憤怒は、おそらく敗戦直後の吉本の憤怒と本質的に共通するものだ。そして、「集会の主人公は、身銭を切って講演を聴きに来た公衆」であるという言い方が理解できれば、「トロツキーをはじめとして古今東西、解決したことのない課題」だということもまた理解できるにちがいない。

この講演会に吉本が応じ、おしゃべりをしようと決めたとき、間抜けだったわたしたち「叛旗派の残党」は、吉本が逃亡した三上治に「加担」しているというふうに被害感を走らせたのである。三上が直面した「孤立」は、独力で、内発的な表現として、ぬけ出すほかないのは明らかで、誰かが手助けしてどうにかなるものではないし、吉本が三上に「加担」して手を組んだからといってどうにかなるものでもない。わたしたちは、うわっつらの動きを邪推して、誰某と誰某は敵であるとか、味方であるとかという被害感を走らせたのである。

もし三上がこのとき仮に、吉本が「講演会に来る」ことによって「叛旗派の残党」との「内ゲバ」に優位に立てると思ったとしても、仮に吉本が三上に「加担」するためにやってきたとしても、それは事態の本質には関わりがない。いいかえれば、そうであってもそうでなくても、まったく二義以下の問題であり、どちらでもいいのだ。わたしたちはとんでもない勘違いをして、どうでもいいことに血道をあげていたことになる。

吉本が講演会に来るのは、情況についての認識をお喋りするためだ。事前に吉本がいついつどこどこで講演会をやるということが告知され、そしてそれを知った「公衆」がお金を払って吉本の講演を聞きにやってきた。「集会の主人公」は「身銭を切って講演を聴きに来た公衆であり、それ以外の何者でもないという原則」だけが客観性であり、普遍的な価値の過程だ。背後で、誰が誰と決裂したか、手を組んだかという過程は二義以下のことであり、誰もそれを妨げることはできない。講演会に価値があるかどうかは、聴衆が判断することだ。「叛旗派の残党」が決めることではない。

「三上の女房が司法試験を受験している」という、ありふれたことに、なぜ目くじらを立てたのだろう。ありふれた家族の情愛をしりぞけ、真の共同性を目指そうとみんなで誓い、三上は率先してそれを指導してきたにもかかわらず、自ら陰でそれを裏切った「卑怯者」だということだろうか。「何某は敵に通じているかもしれない」「何某は組織のカネを懐に入れている」「何某の家の居間にはシャンデリアがさがっている」……わたしたちは得体の知れない共同観念に振り回されてきた。今もそうかも知れない。その背景にあるのは、雑多な個性・私性（がめつい私的所有）よりも公共性・共同性が優位だという習性であり、個性・私性という位相に出自不明の公共性・共同性の位相が覆いかぶさって、個性・私性がそれらに掠めとられていく負の習性だ。いいかえれば、ありふれた、微々たる、がめつい私的所有への謂れのない嫌悪・憎悪だ。真の「個的・共同体的所有」もへちまもありはしない。個々人は雑多で自由な存在だ。それを認めない党派など存在しないほうがいいのだ。あらゆる党派（党派的なもの）から個人が「離脱」するのは必然であり、むしろそれが思想の始まりだ。

社会には、天皇が好きというのも嫌いというのもいるし、富める者も貧しい者もいる。「自民党」が好きというのも「共産党」が好きというのもいる。原発が好きというのも嫌いというのもいる。ヨーロッパが好きというのもアジアが好きというのもいる。オリンピックが好きというのも嫌いというのもいる。戦争に賛成だというのも反対だというのもいる。また、今まさに虐げられて「障害」を負い瀕死の状態の人も、すぐ隣で安逸をむさぼっている人もいる。みんな自由だ。オリンピックが好きだというのが許せないといっても始まらない。ただ雑多で自由な個々が存在し、マス＝公衆を形成し、そしてその上に聳える「国家」を形成している。党派は特定の志向性を持った個々の集まりだとしても、雑多で自由な個々の集団に変わりはない。

問題は、自由で雑多な個々が、いったん「国家」が命令を発布すればいっせいに、たとえ自分の命を捨ててまで命令に従うということだ。また「国家」が武装を解除して帰還せよという命令を発布すれば、なにごともなかったかのように「嬉々として」それに従うということだ。これは、個々が心の中では嫌々ながら命令に従ったということとは関わりなく、「共同性」として従ったということだ。

「国家」の命令に唯々諾々として従う「公衆」は、知的に蒙昧だからそうしているわけではないし、「公衆」を啓発して意識を高めることでそれがなくなるということでもない。重要なのは、あたかも「国家」を支持しているかに見え、時として「デモ学生」を警察に「嬉々として」つきだしてしまう「公衆」の根底に知識は触れることができるか、揺さぶることができるか否かだ。

制度が革まるというのは、遥か彼方に君臨する為政者の横暴や抑圧を我関せずと連綿とやり過ごしてきたありふれた雑多で自由な「公衆」の中に、「国家」が「ゴミ当番」のように埋没していくことだから。

究極的に、政治的、社会的背景として、究極的に描かれる世界というのは何なのかというのは、それは僕の創見でも何でもなく、ただレーニンがいっていることだから、くり返すまでもないことなんですけれども、それはいわば共同性たりうるもの、つまり共同性の観念たりうるもの、つまり権力というものが究極的には社会過程のなかに、あるいは社会過程の個々の存在、個々の共同性そのもののなかに権力自体が移行してしまうということ、そのことがレーニンが究極的に読み切った世界だというのは、まったく自明なんであって、あなたのいわれるように僕はならないと思います。

それは僕がいったのじゃないから、それはレーニンがいったんだから、レーニンの『国家と革命』でも何でもいいですから読んでくだされぱわかると思います。そういうように言っています。そしてそれは正しいことだろうと思います。つまり権力というのは究極的には、レーニンがそういう言葉を使っていると思うんですけれども、「住民大衆のなかに権力が移行すること、このことこそが究極的な階級廃絶の原点であり究極点である」とレーニンがいっているので、それでいいのではないでしょうか。

（「国家・共同体の原理的位相」一九七一年の質疑応答）

「権力が地域住民のなかに移行」してしまうことが「革命」のイメージの究極点であるというのは、自分の「創見」ではなくレーニンの「創見」だといわれている。けれども、注釈が必要だ。ヨーロッパに近いアジアで起こった一九一七年の「ロシア革命」が、またたくまに史上まれに見る暗黒の恐怖支配たる「労働者国家」に変質していったとき、「権力が地域住民のなかに移行」することが「革命」だという「創見」もまたたくまに忘れ去られてしまった。「創見」を葬り去ったのはスターリンたちによってであったが、レーニン、トロツキー自らがそのことに加担したともいえた。だから、吉本が「権力が地域住民のなかに移行」することが「革命」の究極のイメージだという「創見」を現在においてあらためて思想的に確定したとき、それは吉本の「創見」であり、吉本の究極のモチーフでもあった。

3 「思想と宗教のはざま」(一九七九年四月)について

この「質疑応答」で吉本はめずらしくムキになっている。質問者の「女性」が「吉本さんの『最後の親鸞』を読んだけれども、とてもむなしい徒労だと感じる。なぜそこまで親鸞を切り刻むのか。切り刻んで切り刻んで、それでどうしたいのか。むなしいとは思わないのか」と吉本に問い詰めている。これに対して吉本は、めずらしくムキになっている。

僕が自分で分からないところを表現しているところはね、確かに難しいんでしょうけれどね。僕が分かったところは絶対難しくないですよね。分かるはずなんですよね。だから、それはあなたが分からないとすれば、あなたのほうが怠惰なんですよ。要するに、あなたが自分の場所を出て来ようとしないからね。出て来ようとすればね、やっぱり僕の全体性というのが分かるんですよ。(中略)つまり、信仰の怠惰も許されないんですよ。不信の怠惰も許されないけども、信仰の怠惰も許されないということに、そこではなっていくわけですよね。僕はそういう問題だと思うな。

(「宗教と思想のはざま」一九七九年の質疑応答)

質問者の「女性」が自分の土俵の内部から出ようとしないで表面的な物言いをしていることに対して、吉本は「それは怠惰だ」と正しいことをムキになっていっている。そして、あとになって自省したように、「親鸞みたいにうまく答えられていない」、親鸞だったら「あなたもそう思うか。自分も不信に思っている」というふうに始めるんだろうけど、自分はうまく答えられていない。「今日答えられなければ、それは明日答えられるように、自分のなかにそれを問題として抱えていかなければならない」と述べている。

わたしが興味を惹かれるのは、吉本が他者（この場合は質問者、或る場合は聴衆、或る場合は自分自身、また或る場合は読者）から、「あいつは大工の息子じゃないか」というように、いつも疑念にさらされていることだ。あるいは、自らの意思とは逆に、宿命のように自らそれらの疑念を招き寄せてしまうようにみえることだ。そして、それらの疑念のおおもとが、自分よりも優位である「大衆の原型」から発せられているととらえていることだ。

（すがわら・のりお）

【吉本隆明略年譜】（石関善治郎作成年譜を参考に菅原が作成）

〔吉本家は熊本県天草市五和町の出。隆明の祖父が造船業をおこし成功。明治末の造船業界の変化と大正期の不況で行き詰まる。父・順太郎が製材業を試みるも及ばず、24年春、天草を出奔、上京〕

1924年11月25日、順太郎・エミの三男として中央区月島4丁目に生まれる。家には祖父、祖母、長兄、次兄、姉が住む。28年、父・順太郎、月島に、釣り船、ボートなどを作る「吉本造船所」をおこす。

34年、門前仲町の今氏乙治の私塾に入る。36年、二・二六事件。

37年4月、東京府立化学工業学校応用化学科に入学。7月、日中戦争始まる。

41年12月、太平洋戦争始まる。42年4月、米沢高等工業学校応用化学科入学。

43年12月、次兄・田尻権平、飛行機墜落事故で戦死。

44年10月、東京工業大学電気化学科に入学。

45年3月、東京大空襲で今氏乙治死去。4月、学徒動員で日本カーバイド工業魚津工場（富山県）へ。戦闘機の燃料製造に携わる。

45年8月15日、動員先の工場の庭で天皇の敗北の宣言を聞き、衝撃を受ける。

47年9月、東京工業大学電気化学科を卒業。いくつかの中小工場で働く。

48年1月、姉・政枝、結核のため死去。8年余の療養中に短歌に親しむ。

49年4月、2年の「特別研究生」として東京工業大学に戻る。

51年4月、東洋インキ製造に入社。青戸工場に通う。

52年8月、父に資金を借り、詩集『固有時との対話』を自費出版。

53年4月、東洋インキ労働組合連合会会長・青戸工場労働組合組合長に。9月、『転位のための十篇』

自費出版。10～11月、賃金と労働環境の向上を掲げた労働争議に敗北。

54年1月、隆明らに配転命令。隆明は東京工業大学へ「長期出張」を命じられる。このころ『マチウ書試論』稿。12月、お花茶屋の実家を出て、文京区駒込坂下町のアパートに越す。55年6月、東洋インキ製造を退社。

56年7月、このころから黒澤和子と同棲。57年5月入籍。58年12月、『転向論』発表。

60年6月、安保闘争の6・15国会抗議行動・構内突入で逮捕、二晩拘置される。

61年9月、『試行』創刊。『言語にとって美とはなにか』連載始まる。

62～64年、『丸山真男論』『マルクス紀行』『カール・マルクス』発表。

65年10月、『心的現象論』の連載始まる（『試行』15号から）。

68年4月、父・順太郎死去。12月『共同幻想論』刊。

71年7月、母・エミ死去。71～72年、連合赤軍事件。

71年『源実朝』刊。76年『最後の親鸞』刊。77年『初期歌謡論』刊。

80年、M・フーコーとの対談『世界認識の方法』刊。84年『マス・イメージ論Ⅰ』刊。86年『記号の森の伝説歌』刊。89年『ハイ・イメージ論Ⅰ』刊。90年『柳田国男論集成』刊。

95年1月、阪神淡路大震災、3月、地下鉄サリン事件。11月『母型論』刊。

96年8月、西伊豆で遊泳中溺れる。以後、持病の糖尿病の合併症による視力・脚力の衰えが進む。

97年12月、『試行』終刊。98年1月『アフリカ的段階について』刊。

2008年7月、昭和大学講堂で講演。車椅子で登壇し、2000人の聴衆に約3時間話す。

11年3月11日、東北地方太平洋沖地震発生。12日、福島第一原発水素爆発。

12年1月22日、発熱、緊急入院。3月16日、肺炎により死去。享年87。

本書の一部は既刊『吉本隆明質疑応答集』①〜③と重複します。

お詫びと訂正　『吉本隆明全質疑応答I』に収録した「高村光太郎」について（一五頁）は、題目・主催・日時を〈「鷗外をめぐる人々——高村光太郎について」【文京区立鷗外記念図書館主催】一九六八年三月七日〉と訂正させていただきます。

吉本隆明 全質疑応答Ⅱ 1973〜1979

2021年11月10日 初版第1刷印刷
2021年11月15日 初版第1刷発行

著 者 吉本隆明
発行者 森下紀夫
発行所 論 創 社
東京都千代田区神田神保町 2-23 北井ビル
tel. 03(3264)5254 fax. 03(3264)5232 web. http://www.ronso.co.jp
振替口座 00160-1-155266
装幀／宗利淳一
印刷・製本／精文堂印刷 組版／フレックスアート
ISBN978-4-8460-2027-9